读书使人更强大，而且有趣。

王蒙

讀書,是和古今中外最精彩的人物把臂言歡,並且,作最精緻最深入的聊天。最妙的是,他們隨請隨到。

中小学生课外阅读文学经典

羊　脂　球

莫泊桑短篇小说选

［法］莫泊桑／著　张琰　张成／译

南方出版传媒
花城出版社
中国·广州

图书在版编目（CIP）数据

羊脂球：莫泊桑短篇小说选 /（法）莫泊桑著；张琰，张成译. -- 广州：花城出版社，2021.3
（中小学生课外阅读文学经典）
ISBN 978-7-5360-9046-0

Ⅰ．①羊… Ⅱ．①莫… ②张… ③张… Ⅲ．①短篇小说－小说集－法国－近代 Ⅳ．①I565.44

中国版本图书馆CIP数据核字(2021)第027014号

出 版 人：肖延兵
责任编辑：梁秋华　邹蔚昀
技术编辑：凌春梅
封面插画：文鲁工作室
封面设计：荆棘设计

书　　名	羊脂球：莫泊桑短篇小说选
	YANGZHIQIU MOBOSANG DUANPIAN XIAOSHUO XUAN
出版发行	花城出版社
	（广州市环市东路水荫路11号）
经　　销	全国新华书店
印　　刷	佛山市浩文彩色印刷有限公司
	（广东省佛山市南海区狮山科技工业园A区）
开　　本	880毫米×1230毫米　32开
印　　张	6.75　1插页
字　　数	150,000字
版　　次	2021年3月第1版　2021年3月第1次印刷
定　　价	29.80元

如发现印装质量问题，请直接与印刷厂联系调换。
购书热线：020-37604658　37602954
花城出版社网站：http://www.fcph.com.cn

编者的话

莫泊桑,1850年出生于法国西北部诺曼底省的一个没落贵族家庭,是法国优秀的批判现实主义作家,与俄国的契诃夫和美国的欧·亨利并称为"世界三大短篇小说巨匠",莫泊桑更有"短篇小说之王"的美誉。莫泊桑一生共创作了350多部中短篇小说,他光辉的文学艺术成就,对世界文学宝库做出了突出的贡献。本书收入了他的20个短篇,包括《羊脂球》《我的叔叔于勒》《项链》《小狗皮埃罗》等经典名篇。

莫泊桑的童年是在诺曼底的乡间与城镇度过的,故乡的生活与优美的大自然对他的影响很深,成为他日后文学创作的一个重要源泉。而参加过普法战争的经历,也为他提供了丰富的创作题材。19世纪70年代是莫泊桑文学创作的重要准备阶段,他母亲的好友、著名作家福楼拜是他的文学导师。经过长期的写作锻炼,1880年,莫泊桑的成名作《羊脂球》发表了,它使莫泊桑一鸣惊人,读者称他是文坛上的一颗新星。从此,他一跃登上了法国文坛。莫泊桑的绝大部分作品是从这时到1890年的十年间创作的。

在莫泊桑的作品中,主人公涉及社会各阶层,大多是小人物,有农民、工匠、女佣、小职员、小市民,也有比市民还世俗的破落贵绅、富商、工厂主,以及野心勃勃的政客。在选材上，大都以日常生活的故事或图景为内容，平淡得像实际生活一样，以一种逼真自然的叙述吸引读者。他的代表作《羊脂球》中，有爱国骨气的妓女羊脂球和软骨头的富商与乡绅们，在敌人面前不同的表现，既揭示了资产阶级上层人士的自私与伪善，也表达了对被凌辱的底层人们的同情与尊敬；《项链》和《骑马的代价》写的是小市民阶层为了出风头而弄巧成拙、自食其果，表现了他们可怜兮兮的虚荣心；《我的叔叔于勒》和《伞》则讽刺了小资产阶级的寒酸相和势利眼……这些人物和故事构成了 19 世纪法国世俗社会的万象，惟妙惟肖地刻画了美与丑、善与恶交织的众生相。

　　法国著名作家左拉评价莫泊桑："短篇小说、中篇小说，源源而出，无不丰富多彩，无不精湛绝妙，令人叹为观止；每一篇都是一出小小的戏剧，一出小小的完整的戏剧，打开一扇令人顿觉醒豁的生活的窗口。读他的作品的时候，可以是笑或是哭，但永远是发人深思的。"这也许就是莫泊桑的短篇小说能经久不衰的重要原因。

目 录

羊脂球 / 1

两个朋友 / 39

我的叔叔于勒 / 46

珠宝 / 54

小酒桶 / 61

项链 / 67

月光 / 75

骑马的代价 / 79

一个诺曼底佬 / 86

绳子 / 92

小狗皮埃罗 / 99

俘虏 / 104

修软椅的女人 / 115

黛丽耶春楼 / 121

勋章到手了 / 146

一件家事 / 152

乞丐 / 177

伞 / 182

儿子 / 190

莫兰那头公猪 / 199

羊脂球

一连好几天,被击溃的军队退下来些残兵败旅在城中迤逦穿过。他们毫无组织纪律可言。这些士兵胡子拉碴,又脏又臭,身上的制服破烂不堪;他们无精打采地往前走,没有旗帜,也没有番号。所有人都毫无生气,没有精力再去思考,仅仅是靠着惯性在行军而已,似乎一旦停下脚步来,就会精疲力尽,倒地不起。人们看到的,主要是一些被强征入伍的人,一些爱好和平的老百姓,靠着固定收入维持安宁生活的人,而现在他们却被肩上的步枪压弯了腰;还有少数是积极活跃的国民别动队,他们容易激动也易受惊吓,渴望着冲上战场也随时准备溜走;在这两群人中间还零星有一些穿着红色军裤的正规军,他们是大战后被歼灭的某师团残部:垂头丧气的炮兵,紧挨着不知哪个部队的步兵,还有东一个西一个的骑兵,顶着闪亮的头盔,步履沉重,艰难追赶着装备更轻便的步兵的步伐。

民兵队伍也从城中穿过,他们曾有响亮的名字——"贲军复仇者""坟墓公民""死神兄弟会",现在看起来就像一群土匪。游击队的小队长们,这些人曾经是布匹贩子、粮油店老板,或是裁缝、肥皂商,被形势所迫都变成了战士,然后又因为比较有钱或者长了一把大胡子而成为队长。他们佩带起武器,穿上镶金边的法兰绒军装,高声说话,讨论着作战方案,那番夸张做派十足像是在说奄奄一息的法兰西因为他们才得以延续至今。然而,事实上,他们还挺怕自己的手下弟兄,这群恶棍虽然勇猛无畏,但也奸淫抢掠无恶不作。

传言说,普鲁士人就要攻入鲁昂[①]了。

国民警卫队的士兵,在过去两个月里全神戒备地在城周围的树林

[①] 鲁昂:法国西北部城市,滨海塞纳省的省会及诺曼底大区的首府。

里巡逻，偶尔会误朝自家哨兵放两枪，准备好和不知什么时候从草丛里窜出的兔子来场大战，如今他们也返回了家园。他们的武器，他们的制服，他们所有的用来吓唬方圆三法里内公路边的里程碑的致命装备忽然都奇迹般地消失了。

最后一批法国士兵刚刚渡过了塞纳河，他们要经过圣塞韦和布尔阿沙尔前往奥德梅尔桥。队伍最后面是败北的将军，面对眼前这已经溃不成军的队伍，将军自己也无能为力。一个习惯了胜利的民族遭遇最终逆转，迎来悲惨的失败，有负其素来的英勇之名，将军对此心灰意冷。他由两个副官陪同，缓缓步行。

之后，一种沉重的宁静，一种令人战栗的、寂静的恐惧感笼罩着城市。许多大腹便便的市民，经年累月在生意场上打滚，早已褪去了身上的男子气概，不安地等待着征服者的到来，哆嗦着担心自己的烤肉叉或者厨房刀具会被定性为反抗武器。

生活好像短暂地停顿了，商铺全都关门，街道上空旷无人迹，时而会有人怯生生、静悄悄，从墙角的影子里急匆匆溜过。刀悬在颈的痛苦甚至让人们开始盼望敌人的到来。

法军撤离后的第二天下午，不知从哪儿冒出来几个普鲁士骑兵飞快地从城中穿过。又过了一会儿，黑压压一片人马从圣凯瑟琳山上开了下来，与此同时，还有两路入侵者分别从达尔内塔勒和博斯圭拉姆公路上开过来。三支部队的前哨非常精确地同时在市政厅广场上会师。接着，德国军队一营一营地进入街道，他们齐整坚定、铿锵有力的步伐踏在路面上橐橐作响。

号令声从陌生的、带着浓重喉音①的嗓子里喊出来，传入看上去死气沉沉、毫无人气的房子窗户里。紧紧关闭的百叶窗后，一双双眼睛正在窥视眼前的胜利者，根据"战争权力"，他们如今是这座城市——她的财富以及城中性命——的主宰。市民们躲在黑沉沉的屋内胆战心惊，就如同遭遇了山洪海啸、天翻地覆的大灾难。身临此情景，人类一切的心智，再大的力量也无能为力。每当已有的秩序被打破，每当安全保障不复存在，每当那些被人类法律或者自然定律所保护的

---

① 指德语。

权利屈服在野蛮暴力之下时,这种感觉总会随之出现。地震能倾塌房屋,将整个民族覆亡在屋顶之下;洪水肆虐无忌,将人类、牲畜的尸体还有撕碎的房屋残梁席卷进漩涡;还有军队,披着荣耀的伪装,以圣剑的名义,杀害和俘虏所有敢于自卫的人,以隆隆炮声向上帝致谢——所有这些都是令人恐惧的天灾人祸,都会摧毁人们对永恒正义的信仰,都会毁灭我们一直以来对上天的保佑以及人类的理性的信心。

一小队一小队的士兵开始叩响每扇门,跟着就进入屋内。这是入侵以后随之而来的占领行动。被征服者必须对他们的征服者表示出屈服和顺从。

过了不久,外敌入侵之初的恐怖气氛消散,一种新的平静又重新出现。许多家庭里,普鲁士军官和这家人同席而食。他们大多表现得非常有教养,出于礼貌,表达了对法国人的同情以及对自己被强征入伍参与此次战争的厌恶。他们的情感流露换来屋主人的感激之情,何况,今后或许还需他们多多关照才行。表现得好些,说不定能少供养几个士兵吧。而且,全家财产性命全在人家手中,又何苦去惹怒他?这种行为与其说是英勇莫若说是鲁莽。而匹夫之勇这种缺点,鲁昂市民不会再有,如今已经不是英勇反抗为城市赢得声誉的时代了①。终于,鲁昂老百姓们为法国人的热情好客秉性找到了理由:他们互相转告,只要不在公共场合表现出和德国人的亲近,在自己家里热情款待是没有问题的。因此,出了家门,市民和士兵们素不相识,但是进家门之后,双方就聚在舒适的壁炉边相谈甚欢。于是,德国人待在市民家里的时间日渐增长。

甚至整个城市也逐渐恢复了平日的面貌。虽然法国人仍然很少出门,但是大街上普鲁士士兵比比皆是。更何况,那些蓝色骠骑兵军官虽然在街面上傲慢地拖着又长又大的杀人兵器,但是对待普通民众的态度,不见得就比一年前在同一间咖啡厅里的法国骑兵军官更恶劣。

但是空气中始终弥漫着某种东西,某种奇怪又微妙的东西,是一种无法忍受的异样气氛,像某种气味一样散播开来——那是被侵略的

---

① 鲁昂历史上有多次抵抗外敌侵略的事迹,尤其百年战争期间浮现了许多抗击英国统治者的英雄,例如法国人民的英雄圣女贞德就是在此地殉难。

气味。它渗透进每家每户，每个公共场合，让食物尝起来都变了味，让人们感觉自己身处遥远异乡，身边环绕着危险、野蛮的部落。

征服者开始索要金钱，大量地索取。市民们有求必应，反正他们有钱。但是，一个诺曼底商人越是有钱，当他必须做一丁点儿牺牲，当看着自己的东西揣进别人口袋时遭受的痛苦也就越煎熬。

尽管如此，在城周围两三法里内，沿着流向克鲁瓦塞、迪耶普达尔和布沙尔附近的河流沿岸，船夫和渔民经常能从水里打捞出德国人的尸体，肿胀地裹在制服里，或是被刀捅死的，或是被棍子打死的，或是被石头敲碎了脑袋，也有被人忽然从桥上推下水里的。河底的淤泥帮忙掩盖了这些残忍但合法的报复行为。这些不被历史记载的英勇行为，这些无声的袭击需要面临比光天化日两军对垒更大的危险，但是却没有荣耀的光环。对入侵者的憎恨总是能够激起少数人内心的勇气，准备为信念牺牲生命。

最后，虽然入侵者用非常严格的纪律控制着这个城市，但是他们一路高奏凯歌而来途经之地所犯下的那些可怕的罪行在这里还一件不曾发生。居民们的胆子变得大了，做生意的想法又在本地商人的心中活泛起来。有些人在勒阿弗尔有大笔的生意，那里现在还是法军占领区，商人们想着通过陆路先抵达迪耶普①，然后转海路抵达那个港口。

通过疏通几个熟络的德国军官，他们拿到了总司令签发的出城许可。

于是，一辆四驾马车被定下来走这一趟，十位乘客向车行老板提交了预订，为了避免引起太多注意，他们决定在某一个星期二凌晨天还未亮之前就出发。

几天来地面都已经冻硬了，到了星期一下午三点左右，一大片乌云夹着雪花从北边遮天盖地而来，雪一直下到晚上，又下到深夜。

凌晨四点半，乘客们在诺曼底旅馆的院子里聚齐。这里是他们搭乘马车出发的地方。

乘客们都还睡眼惺忪，裹在外套里因为寒冷瑟瑟发抖。他们可以在昏暗中看见彼此模糊的身影，包裹在臃肿沉重的冬衣中，他们看上

---

① 勒阿弗尔和迪耶普都是法国港口城市。

去好像是一群穿着教袍的、肥胖的传教士。但是有两位还是认出了彼此,还有一位夹在两人中间,于是三个人攀谈起来。

"我带着我妻子。"其中一位说。

"我也是。"

"我也一样。"

首先发话的人又接着说:"我们应该再也别回鲁昂来了,如果普鲁士人打到勒阿弗尔,我们就渡海去英国。"结果发现,三个人具有相同的品性,打的都是一样的算盘。

还没人来套车。一个马夫拎着一盏小马灯时不时地在黑暗中从某扇门走出来又迅速钻进另一扇门。间或从屋里传来阵阵马蹄跺地的声音,因为马厩里堆积的马粪和干草而变得沉闷。偶尔还会有人声传来,那是有人对着这些畜生训喝咒骂。一声模糊的铜铃响说明马具已经套好,之后铜铃的响声便伴随着马匹的移动变成一连串或响亮或柔和的叮当声。有时候所有铃铛一起停下来,接着伴随着马蹄铁踏地的声音又嗡嗡齐鸣。

屋门忽然关紧。所有的声音戛然而止。

冻僵的市民们也安静下来,他们在寒冷中挺挺直立,一动不动。

白色鹅毛织就的厚厚的大幕闪着荧光没完没了地往地上落下来,大雪模糊了天地间万物的轮廓,给大地上所有一切都盖上一层泡沫一样的冰质斗篷。深邃广袤的寂静中万物无声,只有冬天包裹的城市里雪花飘落时那隐隐约约,无法名状的簌簌声——与其说是声音,莫若说是一种感觉。这些轻飘飘的微粒交错飞舞,仿佛填充了整个空间,遮掩了整个世界。

那个马夫提着那盏小马灯又出现了,手牵马缰,拉出一匹马来,马儿垂头耷脑极不情愿。马夫把马牵到车辕旁,系紧缰绳,因为他一手拎着马灯,只有一只手能够干活,所以花了点时间在马车周围转了几圈才确定马具准备停当。当他要去牵第二匹马的时候,注意到那些一动不动的旅客,已经全身盖满白雪,他对他们说道:"你们为什么不进马车里坐着呢?车里至少能有东西遮挡啊。"

旅客们似乎之前并没有想到这层,听罢立刻醒悟过来纷纷向马车走过去。那三个人把各自的妻子安排在车厢最里边,然后自己找位置坐下。其他裹着白雪外套的旅客也都不发一言地爬上车坐在了剩下的位置上。

车厢里铺满稻草，旅客们把脚塞在草里取暖。女士夫人们坐在里边，取出随身携带的小铜脚炉，里边容纳了各种化学燃料。女士们点燃脚炉，互相低声细语地详细交流它们的好处，一遍遍重复聊着那些她们早已知之甚详的事情。

最后，因为下雪路途艰难，马从原本的四匹增加到六匹。车外一个声音问道："人都到齐了吗？"车厢里有一个声音回答："到齐了。"之后他们启程了。

马车走得慢极了，像蜗牛在爬似的。车轮陷入雪里，整个车子都在吱嘎吱嘎作响，拉车马一步一滑，打着鼻响，汗气蒸腾。马夫手中长鞭不断地噼啪作响，在空中四处飞舞，时而盘卷，时而伸展如同长蛇，有时鞭子忽然抽在某个圆滚滚的马屁股上，马儿顿时身体一紧，努力向前。

但是时间却过得飞快。轻盈的雪片——被车上一个旅客，一个土生土长的鲁昂人称作棉花雨——已经不再下了。一束浑浊昏暗的光线透过黑沉沉的乌云，在这片乌云反衬之下，乡间白茫茫的田野显得更加刺眼。田野上时不时地有一行披着白霜的大树，时不时又是一间屋顶覆满白雪的乡间小屋。

车厢里，乘客们借着清晨昏暗的光线彼此间互相打量。

顶里头最好的位置上，坐着卢瓦索先生和太太，他们是大桥街上的红酒批发商，正面对面地坐着打盹。卢瓦索先生曾是一位酒商店里的伙计，老板生意黄了后，卢瓦索先生就盘下了自己老板的生意，赚了不少钱。他把劣质酒低价卖给乡下的零售商，他的朋友和熟人们都知道这人是个精明的痞子，一个货真价实的诺曼底人，表面上嘻嘻哈哈，肚子里尽是鬼点子。

他这奸商骗子的名声昭著于世，以至于某天鲁昂当地著名歌曲、寓言作家都内尔先生——他的文笔辛辣而又细腻——在州长家中做客时，看到各位女客们都困意昏沉，就提议大家来做"鸟儿飞"的游戏，从他古怪的语气中，大家领悟到他其实是在说"偷儿卢瓦索"①。自此，这个双关妙语就从州长客厅飞到各家各户的客厅中去，整个州的人为此大笑一个月。

除了他生意上偷奸耍滑的行径，"鸟"先生另外一个出名的原因是他擅长各种善意的、恶意的玩笑、把戏。提起他的名字，没人不说："这鸟，真不一般。"

他身材矮小，大腹便便，留着灰白胡须，脸上气色看起来不错。

他的妻子身材高大、壮实，声音洪亮又决断。在店铺里，"鸟"先生会使得气氛滑稽活跃，而他的妻子则是秩序和威严的象征。

他们身边，坐着地位更加高贵的卡雷-拉马东先生，他是位更加尊贵的绅士，棉花产业中的领头羊，拥有三家纺织厂，获得过荣誉军团勋章，并且是州参议会议员。在整个帝国时代②，他一直是温和反对派的领袖人物，用他自己的话说，他之所以会担任此职务，唯一的目的是为了用"温和的武器"攻击对方，然后再附和对方，以得到更大的好处。

卡雷-拉马东太太比她的丈夫年轻得多，鲁昂驻军中许多出身名门的军官都曾在她身上得到过安慰。她美貌、纤弱，举止得体，身上裹着毛皮大衣，坐在自己丈夫对面，楚楚可怜地打量着马车寒碜的车厢内饰。

她的旁边，坐着的是休伯特·德·布雷维尔伯爵和伯爵夫人，他们出身于诺曼底最高贵、最古老的家族之一。伯爵气度雍容，着重修饰打扮自己，极力凸显自己与亨利四世③国王之间的天然相似。根据他家族的一个荣耀的传说，亨利四世曾是布雷维尔家族先辈某位女性最钟爱的情人，这位女士曾为他诞下一子。作为补偿，国王封女士的丈夫为伯爵，并执掌一省之政。

---

① 卢瓦索法语写作 l'oiseau，意为鸟儿。法语中，"voler"既有飞翔的意思，也有偷窃的意思。因此这里是一语双关。另，"鸟儿飞"是当时流行的一种室内游戏。
② 这里指由拿破仑三世建立的第二帝国。
③ 亨利四世：法国国王（1589—1610），也是法国波旁王朝的创建者。

和卡雷-拉马东先生一样，伯爵也是州参议会的议员，是奥尔良派①的代表。他为什么会和南特②的一个小船主的女儿缔结婚姻，一直以来是个谜。但是伯爵夫人雍容华贵，待人接物无可指摘，而且据传曾和路易·菲利普的某个儿子有过罗曼史，因此，贵族阶级在她面前竞相争宠。她的会客厅里仍然保持着风流倜傥的古老风情，是贵族们聚会的首选。然而要成为座上宾并没那么容易。

布雷维尔家族的财产都是不动产，据估计，他家的年均收入达到五十万法郎。

这六位乘客坐在车厢的最里面，他们代表了一种社会群体：有固定收入，生活稳定，有权有势的强势群体。他们都是有信仰，有原则的君子淑女。

机缘巧合，车厢的一侧坐的全是女客。而且，伯爵夫人身边坐着的是两位修女。她们手上不停地在捻着念珠，口中嘟囔着向天父祷告和祈福。其中一位上了年纪，满脸的麻子，怎么看都像是迎面被一排霰弹击中了脸。另一位身体羸弱，面容姣好可是偏偏浪费在修女脸上，胸部被贪婪的信仰蚕食而扁平枯竭，这信仰使人成为殉道者、圣徒。

两位修女对面坐着一男一女，所有人的目光都被他们吸引。

那男人名叫科尼代，他可是鼎鼎有名，他是个民主主义者，是所有有身份地位的人的眼中钉。过去二十年来，他那把红色的大胡子经常泡在所有有民主主义倾向的小酒馆的啤酒杯里。他的父亲，一位老字号的糖果商，留给他一笔数目可观的遗产，可在他和他的同志、兄弟们的不懈努力下，被挥霍殆尽。如今他焦躁不安地等待着共和国的建立，期望自己为了革命事业喝了这么多酒，到时候能获得应得的地位。在九月四日那一天③，很可能是他被人故意捉弄，使他相信自己已被任命为州长。但是当他想要去走马上任的时候，办公室的工作人员却将他拒之门外，拒绝承认他的州长地位，逼得他不得不退位。但是从其他角度来说，他倒是个挺好的伙计，与世无争，而且乐于助人。

---

① 奥尔良派：18世纪到19世纪时期法国拥护波旁家族奥尔良系的君主立宪主义分子。在路易·菲利普的七月王朝时期，奥尔良派达到权势的顶峰。

② 南特：法国西部港口城市。

③ 1870年9月4日，普法战争中期，第二帝国被推翻，第三共和国建立。

他以一种别人难以企及的热忱投身于城市防御工事的建设中，在平原上挖了好些洞，把附近的小树全部放倒，在所有马路上都布下陷阱。当敌人来临之时，他心满意足地把自己的杰作留在身后，迅速逃回城里去了。如今，他觉得自己在勒阿弗尔更有用武之地，因为很快那里就会需要构建防御工事了。

那个女人，就是所谓高级妓女的那类人，因为与她年龄不相符的丰满而出名，也因此赢得"羊脂球"的花名。她的身材矮小而浑圆，胖得像一只猪一样，连指头都是圆滚滚的，只有在指关节的地方被箍出了一个圈，使得指头看上去就像一串小香肠。她的皮肤光亮紧致，丰满的胸脯将连衣裙高高撑起。即使如此，她仍然颇具魅力，追求者如狂蜂浪蝶，只因为她的外表令人感到既新鲜又舒适。她的脸色犹如一只鲜红的苹果，像一枝含苞待放的芍药花。脸的上半部分，长着一双迷人的深色眼睛，镶嵌在一圈浓重的睫毛中间，睫毛修长，在眼中形成倒影；脸的下半部分，长着一双小巧、成熟欲滴、令人想去亲吻的嘴唇，嘴唇里排着洁白光泽的纤细牙齿。

据说，她还有一些无法言表的长处。

当她被认出来后，车里有身份地位的贵妇们立刻聚在一起窃窃耳语。"娼妇""社会的耻辱"这类词不时被很响亮地说出来，以至于羊脂球都抬起了头。她目光大胆而有挑衅意味，环视自己身边人一周，同行人立马安静下来，纷纷垂下双眼。只有"鸟"先生例外，他饶有兴致地打量着她。

但是很快三个贵妇人之间的交谈又开始了。因为这位姑娘的出现，三位夫人之间忽然就系上了友谊的纽带，几乎可以说成了亲密无间的好友。她们认为自己应该团结一致，在这个不知羞耻的娼妇面前捍卫自己为人妻的尊严，因为自来法定的爱情就比自由爱情要圣洁。

那三位男士也一样，因为科尼代先生的出现，唤醒了他们保守派的本能，彼此团结起来。他们以一种蔑视穷人的口吻谈论起钱财。休伯特伯爵说起普鲁士人入侵给自己造成的损失，谈起被偷的牲畜，被毁的庄稼，口气轻松得就像一个腰缠万贯的大领主，感觉这些损失为他带来的财务不便顶多也就影响一年而已。卡雷-拉马东先生，在棉纺产业有过不少财产损失的亲身经历，因此多了个心眼将六十万法郎汇到英国以备不时之需。而"鸟"先生，早就做好了准备，他将自己储备的所有红酒全部卖给了法国军需部门，由此政府欠了他不少钱，他打算到了勒阿弗尔就去收这笔款子。

三人相互之间的目光充满了亲切和友善。虽然他们身处不同的社会阶层，但是金钱的力量使他们亲如兄弟。就像大商会成员，无论何时何地，只要把手插进裤兜都能晃得金币叮当响。

马车走得非常慢，到早上十点的时候还没走出四法里。车上的男人们下车三回，徒步爬坡。乘客们开始变得焦虑起来，大家本指望中午能抵达托特，在那儿吃午饭，可是现在看来晚上都很难赶到。正在这时，马车突然陷进了积雪，花了两个小时才脱困。大家都朝车外张望，希望能在路边找到一家小酒馆。

饥饿感越来越强烈，旅客们精神萎顿。路上一个酒馆、饭店都没有，饥火烧肠的法国败军以及普鲁士人的逐渐靠近，吓跑了沿路的生意人。

男人们都跑到路边的农场里去找吃的，但是连个面包屑都没找到。胆小多疑的乡下人一定是把吃的都藏了起来，因为那些几乎没吃什么东西的士兵如饿虎扑羊，见到什么就会抢什么。

下午一点的时候，"鸟"先生大呼自己已经饿得前胸贴后背了，其实大家早已和他一样饥饿难耐。饥饿的侵蚀不断增强，所有人都失去了谈话的兴趣。

时不时地会有人打哈欠，然后就会有人前后脚跟着打，每个人都受影响轮番地打起哈欠。每个人的身份地位、性格教养各不一样，打起哈欠来，有的张着大嘴发出大声，有的刚一张口就拿手掩住那张吐出白色雾气的嘴巴。

羊脂球好几次弯下腰去，好像是在裙子下边找什么东西。她犹豫一下，看看身边的人，然后若无其事地直起身子坐好。所有人都耷拉着脸，面色苍白。"鸟"先生宣称他愿意出一千法郎换一只肘子来吃，他的妻子立马下意识地摆出不同意的姿势，但是随即安静地收敛起来。只要有关浪费钱财的话，哪怕是玩笑，都会让她肉疼。

"我也真觉得不太舒服。我怎么就没想着带点吃的呢？"每个人都为这个问题自责。

可是科尼代却带了一瓶朗姆酒,他邀请大家喝点儿。所有人都冷冷地回绝了,只有"鸟"先生尝了一口,把酒瓶还回去,说了声谢谢,然后说道:"真是好东西,身上暖和多了,胃里也不那么饿了。"酒精又让他找回了幽默,他提议大家应该照着歌谣里面小船上的人们那样做:把最胖的乘客吃了。这句映射羊脂球的隐语令在座有修养的人都心生不悦,没人搭他的茬,只有科尼代咧嘴一笑。两位修女也不念经了,她们把双手笼在宽大的袍袖里,一动不动地坐着,四目低垂,眼睛定定看着地,坚信如今所受的苦楚都是对上天的敬献。

最终,下午三点的时候,饥饿的痛苦似乎无穷无尽。眼底下看不见一个村庄。这时,羊脂球忽然弯下腰,从座位底下拖出一个盖着白餐巾的大篮子。

她先从篮子里取出一个陶瓷的小盆,然后取出一个银质酒杯,之后又拿出一个大盘子,里面盛着整整两只切成块儿的仔鸡,上面裹满了胶冻。篮子里好像还有其他的东西:派,水果,各种各样的美味佳肴。总之,这些东西能让它们的主人三天不进路边酒馆饭店也能活得滋润。四瓶酒的酒瓶从食物篮里冒出头来。羊脂球拿起一只鸡翅,就着一种诺曼底人称为"摄政期"的卷面包斯文优雅地吃起来。

所有人的目光都投向她。食物的香味充满车厢内的空气,诱得鼻孔不断地张翕,口中唾液直流,耳朵底下的腮骨收缩得阵阵疼痛。女士们对这位不礼貌的姑娘的蔑视更加变本加厉,简直到了仇恨的地步。她们恨不得杀了她,或者把她,连同她那些酒杯、篮子、吃的全都扔下车去,扔到雪路上去。

但是"鸟"先生贪婪地望着那盘仔鸡,目光一动不动。

他说:"哎呀,哎呀,这位小姐可比我们看得长远呐。有些人就是能考虑到方方面面。"

她抬头看着他。

"您愿意吃点儿吗,先生?从早上饿到现在,挺不好受的呢。"

他屈身行礼。

"说实在的,我无法拒绝。我再也忍不了了。打仗的时候就该有打仗时的样子,是不是呀,夫人?"说着,他瞥了四周一圈,又说,"就像现在这个时候,遇到慷慨的贵人是件多么愉快的事。"

他铺开一张报纸放在膝盖上,以免裤子被弄脏。掏出一把一直随身带着的小刀,伸手用刀自顾自挑起一只黏满胶冻的鸡腿。他用牙咬开鸡腿,心满意足地大口朵颐,引起车厢里一片哀伤的叹息。

羊脂球用谦卑的低语邀请两位修女和自己一起享用食物。两人毫不迟疑地就答应了,低着眼睛结结巴巴地连忙答谢后,马上开始吃起来。科尼代也没有拒绝这位同车人的好意,他和"鸟"先生和两位修女一起,用好些报纸在四双膝盖间铺成一张桌子。

几张嘴一张一合,咀嚼、吞咽,尽情地享用着美味食物。"鸟"先生坐在角落里起劲儿地吃着,一边吃一边低声劝妻子学自己的样儿。"鸟"夫人抗拒了很长时间,但终归抵不过饥肠辘辘,胃里抽搐难挨。于是,她的丈夫,用最礼貌谦恭的语气,询问他们"迷人的旅伴"是否能允许他给"鸟"夫人取一小块儿鸡肉。

"可以,怎么会不可以,先生。"她脸上露出亲切的笑容,举起盘子,答道。

当第一瓶葡萄酒被打开后,大家意识到一个尴尬的问题:只有一个酒杯。所有人只好轮流用那个杯子,先擦擦,喝完再递给下一个人。只有科尼代,无疑是为了对羊脂球献殷勤,嘴有意对准杯边羊脂球沾过唇依然湿润的地方喝。

现在,围在布雷维尔伯爵夫妇、卡雷-拉马东夫妇身边的人都在吃东西。食物飘散出的香气令他们痛苦,就如同坦塔罗斯①所经受的种种折磨。忽然,纺织厂主年轻的妻子晕过去了,她的脸色变得和外边的雪一样白,双目紧闭,脑袋向前耷拉下来。大家的目光都被她吸引过去,她的丈夫吓得慌了神,请求同车人的帮助。大家都束手无策,不知该怎么办,这时年老的那位修女扶起病人的头,把羊脂球的酒杯放在她的嘴唇上,给她灌下几口葡萄酒。这位漂亮的病人动了动,睁开双眼,笑了笑,用虚弱的声音说自己已经没事了。但是为了防止这种可怕的意外再次发生,老修女又让她多喝了一整杯葡萄酒,说道:

---

① 坦塔罗斯:希腊神话中主神宙斯之子,起初甚得众神的宠爱,后得罪了神祇,被打入地狱,在那里备受苦难和折磨。虽然凉水就在嘴边,但他只要想用嘴喝水,水立即就从身旁流走;水果吊在他的额前,他只要踮起脚来想要摘取时,空中就会刮起一阵大风,把树枝吹向空中。后以其名喻指受折磨的人。

"只是饿着了,没有别的事儿。"

羊脂球听到这话,脸上露出羞愧的颜色,她看了看四位仍在挨饿的乘客,结结巴巴地说道:"我的老天,不知道我是不是能请这两位太太和先生们——"

她忽然停下来,生怕自己的好意换来奚落。

但是"鸟"先生却接着说道:"别说这个啦,在这种情况下,我们都是兄弟姐妹,理应相互帮助嘛。来吧,来吧,夫人们,看在老天的分上,别讲究那么多啦!我们都还不知道今晚是不是能找到一间房子过夜呢。按现在这个速度来看,到托特至少得明天中午啦。"

四个人仍然在犹豫,没有人敢第一个站出来接受。最终这个问题还是被伯爵先生解决了。他转向那位羞怯的胖姑娘,用一种极力凸显贵族做派的语气,说道:"既然如此我们就却之不恭了,女士。"

人之常情,第一步总是最难跨出的。既然卢比孔河都已渡过①,接下来大家就敞开来吃喝。篮子里还有一块肥鹅肝酱饼,一块云雀派,一块熏牛舌,一些克拉萨纳的梨子,一些勒威克桥的姜味面包,好些美味的蛋糕,还有满满一罐腌黄瓜和洋葱——羊脂球和其他女人们一样,喜欢吃这些生冷的蔬菜。很快篮子就空了。

既然吃了姑娘的食物,再不跟人家说话就不可能了。于是攀谈开始了。一开始对话非常生硬,但是随着大家发现她并不计前嫌,非常和蔼,气氛就变得随意起来。德·布雷维尔伯爵夫人和卡雷-拉马东夫人两位太太本就是饱经世故,懂得怎么对待别人既显得亲切又不失自己的身份。尤其伯爵夫人表现出一种纡尊降贵礼下于人的姿态,格外亲切,似乎和任何凡人接触都能出淤泥而不染。但是"鸟"夫人依然冥顽不化,像宪兵一样固执,一张嘴吃得多说得少。

话题自然而然地转向战争。大家纷纷讲述普鲁士人的那些残暴行径以及法国人的英勇事迹。这些人自己临战逃跑,却对同胞们的勇敢行为敬佩有加。很快开始谈论起个人经历,这时羊脂球表露出最真实

---

① "渡过卢比孔河"是一句西方谚语,意为"破釜沉舟"。这个俗语源自于公元前49年的一个典故,根据罗马当时法律,任何将领都不得带领军队越过作为意大利本土与山内高卢分界线的卢比孔河,否则就会被视为叛变。恺撒破除此禁忌,带兵进军罗马与格奈乌斯·庞培展开内战,并最终获胜。

的情绪,用姑娘们表达愤慨时常用的激烈语气讲述了她是因何逃出鲁昂的。

"起初我觉得我可以留下来,"她说,"我的屋里藏满了食物。所以我觉得与其逃到天晓得什么地方去,不如就喂养几个士兵算了。但是当我看见这些普鲁士人,我就气不打一处来!我气得火冒三丈,羞愧地哭了一整天。噢,我要是个男人就好了!我从窗户里看着他们——那些肥猪,带着尖尖头盔的猪!要不是我的佣人拦着我,我真会把家具扔下去砸死他们。后来有些人跑到我家来驻扎,我一下子就扑向第一个踏进我家门的人。掐死他们也不比掐死别人难多少!如果不是有人揪住我的头发把我拉开,我一定能掐死他。自打那以后,我就得四处躲藏。一有逃出来的机会我就立马抓住,所以现在我坐在这马车上。"

她赢得了大家的交口称赞。同车人都没有她那么勇敢,因此她在他们心中的地位提高了。科尼代一边听着她说话,一边露出信徒般的赞许和亲切的微笑,就像神父聆听教徒向上帝告解时经常挂在脸上的那种。像他这种留着大胡子的民主主义者,爱国是他们的特权,就像宗教是神父的特权一样。轮到他讲的时候,他用一种理论家的强调,用从每天贴在城中墙上的告示上学来的口吻发言,末了,他用一种竞选式的标本演讲做了总结,痛斥"那个流氓蠢货巴丹盖"①。

这些话令羊脂球气愤不已,因为她是一位波拿巴氏②忠实的拥护者。她的脸涨得通红,话语因为愤怒变得结结巴巴:"我倒想看看你坐在他的位置上会是什么样儿——你和你这样的人!肯定会搅得乱七八糟。哦,是的!正是你们背叛了他。如果法国被你们这样的无赖统治着,这个国家就没法待了!"

科尼代面对这番义正词严的谴责丝毫不为所动,脸上依然挂着高高在上的轻蔑的微笑。大家感觉到脏话就要骂出口了。这时,伯爵先生插了进来,好不容易才平息了那位姑娘激动的情绪。他说所有诚恳

---

① 巴丹盖:法国一个泥瓦匠的姓氏,1840年拿破仑三世在布洛涅发起暴动,失败后被判处终身监禁,囚禁于哈姆要塞。1846年他越狱,据传越狱时借了巴丹盖的一件衣服乔装而脱险,因此其敌对者给他起绰号为"巴丹盖"来贬低他。

② 波拿巴:拿破仑的姓。

的意见都理应得到尊重。但是伯爵夫人和纺织厂主的妻子,和所有上层人士一样对共和主义者怀着没来由的仇恨,而且和所有女人们一样,对专制政府的浮华和表象心怀喜爱,不由自主地偏向这个心志高尚的年轻娼妇。她们的情感多么相似啊。

篮子空了。十个人不怎么费事就把篮子里的食物处理干净,只是篮子为什么不再大一点,他们对此有些许遗憾。交谈又继续了一会儿,但是自从吃完食物之后气氛就冷清了不少。

夜晚来临,夜色越来越浓重。刚刚吃饱的人更容易感觉到寒冷,羊脂球虽然体态丰腴,但也经不住夜寒开始打战。布雷维尔夫人把脚炉递给她,从早晨到现在,脚炉里的燃料已经换过好几道。羊脂球立刻接受了夫人的好意,她的脚已经冻僵了。卡雷-拉马东夫人和"鸟"夫人也分别把自己的脚炉借给两位修女。

马夫点亮了马灯。马灯照处,车辕旁汗津津的马屁股上白汽蒸腾盘旋,犹如云雾;里边的白雪,也仿佛随着明暗闪变的灯光向前舒展开来。

现在车厢里已经什么也看不清了。但是突然在科尼代和羊脂球坐着的那个角落里发生了什么。"鸟"先生在昏暗中凝视,感觉自己看到那个大胡子民主党人突然就倒向一边,就好像在黑暗中他突然经受了某种无声的击打。

前方亮起了微弱的灯光。那是托特。马车光走就用了十一个小时,还有马车四次停下来歇脚,饮马喂料,耽搁了三个小时,在路上总共已经是十四个小时了。马车进了托特,停在商务旅店门口。

车厢门被打开,一个熟悉的声音让车厢内的乘客受到惊吓,那是刀鞘在地面上摩擦发出的金属音。紧接着有人用德语高声喊了句话。

马车虽然早已停稳,但没人敢下车。大家害怕一旦离开座位可能就会遭到杀害。于是马夫走过来,手里拎着一盏马灯。灯光照亮车厢内部,照亮两排受惊的脸孔。所有人都因为诧异和害怕而目瞪口呆。

马夫身边,灯光映照在一位德国军官身上。这是一位高大的年轻军官,身材纤细。身上紧紧裹着制服,就像女士们穿着紧身胸衣。他那顶扁平的漆皮军帽,斜在脑袋一侧,使得他看上去就像英国酒店里的杂役。他的胡子长得挺夸张,又长又直,分至两边,逐渐收拢为一缕金色,细得几乎看不见末梢。胡子似乎过分沉重压弯了嘴角,令嘴唇向下弯过去。

他要求乘客们下车,用带着阿尔萨斯①口音的法语生硬地说:"先生们,小姐们,请各位下车。"

两位修女首先下车,神职妇女身上那种无论何时都会委曲求全的顺从态度显现无遗。接下来下车的是伯爵和伯爵夫人,然后是纺织厂主和夫人,他们后面跟着"鸟"先生,推着他高大的另一半走在自己前面。

"您好,长官。"脚一沾地,"鸟"先生就忙不迭地打招呼,不是因为礼貌,而是因为谨慎行事。而对方就像所有权力在握的人一样,仅仅瞥了他一眼,不屑答复。

羊脂球和科尼代尽管离着车门最近,但却最后才下车,在敌人面前表现得庄重而高贵。这个矮胖的姑娘努力控制着自己,使自己显得情绪稳定。那个民主主义者一手捋着自己红褐色的大胡子,手掌却没来由地抖个不停。两个人都努力地保持自己威武不屈的姿态,因为清楚地知道当此非常时刻,每个个体都会或多或少被视为他们民族的代表,同时,也是因为对自己同伴们的软骨头由衷憎恶。羊脂球甚至要表现出比自己身边的贞洁、道德的女人们更加凛然不可侵犯。而科尼代觉得自己应该以身作则,保持这种自从在鲁昂城边的道路上挖陷阱以来就有的反抗态度,正是他的职责所在。

所有人都进了旅馆宽敞的厨房里。德国军官要求查看由总司令签发的通行证,上面记录了每位通行者的名字,样貌描述以及职业。他一言不发地打量着所有乘客,将他们的面貌和通行证上所描述的进行对比。

之后他粗声粗气地说了句:"行了。"就离开了旅馆。

大家终于松了口气。但都还饿着,于是吩咐做晚饭。准备晚饭需要半个小时时间,当两个仆人忙着准备的时候,旅客们趁着这段时间去看看自己的房间。所有的房间都在一条长长的走廊两侧,走廊的尽

---

① 阿尔萨斯:法国东北部地区名及旧省名,是法国本土上面积最小的行政区域,隔莱茵河与德国相望。

头是一间装着玻璃门的屋子,上面写着号码"100"①。

当大家将要围桌就坐准备吃晚饭的时候,旅馆老板出现在大家面前。老板姓弗朗维,曾经是个马贩子,身材高大,好像有哮喘病,整日地喘着气,咳嗽,清嗓子。

他问道:"哪位是伊丽莎白·鲁塞女士?"

羊脂球吃了一惊,转过身来回答:"我就是。"

"女士,普鲁士军官想立即和您谈谈。"

"和我?"

"是的,如果您的确是伊丽莎白·鲁塞女士的话。"

她犹豫了,思考了一会儿,然后大声拒绝道:"我是伊丽莎白·鲁塞,但是我不会去的。"

周围的人躁动了,所有人推想着,猜测着为什么会有这道命令。伯爵走过来说:"你这样是不对的,女士。你拒绝执行命令,不仅会给自己带来麻烦,也会连累你的同伴们呀。当低头时且低头。您听从命令不会带来任何危险的。肯定是因为有什么手续遗漏了才让你走一趟。"

大家都赞同伯爵的说法。大家劝说着,哀求着,晓之以理动之以情,最终羊脂球被说服了。所有人都担心这道命令是因为她桀骜不驯的态度所造成的。

最终,她说道:"我可是仅仅为了你们才同意去的。"

伯爵夫人抓住她的手,说道:"我们大家都为此感激不尽。"

她离开了房间,所有人都在餐桌边等待她回来。德国人没有邀请自己,反而请了这个冲动、暴脾气的姑娘,每个人心里都有点不是滋味。所有人心里都在排演一套卑躬屈膝的说辞,以备万一自己也被传唤。

但是十分钟后,她回来了,脸色气得通红,喘着大气。

"噢!这个流氓!这个无赖!"她嘟嘟囔囔地说。

所有人都急于知道发生了什么,但是她拒绝提起。当伯爵问起这事儿的时候,她表情严肃地回绝了他:"不!这事儿和你们没有关系!

---

① 指厕所。

我不能说。"

于是大家都围在大汤盆周围，汤盆里飘散出卷心菜的香味。除去这个小插曲的影响，晚餐还是挺令人愉快的。苹果酒味道不错，"鸟"氏夫妇和两位修女因为价格实惠点了它。其他人点了葡萄酒。科尼代要了啤酒。怎么喝酒他自有一套招式：打开瓶塞，令酒里充满泡沫，斜过酒杯仔细打量，随后把杯子举到灯光下凝神品评酒色。当他喝酒的时候，那把大胡子——恰好和他最钟爱的饮料是一样的颜色——似乎是因为动情而不住颤动。他斜着眼睛一动不动地盯着心爱的酒杯，好像这就是他生来唯一的使命。淡啤酒和革命事业，他生平最大的两项爱好在他心里紧密相连，当他品尝其中一项的滋味时，不可能不想起另一项。

弗朗维夫妇坐在桌子最末端进餐。弗朗维先生喘气就像一个破朽的火车头，呼吸短促，所以不可能一边吃饭一边交谈。但是他的妻子就喋喋不休，舍不得停一小会儿。她说起普鲁士人说了些什么，做了些什么，当他们到来时给她留下怎样的印象。她诅咒着这些外国人，第一是因为他们令她损失了很多钱，第二是因为她有两个参军的儿子。她特别愿意和伯爵夫人攀谈，她觉得能和上等人说上话简直是种恩宠。

然后她压低声音，开始说些微妙的话题。她的丈夫不住地打断她，劝说道："你还是管住自己的舌头吧，弗朗维太太。"

但是她对丈夫的劝告根本不屑一顾，继续说道："是的，夫人，那些德国人要么吃土豆和猪肉，要么吃猪肉和土豆，别的什么也不做。别想着他们身上会干净啦！是的，真真切切！您别怪我说话粗，这些人到处拉屎撒尿！如果您能看见他们操练就好了，他们一连操练好几个钟头，甚至好几天呢！他们都集合在一片空地上，啥也不干就前前后后左左右右地走。他们真该都去种田，或者都回家去修路！真的呀，夫人，这些当兵的一点儿用都没有！可怜的老百姓得养着他们，供着他们，难道就是为了让他们去学杀人的吗！的确，我不过是个糟老婆子，也没啥文化，但是每次我看见他们从早走到晚，我就自己寻思啊，您说世上有那么多人发明创造为老百姓造福，为啥还有这些人费劲劳神地就为了去害人呢？真的，不管是普鲁士人，英国人，波兰人还是法国人，难道杀人不是一件可怕的事情吗？有人伤害我们，我们报复他就是错的，会受到国家的惩罚。但是当我们的儿孙被人像打松鸡一样猎杀的时候，反而变成对的了，而且杀人最多的还会得到奖赏。不，说真的，我永远也弄不明白这些个。"

科尼代提高自己的嗓门，说道："当我们主动攻击一个友好邻邦的时候，战争是野蛮的；但是当我们奋起保卫自己的祖国的时候，战争就是神圣的职责。"

老妇人低下头，说："是啊，当人们为了保护自己的时候，那就是另一回事儿了。但是，把那些仅仅为了好玩就发动战争的国王们全部都杀光岂不是更好？"

"说得好，好公民！"科尼代双眼泛起光芒，说道。

卡雷-拉马东先生陷入深深的沉思。虽然他是那些大将军的铁杆崇拜者，但是这个乡下老妇人简单普通的想法却令他开始衡量这些花费巨大、消耗军饷却不创造任何价值的人如果都用在工业上，那是几个世纪都用不完的人力，要创造数不尽的财富。

但是"鸟"先生离开自己的座位，走到旅馆老板身边低声地聊起来。大块头的老板笑着，咳着，唾沫飞溅，庞大的身躯被身边的人逗得直打战。最后他从"鸟"先生那儿买下六桶葡萄酒，等普鲁士人走后，开春就送货。

这时，晚餐已经结束，所有人各自回房就寝，大家都已经精疲力尽。

但是"鸟"先生在不声不响中观察到了许多事情。他让自己的妻子先上床，自己却趴在房门钥匙孔上，要么用眼睛向外观瞧，要么用耳朵贴着倾听，乐此不疲。用他自己的话说，这是为了探寻"走廊里的秘密"。

一个小时过后，他听见一阵窸窸窣窣的声响，立马向外偷看。他看到羊脂球手持蜡烛，径直走向走廊尽头写着数字的那个房间。她身穿镶嵌白色蕾丝边的蓝色羊绒睡衣，看起来比白天更加丰满。有一间房门半开着，几分钟过后，羊脂球回来，科尼代跟在她身后，没穿外套，身上只有衬衣和背带裤。两人低声交谈着，然后很快就不说话了。似乎羊脂球坚决地拒绝了他要进她房间的请求。很不走运，"鸟"先生没能从头完整地听到两人的对话，但是最后几句两人提高了声音，他零星地听到几句。

"你真固执！这对你来说算个什么？"科尼代仍然在固执坚持。

"不行，好朋友，很多时候人们不能做这种事情，而且，在这种地方多丢人现眼。"她听上去像是生气了，愤愤不平地回绝道。

显然他并没能理解她的意思，继续追问原因。这回她彻底发火了，提高声音无所顾忌地说："为什么？你还不知道为什么吗？普鲁士人就住在这旅馆里，也许就在隔壁房间！"

科尼代不说话了。一个妓女在旁边住着敌人的情况下拒绝接受男人的爱抚，这样的爱国心和羞耻心一定是唤醒了他心中沉睡的尊严，因为他俯身为她献上轻轻一吻后，蹑手蹑脚退回自己的房间。"鸟"先生被这一幕惹得心火难挨，他几步跳到床边，换上睡衣睡帽，掀起盖在他妻子硬邦邦的身体上的被单，亲吻她一下，把她弄醒，柔声细语地问道："你爱我吗，亲爱的？"

之后旅馆里变得一片寂静。但很快从某个角落里——也许是地窖，也许是阁楼——传出一阵单调均匀的鼾声，一阵沉闷拖长的呼噜，不时被颤声打断，就像充满蒸汽的锅炉发出的声响：弗朗维先生睡着了。

旅客们原定第二天早晨八点启程，所以所有人准点在厨房里集齐。但是马车却孤零零地站在天井里，车厢顶上盖满积雪，马和车夫都不见踪影。大家在马厩、马车房、牲畜棚各处寻找车夫，但一无所获。然后男人们决定去城里仔细查找，于是纷纷出门。他们来到广场上，看到对面有一座教堂，左右两边排着低矮的房屋，一些普鲁士士兵正在那儿。有一个士兵正在削土豆皮，更远处有一个正在清洗理发店。还有一个士兵一把大胡子都长到了眼睛下边，膝盖上躺着一个啼哭的婴儿，正在不住哄逗。那些矮胖的乡下妇人，她们的丈夫都参与了此次战争，正在指手画脚让那些听话的征服者们做各种工作：劈柴、煮汤、磨咖啡；有一个士兵甚至为他的房主——一位孱弱的老太太洗衣服。

伯爵先生看着眼前一切，觉得不可思议，向一位从神父住处走出来的教区执事询问。老人回答道："哦，这些人也不全都是坏种。我听说呀，他们也不是普鲁士人。他们是从更远些的地方来的，具体是什么地方我可说不上来。这些人也都抛家弃子远道而来。他们也不喜欢战争，这点我可知道！我觉得他们家乡的人也一定在为他们伤心落泪哪，就像我们会为自己的亲人落泪一样。战争给他们带来的灾难不比我们少。事实上，到目前为止这里的情况还不算糟糕，这些当兵的不伤人，就像在自己家里一样干活。先生您瞧，可怜的穷老百姓总会互相帮助，打仗呀，那是大人物想干的事。"

科尼代对这种征服者和被征服者之间的友善和谐愤懑不平，扭头就往回走，他宁愿把自己锁在旅馆里眼不见为净。

"他们要拿这里当家啦。""鸟"先生挖苦道。

"他们是在改过从善，想将功补过。"卡雷－拉马东先生严肃地说。

但是他们没能在这儿找到马夫。最后，大家在城里的咖啡馆找到了他，他正和普鲁士军官同坐一桌，看上去亲密如兄弟。

"难道没跟你说过要在八点钟套好马吗？"伯爵质问道。

"噢，的确是。但是后来我接到了不一样的指令。"

"什么指令？"

"不准去套马车。"

"谁给你这样的命令？"

"啊，是普鲁士长官。"

"为什么会有这样的命令？"

"我不知道。您去问他吧。我得到命令不准套马车，所以我听命令没套车，就这样。"

"他亲自给你的命令吗？"

"不是，先生。旅馆老板代为传达的。"

"什么时候？"

"昨天晚上，我正要睡觉的时候。"

三个人惴惴不安地回到旅馆。

他们想找弗朗维先生问个究竟，但是仆人告诉大家，因为哮喘病的原因，弗朗维从未在十点以前起过床。在十点以前，严禁仆人们打扰他，除非是旅馆着火了。

他们转而求见普鲁士军官，虽然他也在旅馆下榻，但是也未能如愿。唯一一个被允许可因民事问题进见他的人正是弗朗维先生。那就只好等待了。女客们各自回到自己的房间，忙些琐碎的事情。

科尼代在厨房壁炉边坐下，面朝熊熊火焰。他令人搬来一张小桌又要了一扎啤酒，然后抽起烟斗。他那只烟斗在民主人士中间几乎享有和它的主人同样的尊重，就像它为科尼代服务就是为国奉献一样。那是一只质地优良的海泡石烟斗，和它主人的牙齿一样被烟熏得黢黑，但是散发着香味，曲线优雅，在主人手中显得和谐自然，为它的主人平添了几分神气。科尼代一动不动地坐着，双眼先是凝视舞动的火焰，然后落在啤酒里堆积的泡沫上。每喝完一口，他总会用他长长的、纤细的手指捋过自己长长的、油腻的头发，同时吮吸黏在胡须上的泡沫。

"鸟"先生推说自己要出去活动活动腿脚，其实是去城里看看是否能把自己的酒卖给当地分销商。伯爵先生和纺织厂主开始聊起政治。他们预测法国的未来会是怎样的。一个仍然相信奥尔良王朝①，另一个却寄希望于从天而降的救世主——一个在最后时刻挺身而出的英雄，另外一个杜·盖克兰②，或者另外一个圣女贞德？或者另外一个拿破仑一世？哎！要是皇太子③能再大一点儿就好了！科尼代一边听两人聊天一边微笑不语，就好像命运之钥掌握在他的手中。他的烟斗令厨房满屋都是烟草香。

当钟表指向十点，弗朗维先生出现了。大家马上围住了他，不断发问这究竟是怎么回事。但是他只能不断地把下面这些话一字不改地重复了三四遍："普鲁士长官对我就仅仅说了这些话：'弗朗维先生，明天严禁你套他们的车。没有我的命令，不准他们出发。你听清楚了吗？就这样。'"

于是他们要求面见军官。伯爵先生递上自己的名帖，卡雷-拉马东先生也在上面签了自己的名字和头衔。普鲁士人传出话来，他可以

---

① 奥尔良王朝：由路易·菲利普建立的君主立宪制王朝，1830—1848年统治法国，因国王出自奥尔良家族而得名，又称七月王朝。

② 贝特朗·杜·盖克兰（1320—1380）：百年战争初期杰出的军事领袖，他的战术拖垮英军，同时在法国没有足够力量打败英国之前避免重大战役，让法国人重新夺回他们在战争初期失去的多数领地。被称为布列塔尼之鹰，法国民族英雄。

③ 皇太子：指拿破仑·欧仁·路易·让·约瑟夫·波拿巴，是拿破仑三世与其妻欧仁妮皇后的独生子，也被称为"拿破仑四世"。

在午餐后,也就是一点左右会见他们。

女士们又都来到厨房,虽然大家心神不宁,但还是吃了点东西。羊脂球看上去好像生病了,显得焦虑不安,神思不定。

咖啡还没喝完,传令官就过来召唤两位先生。

"鸟"先生自告奋勇加入进见团队,但当他们邀请科尼代和他们一同前往以壮声势时,他却义正词严地宣称自己不愿意和德国人沾上半点关系。随后他又坐回烟囱旁的角落里,要了另一扎啤酒。

三个人拾阶上楼,由传令官引导着来到旅馆最好的房间,军官正在里面等着他们。他懒洋洋地倚在扶手椅里,双脚搭在壁炉架上,抽着一只长长的瓷质烟斗,包裹在一件华丽的睡衣里。毫无疑问,这件睡衣是从某位从城中逃离的、毫无衣着品位的市民家里偷来的。他没起身以示欢迎,甚至都没有向他们瞥上一眼。战胜一方士兵所具有的傲慢在他身上表现得淋漓尽致。

过了一会儿,他才用不熟练的法语问道:"你们找我有什么事吗?"

"我们希望能够启程。"伯爵回答。

"不行。"

"我能问问您为什么不准我们走吗?"

"因为我不愿意。"

"先生,我怀着极大的敬意提醒您,我们已经得到了贵军总司令的通行许可前往迪耶普。而且我也没想到我们做了什么事要承受您如此严厉的惩处。"

"我就是不愿意——没别的。你们退下吧。"

大家起身行礼,退出房间。

下午过得烦躁不安。没人知道这个德国人究竟葫芦里卖的什么药,大家都在心里异想天开地揣测着。所有人都聚集在厨房里,不停谈论着这件事,想象着各种光怪离奇的原因。难道他们成了人质?但是为什么呢?或者被视为战争俘虏要被引渡?又或者是为了向他们要一笔赎金?最后这个想法把他们吓得不轻。越是有钱的就越害怕,似乎看见自己被迫大把地掏钱,直到把身上最后一枚金币都恭送给那个无礼武夫才能买回一条命。他们绞尽脑汁编造各种可信的谎言来掩盖自己是富翁的事实,伪装自己是个穷人——穷得叮当响的那种。"鸟"先生摘下自己的表链装进口袋。伴随着夜晚降临,他们的忧惧更甚。灯点亮了,但是离晚餐还有两个小时。"鸟"夫人提议玩三十一点①,起码这可以分散注意力。其他人都赞成,科尼代也加入进来,出于礼貌,第一次掐灭烟斗。

伯爵先生洗牌,发牌。羊脂球起手就拿到三十一点。很快玩家们对游戏的兴趣就压过了种种焦虑。但是科尼代发现"鸟"先生正和他妻子两人合着伙儿作弊。

正当饭点儿临近大家准备上桌就餐的时候,弗朗维先生进来,用他带着痰音的嗓子说道:"那位普鲁士军官让我来问问伊丽莎白·鲁塞女士,是否已经改变心意了?"

羊脂球站起身,脸色苍白,接着就因气愤而变得通红。最后她嚷道:"请转告那个流氓,那个无赖,那个普鲁士烂死人,我决不会同意的,明白吗?决不!决不!决不!"

肥胖的旅馆老板离开厨房。大家一窝蜂围住羊脂球,询问、恳求她揭示她和那位长官会面的秘密。羊脂球一开始拒绝回应,最终她还是气愤不过,叫道:"他想干吗?他想干吗?他想我陪他睡觉!"这句话引起了公愤,所有人都义愤填膺,以至于没人觉得这话粗鄙刺耳。科尼代用力把酒杯往桌上一掼,酒杯被摔得粉碎。这是对无耻的兵油子的抗议之声。群情激愤,同仇敌忾口伐这个该死的敌人,仿佛他要求羊脂球所做的牺牲每个人都有份。伯爵先生脸上极尽鄙夷之色,声称这些人的行为就像上古野人,不知廉耻。女士们都对羊脂球表示出深切、温善的同情。两位不到饭点儿不出现的修女,四目低垂,不发一语。

气愤归气愤,当爆发的情绪稳定下来后,大家还是坐下来吃饭,只不过人人都说得少想得多。

女士们早早回房休息,男人们则点燃烟斗,玩起了艾卡特②。他们也邀请弗朗维先生一起玩,盘算着如何巧妙地从他口中套出让那个

---

① 三十一点:一种纸牌游戏,手中卡牌点数相加最接近三十一点者为赢。
② 艾卡特:起源于法国的一种两人纸牌游戏。

顽固的军官让步的方法来。但是弗朗维先生除了关心自己的牌什么也不想,什么也听不见,什么问题也不回答。他一遍一遍地重复说着:"专心打牌,先生们!专心打牌!"他全神贯注地打牌,都忘记了咳嗽吐痰。然后他的胸口就像管风琴一样发出嗡嗡声响。扯着鸣响的肺叶发出哮喘病患能发出的所有声音:从低沉、空洞的响声到小公鸡打鸣时发出的尖锐嘶哑叫声都有。

他的妻子带着倦意来催他睡觉他也不愿意,她只好独自回去。弗朗维太太总是早起,太阳升起的时候就会醒来,但是弗朗维先生总会睡得很晚,随时准备和朋友们熬夜聚会。他只跟太太说了句:"把我的蛋黄甜奶搁在火旁热着。"就继续打牌了。其他人看到从他嘴里也得不出什么,就宣称天色已晚,是该休息的时候了。于是大家各自回房就寝。

第二天早晨大家都起得很早,怀揣着模糊的希望今天能够出发。而且出发的渴望越来越强烈,害怕在这个恼人的旅馆再待上一天。

唉!马还关在马厩里,马夫还是不见踪影。大家围着马车团团转,无事可做。

午餐吃得很凄凉。大家对羊脂球的态度变得冷淡下来。黑夜能给人足够的时间考虑,多多少少已经改变了她的同伴对她的想法。沁浸在寒冷晨光中,大家不禁对这位姑娘产生了怨恨:为什么昨晚她不偷偷地去找那个普鲁士人?如果那样,她就能在早晨大家醒来时给其余的人一个意外之喜。还有比这更简单的事儿吗?

而且,谁会傻得捅破这事儿呢?只要她跟那个军官说自己这么做是因为同情旅伴们的不幸处境才答应的,就能保住颜面。对她来说,这种事算得了什么呢。

但是没人把这种想法说出来。

到了下午,大家实在太无聊,伯爵提议去城外四周转转。所有人都裹得严严实实,除了科尼代之外,其他人出发了,他宁愿坐在火炉旁。还有两位修女,她们和以前一样,白天不是待在教堂就是在神父寓所。

寒冷日渐加重,几乎能冻掉行人的鼻子和耳朵。他们的脚冻得生疼,每走一步都好像是苦行。当他们来到郊外开阔地,看到眼前一片无垠的白色大地，感受到一阵压抑和沮丧。大家调转脚步往回走，身体已经冻僵，心情也已结冰。

四位女士走在前面，三个男人隔着不远跟在她们身后。

"鸟"先生完全清楚现在所处的困境，他忽然问其他两人："那个贱货是不是要让咱们永远困在这个鬼地方？"伯爵先生永远谦恭有礼，声称他们不能把这样痛苦的牺牲强加于任何女人身上，一切得出于她自愿才行。卡雷－拉马东先生忽然想到，如果法军真的像人们谈论的那样，从迪耶普发动反攻，两军遭遇之地不可避免地会是托特。这个想法令另外两人更加不安。

"要不我们徒步逃出去？""鸟"先生问道。

伯爵耸耸肩，说道："这冰天雪地的，你觉得这办法可行吗？我们还带着家眷哪！而且，只要我们一逃，十分钟之内就会被追上，到时候被当作逃犯带回来，就全凭这些兵老爷们处置啦。"

这是个不争的事实，大家无言以对。

女士们谈论着穿着打扮，但是四人之间似乎有些局促。

忽然，那位军官出现在路的尽头。冰雪覆盖的地平线上，映衬着他裹在制服里高大、如黄蜂般的身体。他走路时两个膝盖外撇，这是军人走路时典型的姿势，他们总是担心那双精心擦拭、锃明瓦亮的靴子会沾染灰尘。

当他经过几位女士身边的时候，弯腰行礼，但是却向几个男人投去轻蔑的一瞥。他们总算还保有一些自尊心，没有对他脱帽行礼，虽然"鸟"先生做了一个要脱帽的动作。

羊脂球的脸都红到了耳朵根儿。三位已婚女士觉得和她结伴同行，又偏偏遇见这位对她想入非非的军官，遭到他如此非礼对待简直就是极大的侮辱。

于是她们开始谈论起他——他的身材，他的脸庞。卡雷－拉马东夫人认识好多军官，在对军官评头论足方面是个专家。她觉得这个军官样貌不赖，甚至惋惜他不是个法国人。如果那样，所有女人都会投怀送抱的。

他们回到旅馆，再一次无所事事。甚至因为一些很细碎的小事，说话也会变得尖酸刻薄。晚饭时谁也不说话，很快就结束了。所有人都早早回房躺在床上，希望快点入睡以打发时间。

第二天早上，他们从房间下来的时候，人人都满脸倦意，脾气暴躁。女士们基本都不再和羊脂球说话。

教堂的钟声传来，召唤信徒们参加一个孩子的受洗仪式。羊脂球也有个孩子，交给伊夫托的乡下人抚养。她一年也见不到他一面，也从没思念过他。此时知道有一个孩子将要受洗，她心中那份舐犊柔情忽然涌起，无论如何也要去参加这个仪式。

她一出门，剩下的人相互使个眼色，都把椅子挪到一起，他们觉得应该主动做点什么。"鸟"先生有了灵感，他提议大家应该请求军官扣下羊脂球一个，放其他人继续上路。

他们请弗朗维先生转达自己的请求，但是他几乎立刻就返回来。那个德国人把他赶了出来，他知道人性如何，声称自己的条件没有得到满足之前，所有人都得待在这儿。

这下"鸟"夫人粗俗暴烈的脾气可炸开了。

"我们总不能在这儿等到老死吧！"她吼叫着，"那个贱人能向任何男人出卖自己的身体，我看不出她有什么权利接受这个拒绝那个。我可告诉你们，在鲁昂的时候，她把自己能勾搭上的男人可都勾搭上了，甚至是马夫都能和她做！是的，没错，夫人，就是区政府里的马夫！我知道这事儿可是真真切切的，因为他的酒是从我们店里买的。现在需要她替我们解决困难的时候，她倒装起贞节烈女来了，这个贱货！在我看来呀，我倒觉得那个军官是个不错的人呢。为什么？显然他已经很久没碰过女人了，而且我们在座的三个，毫无疑问无论哪一个都更中他的意。但是没有，他只要那个人尽可夫的姑娘就满足了。他尊重已婚女士。稍微动脑子想想就知道啦，他是这里的主儿，只要他说一句：'我要。'就会有手下的士兵帮他完成心愿，强行霸占我们呢。"

其余两位女士被这番话吓得瑟瑟发抖。漂亮的卡雷-拉马东夫人眼中光芒闪闪，脸色开始发白，似乎她的确已经受到那位军官的侵犯一样。

三位男士本来都在一旁说话，这时也聚过来。"鸟"先生气愤不过，说干脆把"这个下流贱妇"捆起来送到敌人手上算了。但是伯爵先生，祖上三代都是外交官，自己也是一副外交官的派头，认为还是手段通融些比较好。

"我们得说服她才行。"他说。

于是大家开始算计起来。

几个女人聚在一起，压低了声音。讨论开始在所有人之间开展，每个人都给出自己的意见，而且每个人说的话都非常体面。尤其几位女士，简直是用优美辞藻和迷人的修饰来形容最腌臜龌龊之事的行家里手。她们的话说得如此含蓄巧妙，若非身在其中，外人绝对听不懂她们明喻暗示都在说些什么。武装在上流社会每个女人身上的端庄廉耻，其实只不过是一层薄薄面纱。一遇到这种桃色逸事，就如同猫儿遇到了荤腥，正挠到心痒难挨之处。她们仿佛身临其境，更甚者谋划撺掇这种露水姻缘，就像馋嘴的厨子为别人烹调晚餐。

这件事最终在他们看来不过是个乐子，大家都不由自主地兴高采烈。伯爵先生说了几个有伤风雅的玩笑，但是说得十分巧妙，听众们都不禁会心一笑。轮到"鸟"先生的时候，他更是讲了几个露骨的笑话，但是没人觉得有什么不妥。最后，他的妻子直截了当，粗鲁地说出了在座所有人内心真实的想法："这女人就是干这个行当的，她凭什么可以接受别人却拒绝这个？"容颜秀丽的卡雷-拉马东太太甚至把自己换到羊脂球的位置上思考，如果自己是她的话，宁愿拒绝别人也不会拒绝这个军官的。

他们仿佛要围攻一座城堡，围攻战术正在部署完成。每个人都接受了自己在这场战争中扮演的角色，每个人都确定了自己需要用到的论据、需要执行的策略。他们确定了作战计划，战略战术以及突袭策略，力图攻下这座人肉城堡，迫使她接受敌人进入她的城墙之内。

但是科尼代仍旧远远坐在一旁，对这场阴谋置身事外。

所有人都全神贯注在讨论里，连羊脂球回来都差点没注意到。直到伯爵先生轻轻"哈"了一声，大家才抬头观瞧。她已经站在那儿了。他们的讨论突然就中止了，好一会儿他们都觉得有种模糊的尴尬，不好和她说话。但是伯爵夫人，比起其他人更是见惯了客厅聚会那种八面玲珑，随即问候她道："受洗仪式有意思吗？"

胖姑娘仍然沉浸在那种感人的情绪中，跟大伙儿讲述着她刚才看到听到的一切，描述着她见到的信众，他们所表现出的虔诚，还对大家描述了教堂本身，最后她总结道："人时不时去祷告一次还是挺好的！"

一直到午餐前，女士们对她都和颜悦色，目的是为了增强她对她们的信任感，从而令她更容易屈从于她们的建议。

但当她们在餐桌前坐下时，进攻就开始了。首先是用关于献身精神的泛泛而谈打头阵，引用古代先贤的例子：朱迪思和荷罗孚尼①；随后莫名奇妙说起鲁克丽丝和赛克斯图斯②，克娄巴特拉③以及那些因为拜倒在她石榴裙下而俯首听命的敌方将领们。随后他们讲述了一个奇特的故事，故事显然是这些肚里没有几滴墨水的土财主们自己想象出来的，说起罗马的妇女们如何跑去卡普亚勾引汉尼拔④，甚至勾引他手下的将军和雇佣兵。她们一一列举那些令人崇敬的女人们，她们用身体作战场、作手段、作武器，令征服者们束手就擒。那些可憎的、可厌的敌人在她们英雄式的爱抚中臣服，她们为了复仇，为了忠诚献出自己的贞洁。

她们甚至吞吞吐吐地说起，有一个英国名门望族的小姐，自己先染上一种可怕的传染病，希望再去感染拿破仑。但是正当要成功的时候，拿破仑却感到一阵身体不适，有如神助般逃过一劫。

所有这些都说得体面而克制，女人们还得故意装出非常兴奋的样子，希望激起她效法先贤的决心。

---

① 这是《旧约全书》中的故事，亚速国大将荷罗孚尼率军讨伐不听号令的周边小国，荷罗孚尼所向披靡，只有犹太人没有屈服。美丽而虔诚的犹太寡妇朱迪思假装成告密者来到荷罗孚尼的军营，以美色引诱他，趁荷罗孚尼醉酒睡去，朱迪思挥剑斩下其头，带回犹太城中。

② 古罗马传说罗马王政时代的最后一个国王路修斯·塔昆纽斯在谋杀岳父、篡据王位后，暴虐无道，民怨沸腾。公元前509年，因其子赛克斯图斯·塔昆纽斯奸污鲁克丽丝，导致鲁克丽丝自杀，从而激起公愤，他和他的家族被放逐，王朝被推翻，罗马共和国遂告成立。莎士比亚根据这个故事写成长篇叙事诗歌《鲁克丽丝受辱记》。作者在这里意为表示几个妇人没什么学问，用此故事劝告羊脂球显得莫名其妙，文不对题。

③ 古埃及托勒密王朝的末代女王，利用色相引诱包括恺撒在内的诸多罗马将领，从而保住自己的权位。在这里同样是个不合适的例子。

④ 汉尼拔（前247—前183）：北非古国迦太基名将，军事家，是欧洲历史上最伟大的四大军事统帅之一。现今仍为许多军事学家所研究，被誉为战略之父。

有人听到这番话,简直会觉得女人在这世上唯一的使命,就是不断地牺牲自己的身体,不断地把自己贡献给敌方大兵,供他们玩弄。

两位修女似乎什么也没听见,陷入自己的思绪。羊脂球也一声不吭。

整个下午的时间都留给她自己去思考。但是,不知道什么原因,之前同伴们一直都管她叫"夫人",现在却改成了"小姐"。也许是因为有人故意要把她从好不容易赢得的地位上拉下来,让她认清自己的身份地位。

汤端上来的时候,弗朗维先生出现了。嘴里重复着前一晚的问题:"那位普鲁士军官让我来问问伊丽莎白·鲁塞女士,是否已经改变心意了?"

羊脂球简单地回答道:"没有,先生。"

但是到晚餐的时候,联盟的力量削弱了。"鸟"先生说了几句没什么效果的话。每个人都绞尽脑汁搜刮记忆中更多关于自我牺牲的例子,但是不幸都没有找到。这时伯爵夫人开始向两位修女中年长的那位打听圣徒们在生活中都有过什么伟大事迹。她这样问也许只是为了表达对宗教的崇高敬仰之情,并没有什么深层用意。结果发现,许多圣徒都做过一些坏事,甚至有些在我们凡人看来是犯罪的事情。但是只要这些罪行是出于上帝的荣光和众生的利益而犯,就会被教会轻易宽恕。这可真是个有力的论据,伯爵夫人马上加以利用。于是,无论这位修女是因为双方心照不宣的默契也好,还是只是简单地暗通款曲、殷勤逢迎也好——穿着教袍的人最精通这套伎俩,抑或仅仅是弄巧成拙的愚蠢,一种大加利用的愚蠢行径,无论如何,这位修女给这场阴谋平添一大助力。原本大家以为她性格羞怯不善言辞,事实却证明她十分大胆,巧舌如簧且言之凿凿。她显然没有受到神学中决疑法①错综复杂的因果的困扰,她信奉的教义如钢铁般不可撼动,她的信念毫

---

① 决疑法:这是利用道德原理来决定某特殊个案对或错的方法。在基督教内,它常披上消极的色彩,被人看为逃避责任的借口。这个名词常代表那些可以用"例外"作理由,然后用理性方法去证明某些"错误"的行为其实是应被接受的。

不动摇，她的良知从没有过顾虑。在她看来，亚伯拉罕①的牺牲再自然不过，如果换作是她接受到类似如此神谕，她会毫不迟疑地弑杀自己的父母双亲。在她心中，只要其心可嘉，其情可悯，就没有任何事能令主不悦。伯爵夫人立马充分利用这个神圣权威的意外同盟，引导她对"只看结果，不问手段"这句卫道士做派的谚语做一番激励人心的注解。

"那么，嬷嬷，您认为只要动机是好的，无论用什么样的法子，做出什么行为，都会被主宽恕的吗？"她问道。

"千真万确，夫人。一个令人谴责的行为往往会因为它的动机良好而变得令人可敬了。"

她们就这样聊着，探寻上帝的意志，预测他的判断，把他和一些风马牛不相及的事情强行拉到一起，说得好像他会感兴趣一样。

所有的话都说得极为小心含蓄，但是这个圣洁的女人嘴中吐出的每一个字都在削弱那个出卖自己的女人的愤怒抗拒。之后，话题略微转变了方向，修女开始说起她那个教派的修道院，她所在修道院的院长，她自己，还有她那个年轻的、弱不禁风的同伴圣尼塞浦修女，她们奉命前往勒阿弗尔，那儿的医院里住着数百位正经受天花折磨的士兵。她描述那些可怜的病人，还有他们所罹患的疾病。就因为普鲁士军官无理取闹半路阻拦，成批的法国士兵可能正在死去，而他们本应得到救护！老修女的专长就是病人护理，她曾去过克里米亚半岛，去过意大利和奥地利。当她说起曾经参加过的那些战役时，言行中显露出自己仿佛就是那些听惯了军号和战鼓的战地修女中的一员，生来就是为了随军出征，从两军对垒中抢救伤员，那些粗鲁桀骜的老兵油子只要她一句话就会变得温顺，比将军的话还有效果。这是一个货真价实的随军修女，她千疮百孔的脸本身就好像一幅满目疮痍的战争场面的活生生的图画。

---

① 亚伯拉罕：犹太教、基督教和伊斯兰教的先知，是上帝从地上众生中所拣选并给予祝福的人。同时也是传说中希伯来民族和阿拉伯民族等民族的共同祖先。文中所说的牺牲是指《圣经·创世纪》22章中所提到，一天，耶和华为试验亚伯拉罕的信心，他呼叫亚伯拉罕，命他将爱子以撒作牺牲献给耶和华。笃信神的亚伯拉罕甘愿忍受这一残酷的天命，带着孩子和祭具到摩利亚山上去行祭。

当她说完后,没有人再接话,因为看起来她的话产生了非常好的效果。

晚饭一吃完,旅客们就回房休息了,次日到了很晚大家才出现。

午饭吃得很安静。种子前一天晚上已经种下,需要给它时间破土而出孕育果实。

下午的时候伯爵夫人提议出去散散步,于是伯爵按照之前计划好的,挽起羊脂球的胳膊,和她一起走在其他人后面。

他用一种亲切的、慈父哺儿般的,还略微带点轻蔑的语气和她交谈。正是他这种地位的人和她这种身份的女人交谈所用到的语气。他称呼她"我亲爱的孩子",他从他荣宠的社会地位和纯洁的声誉中纡尊降贵。他直奔主题。

"如此说来,您宁可让大家都困在这儿,像您一样,等到普鲁士人吃了败仗,遭受他们的种种暴行,也不愿意自己妥协一下,做一次您一生中已经做过无数次的事情?"

姑娘没有回答。

他努力保持亲切的态度,用道理去说服,用情感去打动。他说话时始终保持着伯爵的派头,同时在需要的时候,又表现得和蔼可亲——不仅和蔼,简直是温柔。他高声赞颂她肯对大家施以援手是多么伟大,大家将会是多么感激无尽。然后,突然,他把对她的称呼改成了更亲近的"你":"你知道,亲爱的,事后他会因为征服了一个如此美貌佳人而大吹大擂的,这样的美人在他自己国家可不大见得到。"

羊脂球依旧没有回答,追上了其他人。

当他们一返回旅馆,羊脂球就回到自己的屋子,再也没有出来。众人的焦虑达到了顶峰。她会怎么做?如果她依旧拒绝,那将会是多么尴尬的场面!

晚饭时间到了,大家都在等她下来就餐。但是出现的却是弗朗维先生,他说鲁塞小姐身体不适,大家不用等她进餐了。旅客们开始交头接耳,伯爵走近旅馆主人身前,悄声问道:"事儿成了?"

"成了。"

出于体面,他对同伴们什么也没有说,只是轻轻朝大家点了点头。所有人舒心地长出一口气,每张脸孔上都挂起笑容。

"老天有眼！""鸟"先生叫道，"如果这儿有香槟的话，我真想请大伙儿喝点儿！"但是酒店主人真的拿来了四瓶，这时又轮到"鸟"夫人后悔不迭了。所有人突然变得愉快而又健谈，打心底里觉得高兴。伯爵似乎第一次发现卡雷－拉马东夫人娇美动人，而棉纺厂主也开始冲伯爵夫人大献殷勤。

"鸟"先生忽然神秘地举起手，高声喊道："安静！"所有人都吓了一跳，顿时停止了说笑。他双手拢在嘴边让大家悄声，然后竖起耳朵凝神静听。随后他的声音才自然了起来，说道："行啦，一切顺利！"

起初大家并未明白他是什么意思，但是很快都露出心领神会的微笑。

过了一刻钟后，同样的滑稽戏他又上演了一次，紧接着又是好几次。他还装模作样地和楼上什么人说话，向那个假想的人提出一些只有他这种掮客才能想到的一语双关的劝告。有时候，他又装作愁眉苦脸地叹道："可怜的女孩儿！"或者怒气冲冲地从牙缝儿里挤出几个字："该死的普鲁士混蛋，滚开！"有时候人们都不再往这方面想的时候，他又忽然用颤颤巍巍的声音接连怪声怪气地喊道："够了！够了！"最后，他还如同自言自语似的，说道："希望我们还能再见到她，但愿这个混蛋可别把她弄死了！"

笑话趣味低级不堪，极尽下流，但人人开怀大笑，没人觉得不妥。义愤消失了，它和其他情绪一样，根植在特定环境。而如今所有人的脑子里渐渐充满各种猥亵的画面和龌龊的想法。

等到饭后甜点的时候，甚至女士们也开始对不干不净的暗喻钟情起来。他们眼神光彩熠熠，意味深长，大家畅怀痛饮。在这种放松的氛围里，伯爵一开始还保持着端庄举止，末了忽然想起一个和现在的境况极为贴切的比喻：这种喜悦就好像失事幸存下来的船员被困在冰封的北极，终于等到冬去春来，眼前看到一条南回的路线。

"鸟"先生兴致勃勃地站起身来，举起满满一杯香槟。

"为我们的自由解放干杯！"他喊道。

所有人都站了起来，举杯欢呼。即使那两位神圣的修女，曾经滴酒不沾，现在也不堪几位女士的殷勤劝告，不得不拿嘴唇蘸了蘸香槟上的浮沫。她们宣称它尝起来像冒着气泡的柠檬汁，但是味道更好。

"真是美中不足呢,""鸟"先生说道,"这儿没有钢琴,否则我们就能伴着音乐跳跳四对舞①。"

科尼代一句话也不说,一动也不动,他似乎陷入了严肃的思索,时不时揪着自己那把大胡子,就好像要把它拽得更长些。最后,到午夜时分,欢宴要散了,"鸟"先生已经醉得步履踉跄,他忽然拍着科尼代的肚子,囫囵声说:"您不怎么高兴啊,今——晚。您为什么这么安静呢,老兄?"

科尼代抬起头,用轻蔑凌厉的目光望着众人,说道:"我告诉你们,你们做了一件可耻的事情!"

他站起身,走到门口,重复道:"可耻!"然后离开了。

这一幕像一桶冰水浇到所有兴奋的人头上,"鸟"先生傻傻地愣了一会儿神,但是很快就恢复常态,忽然捂着肚子大笑着叫嚷道:"看着吃不着,恼羞成了怒!我的老兄!"

所有人纷纷问这话是什么意思。"鸟"先生说出他听到的"走廊里的秘密",听众们哄堂大笑。女士们都无法再保持她们的矜持。伯爵和纺织厂主都笑出眼泪来了。所有人都不敢相信自己听到的故事。

"胡说!您确定吗?他想——"

"我告诉您,这可是我亲眼所见。"

"然后她还拒绝了?"

"因为普鲁士人就住在边儿上!"

"您可没弄错哪?"

"我向老天发誓,我说的可是真真切切的事儿。"

伯爵笑得上气不接下气,不住咳嗽。纺织厂主站立不住,双手捧腹。

"所以各位应该明白了,他一点也不会觉得今晚这档子事儿有趣哪!""鸟"先生接着说。

三个人接着大笑不止,笑到呛声噎住,咳嗽不止,几乎要笑出病来。

之后聚会散了。"鸟"夫人性格就像荨麻,粘人就会刺,当他们

---

① 四对舞:是一种欧洲宫廷舞,现在很少人跳了。

上床就寝的时候,她对她的丈夫说道卡雷-拉马东家"那个自以为是的风骚小娘儿整晚都在假笑"。

"你知道,"她说,"只要小娘们儿看上了穿制服的,不管他是法国人还是德国佬,对她来说可没什么区别。真够丢人现眼的,我的老天!"

这一晚,在伸手不见五指的走廊里,似乎总有一阵一阵轻微的颤动和隐隐约约的喘息,还有光着脚在地板上走路的声音,以及令人难以捉摸的吱吱嘎嘎声响。所有人都睡得很晚,因为每间房的房门底下都透出光线,很久都还亮着。这当然是香槟的效力,据说这种酒是可以驱散困意的。

翌日清晨,天气晴朗,冬日阳光把积雪照得光彩熠熠。马车终于套好了,等候在门口。一群白鸽,长着粉红色眼睛黑色瞳孔,从蓬松的羽毛中探出脑袋,气定神闲地在六匹马的马腿间散步,从热气腾腾的马粪里找食。

马夫裹着羊皮外套,坐在车座上抽着烟斗。乘客们因为即将成行而兴高采烈,匆匆忙忙为剩下的旅程准备食物。

只等羊脂球来就出发。最终,她出现了。

她看起来似乎有些害羞和不安,怯生生地朝自己的同伴走过去。但是所有人一致转过身去,就像没看到她一样。伯爵先生,气度雍容,挽起妻子的胳膊,远远避开这种不洁的接触。

姑娘吃了一惊,愣住了,她站住脚步。之后,她鼓起勇气对纺织厂主的夫人谦恭地说道:"早晨好,夫人。"对方傲慢地轻轻点了点头算是回答,同时似乎贞洁受到玷污似的瞪了她一眼。每个人似乎突然间忙了起来,躲开羊脂球能有多远就多远,仿佛她身上有致命的病菌会传染。大家急匆匆地登上车,那个被众人鄙视的妓女最后才上车,默默地坐在自己之前坐的位置上。

其他人看上去像是既没看见她也不认识她是何人,唯有"鸟"夫人,轻蔑地朝她看了一眼,压低声音冲自己的丈夫说:"没坐在那个人身边真是幸运!"

笨拙的马车上路了,旅程重新开始。

一开始没有人说话,羊脂球几乎不敢抬起眼睛。她恼恨这群人,也为自己屈从于他们，把自己送入普鲁士人的怀抱倍感羞愧。

但是伯爵夫人很快打破这种尴尬的沉默，对卡雷-拉马东夫人说："您是不是认识德特莱尔夫人呢？"

"是的，我们是朋友。"

"她可是个迷人的女人哪！"

"光彩照人！而且她非常有才华，浑身上下都透着艺术家的气质，她的歌声美妙动听，她画的画儿完美无瑕。"

纺织厂主正和伯爵先生聊天，在玻璃窗的咔嗒咔嗒声中，不时地可以听见他们交谈中的一两个词："股份——到期——溢价——期限。"

"鸟"先生和他夫人玩着比齐克①，纸牌是他顺手从旅馆里拿的，在旅馆不干不净的桌子上摩擦了五个年头，上面糊了厚厚一层油脂。

两位修女一起从腰间取下长长的念珠，在胸前画了个十字，齐声诵起冗长的祷文。她们的嘴唇越动越快，好像两人正在进行一场祈祷祝颂比赛，快者会胜出似的。时不时地，两人会亲吻一副徽章，在胸前画个十字，然后重新开始快速地、不知所云地喃喃祈祷。

科尼代静静坐着，陷入沉思。

三个小时过后，"鸟"先生收起纸牌，说道："肚子饿啦。"

于是他妻子取出一个用绳子扎好的包裹，从中取出一块冷牛肉，切成整齐的薄片，两个人开始吃起来。

"我们也吃饭吧。"伯爵夫人说道。其他人都同意。她取出为她自己、伯爵以及卡雷-拉马东夫妇四人准备的食物。其中一个椭圆形的食盘的盖子上装饰着一个陶制的野兔，表示里边装着一张野兔馅饼，这是一种肉汁丰满的美味佳肴，棕色的野味夹上几条培根，再加上其他剁碎的肉末更增香味。一块楔形格鲁耶尔奶酪用报纸包裹着，报纸上"新闻数则"几个字印在奶酪油腻腻的表面。

两位修女打开一大块香肠，闻起来有浓浓的大蒜味。科尼代双手插进宽松的外套口袋里，从一个口袋掏出四只煮熟的鸡蛋，从另外一

---

① 比齐克：一种两人玩的纸牌游戏。用64张牌，由两副扑克，去掉其中的2~6点牌组成。这里"鸟"氏夫妇只有一副牌，表示二人百无聊赖，凑合打发时间。

个口袋掏出一截面包。他剥开鸡蛋壳,随手把蛋壳扔在脚下的稻草里,拿着鸡蛋嚼起来,任由淡黄色的蛋黄碎屑落在他浓密的胡子上,看起来就像星星一样。

羊脂球临走前心里慌乱匆忙,没想到要准备食物。这时看着这些人心满意足地大快朵颐,气愤到窒息。一开始,压抑着的愤怒令她全身战栗,她张开嘴巴,斥责他们的话几乎要破口而出。但是气愤噎住了她,一个字也说不出来。

没人看她一眼,也没人想起她。她觉得自己被这群道貌岸然的人的轻蔑所淹没。这些人先是牺牲她,然后把她当作什么无用的不干净的物件一样抛弃。然后她想起她那满满一篮被他们贪婪地糟蹋掉的食物:两只包裹着胶冻的仔鸡,那些馅饼,还有梨子,四瓶葡萄酒……她的愤怒好像绷紧的琴弦一般忽然断裂,她几乎要哭出来。她努力地控制着自己,忍住眼泪,吞下哽住自己的啜泣。但是眼泪还是涌了出来,莹莹地挂在睫毛尖上,很快两股眼泪滚落脸颊。之后眼泪越流越快。就像石头里涌出的泉水,一滴一滴落在她丰满的胸前。她仍然笔直地坐着,表情凝固,脸色严肃而且苍白,拼命想要不让别人看出她的委屈。

但是伯爵夫人偏偏注意到她在流泪,给自己的丈夫使个眼色让他看。伯爵耸耸肩,好像在说:"行了,又能怎么样呢?又不是我的错。""鸟"夫人洋洋得意地咯咯直笑,低声低语地道:"她那是知道害臊才哭呢。"

两位修女把吃剩的香肠用报纸包起来,再次开始祈祷。

科尼代把自己的长腿伸到对面的座位底下,身体向后仰着,等着消化吃下去的鸡蛋。他双手抱在胸前,好像忽然想起了一个笑话一样微笑,嘴里吹响《马赛曲》①的曲调。

他的同伴们脸色沉了下来,歌颂民主的歌曲显然不符合他们的胃口。他们变得紧张又急躁,就好像听见手摇风琴的狗一样,随时就要

---

① 《马赛曲》:由法国大革命时斯特拉斯堡市卫部队的工兵上尉鲁热·德·利尔创作,是一首歌颂民主,激昂斗志的歌曲,1795 年法国督政府宣布定此曲为国歌。拿破仑在 1804 年称帝之后下令取消《马赛曲》国歌地位,后来的 1879 年、1946 年以及 1958 年通过的三部共和国宪法皆定《马赛曲》为共和国国歌。

吠出声来。科尼代把周围人的不适看在眼中,于是口哨吹得更加起劲,有时甚至哼出歌词来:

> 对祖国的神圣热爱
> 请指引、支持我们雪恨报仇!
> 自由,可贵的自由
> 请和你的保卫者共同战斗!

积雪变得更硬了,马车走得比之前快了许多。在到迪耶普的这段漫长沉闷的旅程里,从昏昏傍晚到沉沉夜色,伴随着马车的颠簸,科尼代的歌声始终不断。他固执的口哨报复般连绵不绝,迫使他的听众即使厌烦,即使恼怒,也不得不一遍一遍地听着这首歌,一遍一遍地复习每个字,每句歌词。这些歌词反反复复,好像不知疲倦,无穷无尽。

羊脂球还在哭泣,在深沉的夜幕里、在两句歌词之间的停顿间,她无法抑制的抽泣声不时传入众人耳中。

两个朋友

被围困的巴黎已经陷入食物匮乏的恐慌中。[①] 就连屋顶的麻雀和阴沟里的老鼠都成了稀罕物,人们饥不择食,凡是能弄到手的都吃。

莫里斯特先生曾经是位钟表匠,如今这个特殊时期只能赋闲在家无所事事。一月的早晨天高气爽,莫里斯特先生双手插在裤兜里正在林荫大道上闲逛,肚里空空如也。忽然他迎面看到了一个熟人,他的渔友绍瓦热先生。

战争爆发之前,每周日一清早,莫里斯特先生雷打不动地出门,手拿一支竹制鱼竿,背上背着一口马口铁盒子,登上驶往阿让特伊的列车,在科隆布下车,从那儿步行到马兰特小岛。一到这个令他流连忘返的地方,他就开始垂钓,直到夜幕降临。

每周日,他都能在这儿遇到一个胖乎乎、性格开朗的矮个子男人——绍瓦热先生。绍瓦热先生是住在洛雷特圣母堂街上的一位布料商,也是个热衷钓鱼的人。两人经常紧挨在一起,手里拿着鱼竿,双腿悬在水边,一坐就是整整一个下午。久而久之,两人之间产生了浓厚的友情。

他们有时候聊聊天,有时候互相之间并不说话。两人兴趣相投,即使不用说话也能彼此心有灵犀,知己神交。

春天的时候,早晨十点,清晨的薄雾还飘在水面,柔和的阳光暖暖地照在两个热心垂钓者的人背上,莫里斯特先生会偶尔对身边的绍瓦热先生说一句:"唉,多舒服的地方啊!"

绍瓦热先生则回答道:"再没有比这更好的了!"

[①] 1870 年 9 月 19 日普法战争中期,普鲁士军队将巴黎团团围困,直到 1871 年 1 月底,法国政府宣布投降。

这两句话已经足够他们之间心领神会，惺惺相惜。

等到了秋天，一天将尽时分，落日将西边天空烧得血红，深红色的晚霞倒映在水中，整条河都是通红的，甚至将两位朋友的脸也染红了。树叶已经被第一阵萧瑟秋风吹红，此时霞光镀染，金赤交辉。绍瓦热先生时不时冲莫里斯特先生微笑，说道："多美好的景致啊！"

这时莫里斯特先生会目不转睛地盯着浮标，回答道："可比林荫大道好得多，是不？"

如今在这样的环境下，两人一认出对方，便触景生情，诚挚地握住对方的手。

绍瓦热先生叹了口气，喃喃地说道："真是个糟糕的年月！"

莫里斯特先生悲从中来，点了点头："天气也一样糟糕！今天可是今年第一个晴天哪！"

的确，碧空如洗，万里无云。

他俩肩并肩地一起散步，两个人都沉思不语，神情苦闷。

"想想钓鱼的事儿吧！"莫里斯特说道，"那会儿真是好时光啊！"

"我们什么时候才能再去钓一回鱼？"绍瓦热先生问。

他们走进一家小酒馆，一起喝了一杯苦艾酒，然后回到路上继续往前走。

莫里斯特忽然顿住脚步。

"我们再去喝一杯苦艾酒如何？"他问。

"随您。"绍瓦热先生回答道。然后他们走进另一家酒馆。

挨着饿又喝了一肚子酒，当他们再次出来的时候，已经酒劲冲头，步伐不稳了。天气和暖，一阵徐徐清风吹过两人脸庞。微风拂面，酒意更醺，绍瓦热先生忽然停住脚步，说道："不如我们现在就去吧？"

"去哪儿？"

"去钓鱼。"

"去哪儿钓鱼？"

"哪儿？还是老地方。法军的前哨离科隆布很近。我认识迪穆兰上校，很容易就能让他放我们出去。"

"太好了，我赞成。"于是两人分头去取鱼竿鱼线等钓鱼用具。

一小时后，两人肩并肩地走在马路上，要不了多久，他们来到上校征收占用的别墅门口。他对他们的请求报以会心微笑,点头同意。于是他们记住了通行口令,继续上路。

很快两人就把法军前哨站抛在身后,穿过战争蹂躏过的荒芜科隆布,穿过塞纳河边的小葡萄园,这时是中午十一点。

对面阿让特伊的村寨铺展开来,死气沉沉。奥极蒙和萨诺斯山的山巅俯瞰这块陆地。这块平原一直延伸到南泰尔,棕褐色的土地上除了几株光秃秃的樱桃树,什么也没有,非常空旷。

绍瓦热先生指着两座山顶,小声说道:"普鲁士人就在那边山上!"

郊野的荒凉景象让两人心中产生一阵隐约的不安。

普鲁士人!到现在他俩还没人见过。但是在过去的几个月里,巴黎周边发生的事情让两人无法忽视普鲁士人的存在——他们毁灭了法国,烧杀抢掠,围城困境,造成饥荒。对这个素未谋面的民族,战争的获胜方,他们原本就已心怀恨意,如今又混杂了没来由的恐惧。

"如果我们撞上他们该怎么办?"莫里斯特说道。

"那就给他们几条鱼吃。"绍瓦热先生性格中有巴黎人轻松愉快的一面,无论何时都不会完全抹去。

玩笑归玩笑,四周极度沉寂的环境震慑着他们,两人终究不敢在光天化日之下放胆走路。

最后,绍瓦热先生壮着胆子说道:"管他呢,我们得往前走,只不过小心些就是了!"

于是他们从一个葡萄园里穿过去。两个人都弯着腰,睁大眼睛竖起耳朵,潜踪蹑足地从葡萄架的树荫下悄然走过。

但是要到达他们的目的地河边,仍然有一段毫无遮盖的路要走。他们跑着穿过那里,一到河边,他们就把自己藏进干芦苇里掩护起来。

莫里斯特把耳朵贴在地面,确认四周是否有脚步声走近。他什么也没听见,看上去这里四下无人,只有他们。

于是他们心下坦然,开始钓鱼。

在他们前面是光秃秃的马拉特小岛,替他们遮挡了更远处河岸上的视线。岛上的小旅馆已经关门大吉,看起来就像许多年无人问津。

绍瓦热先生首先钓到一条鱼,紧接着莫里斯特也钓到了。几乎是隔几分钟，就有一支鱼竿拉起，鱼线末端挂着一条银光闪闪的小鱼。这次钓鱼似乎有老天帮忙一样。

他们把自己的成果统统放进脚边水里挂着的编织细密的网兜里。两人满心愉悦，曾经嗜如性命的爱好暌违已久，如今重拾旧爱，如此的愉悦钻入他们心里。

阳光倾泻在他们背后，他们全神贯注，耳不偏听，心无旁骛。整个世界都与他们无关，两个人专心致志地钓鱼。

忽然，一阵隆隆的声响如从地底传出来的一样，震得他们脚下的大地直颤：炮轰又开始了①。

莫里斯特扭过头往左边看，在河岸上更远的地方，是瓦勒里昂山粗犷的线条。山顶上徐徐升起一道青烟。

紧接着又升起第二道烟雾，一会儿之后，一声爆炸声再次传来，令大地都战栗。

接着又是一声炮响，隆隆炮声接踵而至。瓦勒里昂山每分每秒都在发出致命的呼吸声，以及白色烟雾。袅袅青烟飘浮在悬崖之巅，缓缓升入安静的天空里。

绍瓦热先生耸耸肩膀。"又来了！"他说。

莫里斯特正不安地看着浮标在水面浮浮沉沉，这个性情温和的人忽然被这群嗜血的疯子激怒，愤愤不平地说道："就这么你杀我我杀你的，真是愚蠢透顶了！"

"这些人简直禽兽不如！"绍瓦热先生回应他。

这时莫里斯特先生正好钓到一条欧白鱼，他说道："回头想想，战争无法避免，只要还有政府存在！"

"共和国才不会对外挑起战争——"绍瓦热先生插口道。

莫里斯特打断他："在国王统治下，我们在国外打仗；在共和国统

---

① 1870年12月27日起，普军使用五百余门重炮对巴黎实施轮番袭击。这里的炮击声指的就是当时的炮轰，按照文中的日期，此时炮击已经有10天左右，法国政府将要投降，巴黎人也已经习以为常。

治下,我们在国内打仗。"①

于是两人平静地讨论起政治问题,他们语气平和,实事求是,两人都在一点上达成一致,那就是:人永远不可能自由。

瓦勒里昂山上的炮声永无止境,残忍的炮弹摧毁了无数法国人的房屋,将无数人的生命化为齑粉;击碎了无数的梦想,无数被人珍视的希望,无数期望中的欢乐;在别人的土地上,给身为妻子、女儿、母亲的人心中烙下永远不会磨灭的悲痛和苦难。

"这就是生活!"绍瓦热先生高声说道。

"与其说是生活,不如说是死亡!"莫里斯特苦笑着回应。

忽然,他们身后一阵脚步声引起他们的警觉,他们转过身,就看见四个满脸胡子的大个子站在眼前。四人穿着仆人长襟一样的制服②,头戴平顶军帽。他们举枪指着两个垂钓者。

鱼竿从两人手中滑落,滚进河里漂走。

用不了几秒钟,他们就被逮起来,捆住,扔进船里。船划到对面马拉特小岛上。那个他们以为已经废弃的旅馆后边,藏着二十个德国士兵。一个浑身毛发浓密的大块头骑坐在一张椅子上抽着长长的黏土制烟斗,用流利的法语对他们说道:"哈,先生们,你们钓鱼钓得如何,运气不错吧?"

这时一个士兵把那个装满鱼的网兜在长官脚边打开,这网兜是他特意带回来的。普鲁士人笑了。

"依我看,成绩不赖嘛。但是我们还有别的事情需要谈谈。听我说,别惊慌。

"你们得知道,在我眼里,你们就是两个被派来侦察我的行动的奸细。自然而然,既然被我抓住,我就能枪毙了你们。你们假装在那儿钓鱼,方便掩饰你们的真正目的。如今你们都落进了我的手中,你们

---

① 普法战争一开始由拿破仑三世统治的第二帝国挑起,以图恢复拿破仑一世时期法国对欧洲的统治,战争主要在德国境内,但随着法军节节败退,法国国内政变,第二帝国被推翻,法兰西第三共和国成立,这期间以及之后的战争变成了普鲁士对法国的侵略战,战场主要在法国境内。

② 指普鲁士军服,普法战争期间的普军军服样式和法国仆人的长襟类似,故作者有此比喻。

必须承担后果。这就是战争啊。

"但是,既然你们是通过法军前哨站过来的,那么你们就肯定有回去的口令。告诉我口令是什么,我就放了你们。"

两个朋友面如死灰,一语不发地肩并肩站在那儿,四只轻微颤抖的手泄露了他们的恐慌。

"没人会知道的,"普鲁士军官继续说道,"你们可以安然无恙地回到家,这个秘密会跟随你们一起消失。但是如果你们拒绝的话,那就意味着死——必须得死。你们选择吧!"

两人一动不动地原地站定,嘴唇紧紧闭着。

普鲁士军官非常冷静,伸手指着河面,继续说道:"你们就想想,五分钟之内你们就会沉入这河底。五分钟之内!我猜,你们都有妻子老小的吧?"

瓦勒里昂山上的炮声依然隆隆作响。

两个钓鱼者依然沉默不语。德国人转过身去,用德语下了一道命令,然后把自己的椅子往后挪了一点儿,这样他就不会离他的俘虏太近。十二个士兵上前一步,手持步枪,站在两人二十步开外,步枪就靠在身边。

"我给你们一分钟的时间,"军官说道,"一秒钟都不会再多。"

然后他迅速站起身来,走到两个人跟前,用胳膊搂着莫里斯特,把他往远处稍微带了点,低声地对他说:"快点儿说吧!口令是什么!你的朋友什么也不会知道的,我会假装于心不忍然后放了你们。"

莫里斯特一个字也没有说。

然后普鲁士人又如法炮制,把绍瓦热先生带到一旁,给他提出相同的条件。

绍瓦热先生一个字也没有回复。

两人再一次肩并着肩站在一起。

军官发出命令,士兵们举起手中步枪。

莫里斯特的眼光不经意间落在了装满鱼的网兜上,网兜就躺在离他几尺外的草地里。一抹阳光照在仍然挣扎蹦跶的鱼身上,闪烁如银光一般,莫里斯特触景生情悲从中来。尽管他努力地克制着自己,仍然无法阻止眼泪涌出眼眶。

"再见了,绍瓦热先生。"他颤抖着说。

"再见了,莫里斯特先生。"绍瓦热答道。

他们握了握手,从头到脚因为远超承受能力的恐惧而颤抖。

军官高声喊道:"开火!"

十二支枪一起发射。

绍瓦热先生立即向前扑倒。莫里斯特先生要高一些,轻轻地晃了晃,仰面朝天和他的朋友交叉着倒在地上,鲜血从他胸前衣服上的破洞里涌了出来。

德国军官又发出新的命令,他的手下四处散开,很快拿着绳子搬着大石头回来。他们用绳子把石头绑在两个朋友的脚上,把他们抬到河岸边。

瓦勒里昂山的山峰此时已经笼罩在烟雾之中,但是仍然炮声不歇。

两个士兵一头一脚抬起莫里斯特,另外两人抬着绍瓦热。两具尸体在四双强壮的手臂间高高荡起,随后被扔出好远一段距离,画出一条弧线,脚朝下跌入水中。

水面上溅起高高的水花,随即落下变成泡沫,形成一个漩涡,终究归于平静,只留下微微的波浪拍打着河岸。

几抹血痕涌出水面。

德国军官始终面色沉静,这时用冷血的幽默语气说道:"接下来的事儿就交给鱼啦!"

然后他原路返回到那间房子。

忽然他看见那个装满鱼的网兜,被遗忘在草丛里。他把它捡起来,仔细地看了看,笑了,召唤道:"威廉!"

一个系着白围裙的士兵应声跑过来,普鲁士军官把两个被害者的收获扔给他,说道:"趁它们还活着,马上把这些鱼给我炸了,味道一定棒极啦。"

接着他又抽起了烟斗。

我的叔叔于勒

一个白发苍苍的老人伸手向我们乞讨。我的同伴约瑟夫·达夫朗什给了他一枚五法郎金币。他看到我对他的慷慨举动满脸惊讶,便解释道:

"那个可怜的不幸老人让我回忆起一个故事,我讲给你听。这段回忆一直不停地困扰着我,故事是这样的:

"我来自勒阿弗尔一个并不富裕的家庭。家人们不懈努力着,勉强维持生计。我的父亲工作非常辛苦,每天都很晚才从办公室回家,但是薪水却少得可怜。我还有两个姐姐。

"一日不如一日的窘迫生活让我的母亲备受煎熬,因此常常对她的丈夫含沙射影,恶言相向。这时候,那个可怜的男人就会做一个令我难过的手势。他会把手摊开,抹过前额,就像擦汗一样,但其实并没有什么汗水,而且他也不会回嘴辩解。我能感受到他心中绝望的痛苦。全家人对任何事情都精打细算,我们从不会接受任何宴会邀请,这样也就不必花钱回请别人。我们家所有的食物都是等打折后才买的。姐姐们的衣衫裙子全部自己动手缝制,为了十五生丁①一码的一条花边也会讨价还价很长时间。我们的食物通常是汤和牛肉,有什么酱汁就用什么酱汁做。

"父母说这样卫生健康又有营养,但是我宁愿换点花样。

"倘若丢失了纽扣或者撕破了裤子,那我的日子可就难过极了。

"每到周日,我们就会穿上自己最好的衣服,沿着港口边的防浪堤散散步。我的父亲,身着长礼服,头顶高礼帽,手戴羔皮手套。他伸出胳膊让我的母亲挽住,她也是盛装打扮,缎带装饰着裙裾,就像是

---

① 生丁:法国旧制货币辅币币种,100生丁等于1法郎。

假日中的游船一样花哨。我的两位姐姐,永远是最先打扮好,等着大人给出出发的信号。但是,到了出门前的最后一分钟,总是能在父亲的礼服上发现一个污点,这时就得迅速拿蘸着汽油的抹布给他把污点擦掉。

"我的父亲只穿着衬衫,头戴帽子,等待衣服被处理干净。我的母亲则脱下手套以免弄脏,戴上眼镜,匆匆忙忙帮父亲收拾。

"然后我们隆重其事地出门了。我的姐姐们仪态端庄,手挽着手走在前面,她们都到了适婚年龄,需要在公众前露个脸。我走在母亲左边,她右手边就是我的父亲。我至今记得我可怜的父母在周日散步时硬撑面子的样子:他们紧绷着脸,僵硬地走着。他们走得很慢,表情严肃,身体笔直,双腿直挺挺的,仿佛是有什么非常重大的事情非得要靠他们如此表现才能成功似的。

"每个周日,看到那些从很远很远的陌生国度开回来的邮轮,我父亲一定会发出这样的感慨:

"'如果于勒①从那些船上下来,那将是个多大的惊喜啊!是吧?'

"我的叔叔于勒,我父亲的兄弟,曾经是家里唯一的麻烦,那时却是我们家唯一的希望。我从很小的时候就听大人说起他,虽未曾谋面,但是我对他已经非常熟悉,可能只要一见到他我就能认出来。尽管家长们说起他都吞吞吐吐,但是足够我对他在家到离开去往美国那段时期的生活方方面面知之甚详。

"据说他的生活不怎么规矩,挥霍了一些钱,这种行为在贫穷家庭里就是罪大恶极了。如果是富裕家庭的人花天酒地,顶多赚来个浪荡不羁的名声,被旁人笑称为花花公子。但是在生活拮据的家庭里,一个孩子令他的父母在不该花钱处破费,那他就一无是处,是个无赖,是个败家子。这么说是有道理的,尽管行为相同,但是后果不同,行为的严重性也不一样。

"总之,在他把父母留下的财产中自己应得的那份挥霍一空之后,

---

① 于勒:法文写作 Jules,是法文中常见的名字,一般译作朱尔、儒勒、朱尔斯、茹尔等,此名在莫泊桑短篇中的人物名字里多次出现过,因为不同篇幅相互独立,本书并未作统一翻译,此处翻译作"于勒"是依从流传较广,并选入中学课本的王振孙先生译本。

又花掉了不少本应属于我父亲的那部分。于是，按照当年的惯例，他被送上了一艘从勒阿弗尔开往纽约的货船。

"一到美国，我叔叔就开始做起买卖。很快他写信回来说自己已经赚到一点钱，希望不久的将来能够补偿当年给我父亲造成的损失。这封信在家里引起了不小的波动。于勒，曾经让家族蒙羞的人，忽然摇身一变成了一个好人，一个心肠善良的人，一个真实、诚恳的、货真价实的达夫朗什家的人。

"有一个船长告诉我们，于勒在美国租了一间大商铺，做起了大买卖。

"两年后，第二封家信寄到，信上说：'亲爱的菲利普：我写信是想告诉你我身体康健，一切安好，勿念。生意也都不错，我明日将离开美国前往南美做一次长期旅行。几年之内也许将不能再与你通信了。如果我没写信给你，请不要担心。等赚到足够的钱我就会回到勒阿弗尔。希望那天不会太久，我们一定可以幸福地一起生活……'

"这封信成了全家人的福音。大家毕恭毕敬地读，传给家里每一个人看。

"从那时起，十年里再也没有于勒叔叔的消息，但是我父亲心中的期待却随着时间流逝与日俱增。我妈妈也经常说：'等好于勒回来，我们的境况就会大不一样了。那才是个会赚钱养家的人呢！'

"每个周末，我的父亲眺望着地平线上的大轮船徐徐驶来，船头喷出浓浓的黑烟，他总是重复说着那句永远不变的话：

"'如果于勒从那些船上下来，那将是个多大的惊喜啊！是吧？'

"我们简直都能看见于勒挥舞着手帕，高声呼唤：'嗨！菲利普！'

"于勒会衣锦还乡这件事几乎是板上钉钉，家里人已经盘算出无数种计划。我们甚至打算用他的钱买一间小屋——在安谷维尔①乡间买一块小地方。而且，我也不敢保证就这个事情我父亲没找人询过价。

"我大姐那时已经二十八岁，二姐也二十六岁了。两人都还没有结婚，这件事成了家里每个人的一块心病。

"终于，有人追求二姐了。他是个书记员，并不富裕，但是为人老

---

① 安谷维尔：法国北部小镇，隶属于滨海塞纳省，靠近海边，风景优美。

实。有一天晚上我们把于勒叔叔的信拿给他看,我非常确信正是这封信打消了这个年轻人心中所有顾虑,下定求婚的决心。

"家里忙不迭地答应他的求婚。并决定婚礼之后全家人去泽西岛①进行一次短暂度假。

"泽西岛是穷人出游旅行的理想之地。这座小岛属于英国,但它离勒阿弗尔不远,乘船渡过一个海峡就到了国外。因此,一个法国人,只需要乘两个小时船,就能到邻国人的家门口,去了解英国国旗护卫下的风土人情。

"这次去泽西岛的旅行完全占据了我们的思想,成为我们唯一的祈盼,一直停留在我们的脑海。

"终于,我们出发了。那次旅行时至今日我仍然历历在目,如同昨天发生的一样。停在格兰维尔码头的轮船增压点火,准备离港;我父亲晕晕乎乎,还得监督确保我们的三件行李被运上船。我母亲神情慌张,挽住我那个未婚的姐姐的臂膀,自从她的妹妹结婚以来,她一直都失魂落魄,仿佛一窝雏鸡里被最后剩下的那只。新郎新娘总是走在我们后面,害得我不时转身去看看他们。

"汽笛声响起,我们出发了。轮船离开防浪堤,驶入平如大理石桌面的海水里。我们注视着海岸渐渐远去消失,和所有不经常出门旅行的人一样,既高兴又兴奋。

"我父亲在微微海风中挺起胸膛,他身上那件礼服,一大早就被仔仔细细地清洗干净。他身上散发出来的那股汽油味儿,总能让我想起周日散步来。忽然,我父亲注意到两位男士正在请两位衣着优雅的小姐吃牡蛎。一个邋遢的老水手站在一旁用小刀把牡蛎撬开,递给两位男士。然后两位男士再递给小姐们。她们的吃相优雅极了,用一方精致的手帕托着牡蛎壳,嘴巴往前伸出一点点以免汤汁溅到自己的裙子上,然后手轻轻一抬就把牡蛎汁吸进嘴里,接着将牡蛎壳扔进大海。

"在行驶的船上如此举止斯文地吃牡蛎,这引起了我父亲的兴趣。

---

① 泽西岛:又名玳瑁洲,英国三大皇家属地之一。地处英国群岛与欧洲大陆之间,位于诺曼底半岛外海20公里处的海面上。

他觉得这样事儿端庄优雅,看上去很有教养。于是他走到我母亲和两位姐姐身边,问道:'我请你们吃牡蛎,愿意吗?'

"我母亲算算花费心里就犹豫了,但是我的两位姐姐立马同意。于是我母亲极不情愿地说道:'我害怕那东西吃了闹肚子。你就带孩子们去吃点儿吧,但别吃多了,会得病的。'然后她转头看看我,又补充道:'约瑟夫就不用去吃了,男孩子可别惯坏啦。'

"我虽然心里觉得这种区别对待极不公平,但也只好留在母亲身边,眼光却跟随着我的父亲。他昂首阔步地领着我两位姐姐还有他的女婿朝那个邋遢老水手走过去。

"那两位小姐刚刚离开,我父亲就开始给我的姐姐们教导如何才能不把汤汁洒出来地吃进嘴里。他甚至拿起一只牡蛎,示范给她们看。他效仿两位小姐的模样,但却立刻就把汤汁全洒在了外套上。我听见我母亲嘴里唠叨着说:'老老实实地待着多好呢。'

"但是,忽然间我父亲神色慌张起来,他后退了几步,盯着被自己家人围在中间的那个撬牡蛎壳的老水手看。然后快步地朝我和母亲走来。他脸色看起来很苍白,表情古怪。他压低了声音对我母亲说:

"'真是怪事,那个撬牡蛎的人长得和于勒好像啊。'

"我母亲吃了一惊,问道:'哪个于勒?'

"我父亲回答道:'还有哪个,我的兄弟于勒啊。如果不是知道他现在在美国过着好日子,我真以为就是他哩。'

"我母亲慌神了,她结结巴巴地说:'你疯了呀!既然你都知道那不是他,为什么还要说这种胡话?'

"但是我父亲还是坚持道:'你过去看看吧,克拉丽丝!我觉得你还是亲眼看看的好。'

"她站起身,朝她的女儿们走过去。我也打量着那个男人。他又老又脏,满脸的皱纹,眼睛一直盯着手里的活儿。

"我母亲转身回来。我发现她浑身发抖,声音急促地说道:'我觉得就是他。要不你去问问船长?但要小心说话,可不能让这个流氓再缠上我们!'

"我父亲走开了,我也跟他一起。我觉得自己异常紧张。

"船长长得又高又瘦,留着金色胡须,正在桥楼上踱步。他神情威严，似乎他指挥的是一艘驶往印度的邮轮。

"我父亲谦恭有礼地走到他跟前，一边奉承着，一边在他的专长领域和他攀谈起来：

"'为什么泽西岛如此重要？泽西岛上有什么出产？人口几何？风土人情是什么样？土质如何？'等等等等。旁人以为他是在讨教英国的事情。

"随后话题转到我们乘坐的这艘名叫'快立号'的船上，接着又转到船上的工作人员。最后，我父亲惴惴不安地问道：'您这儿有一个开牡蛎的老头儿看起来挺有趣儿。您对他了解吗？'

"船长听言变得不耐烦起来，干巴巴地说：'那是一个法国老流浪汉，我去年在美国碰到就把他带了回来。他好像在勒阿弗尔还有些亲戚，但是他还欠着他们的钱，所以不肯去投亲。他叫于勒，于勒·达尔芒什还是达尔朗什，大概是这么个名字吧。他过去有段时间好像也有过钱，但是您看看他现在落魄到什么田地。'

"我父亲面色惨白，双眼无神，喉头紧缩，咕噜着说道：

"'啊！啊！是这样，是这样。我倒一点儿不意外呢。非常感谢您，船长。'

"然后他转身离开，船长莫名其妙地看着他走开。他神情沮丧地回到我母亲身边，我母亲对他说：

"'快坐下，别人会注意到的。'

"他坐在一条长椅上，结巴着说道：'就是他，就是他！'

"然后他问：'我们该怎么办？'

"她马上回答道：'我们得把孩子们从他身边引开。既然约瑟夫什么都知道了，那就让他过去叫他们。我们得小心点儿，免得女婿发现了。'

"我父亲看上去已经完全慌了神，他不住地说：

"'真是个灾难！'

"忽然，我母亲气急败坏地嚷道：'我就知道那个小偷永远也干不出什么名堂来，到头来还是会拖累我们！一个姓达夫朗什的玩意儿，能指望他什么！'

"我父亲用手擦过前额，就像他妻子责备他时他经常做的那样。她继续说道:'给约瑟夫一点钱去把牡蛎的账付了。可千万别让那个要饭的认出来,不然船上的人可有笑话看了!我们去船的另一头,小心点儿,别让那人靠近我们!'

"他们给我五法郎就走开了。我的姐姐们正莫名其妙地等着父亲。我借口说妈妈忽然感觉有点晕船,然后问撬牡蛎的人:'一共多少钱,先生?'我当时觉得自己像个笑话,他可是我的叔叔啊!

"他回答道:'两法郎五十生丁。'

"我把五法郎给他,然后他找了零。我看着他的手,那是一双干瘪的、满是皱纹的水手的手,然后我看了看他的脸,那是一张苦闷的苍老的脸。我在心里念:'这是我的叔叔,我父亲的兄弟,我的亲叔叔!'

"我给了他十枚硬币①作为小费,他感谢道:

"'愿上帝保佑您,小少爷!'

"他说话的语气就像接受施舍的穷人一样。我不禁想象到远在美国的时候,他一定沿街乞讨过。我的姐姐们看着我,对我如此大方惊讶不已。当我把剩下的两法郎交给父亲的时候,我母亲惊奇地问:

"'那点儿牡蛎值三个法郎吗?不可能。'

"我语气肯定地说:'我给了他十个铜板的小费。'

"我母亲跳了起来,盯着我,叫道:'你疯了吗!给那个人十个铜板,那个流浪汉——'

"我父亲指了指他的女婿,使个眼色劝阻了她。大家都不出声了。

"在我们眼前,遥远的海平面上,一个紫色的影子在海里冉冉升起,那就是泽西岛。

"当我们靠近岛上防浪堤的时候,有一个强烈的愿望攫住我的心,我想再看看我的叔叔于勒,再走到他身边,跟他说几句安慰或者亲近的话。但是那会儿已经没人吃牡蛎了,他也不见踪影,大概是回到下层夹板,那些专门给他这种可怜人安身的船舱去了吧。

"回来的时候,为了避免再遇到他,我们特意改乘'圣玛洛号'。

---

① 法国发行的生丁硬币有1、5、10、20、50生丁五种面值,根据文中所述,主人公给叔叔于勒的十个硬币小费是面值5生丁的铜币。

即使如此，我母亲仍旧提心吊胆。

"打那以后，我就再也没有见过我父亲的兄弟了！

"这就是为什么你总会看到我拿出五法郎金币施舍给那些流浪汉的原因。"

珠宝

郎坦先生是在副部长家的宴会上遇到这个年轻姑娘的，从此他就堕入情网。

她是一位地方税务官的女儿。她的父亲多年前去世，之后她和她的母亲移居巴黎。她的母亲很快就和周边邻居熟悉了，希望从中可以为自己的女儿挑选一位乘龙快婿。

她们的家境不算很宽裕，但是人品安静、有礼，令人尊敬。

这个年轻姑娘是典型的贤妻良母，是每个头脑清明的男子梦寐以求的神仙眷侣。她的美是一种天使般的纯洁美，浅浅的微笑始终挂在嘴角，会让人感受到她有一个纯洁、有爱的灵魂。人们对她都不吝赞美之词。他们总是不知疲倦地说："俘获她芳心的那个男人真是太幸运了！世上没有比她更好的妻子了。"

郎坦先生是内政部的一个主任科员，每年三千五百法郎的年薪令他非常满足。他向这位模范的女孩儿求了婚，她答应了。

一开始在一起的日子，他幸福得无法言喻。她极具经济头脑，把他的收入安排得井井有条，外人看来他们的生活似乎非常阔绰。她全身心扑在自己丈夫身上，疼爱他、宠溺他。六年过去了，她的魅力与日俱增，郎坦先生发现自己对妻子的爱尤胜新婚之初。

他仅仅在两件事情上与她略有嫌隙，一个是她很爱去剧院，另一个是她偏爱假珠宝。她的朋友们，那些政府低级职员的妻子们，总能给她订好剧院的包厢，而且经常都是新剧的首演场。无论情不情愿，她丈夫都得陪着她去，可是一天的工作下来，这种娱乐活动对他来说简直不堪重负。

一段时间之后，他央求妻子找她熟识的女士陪她一起去，之后再送她回来。一开始她并不赞同这种安排，但是在他再三劝说之下，为了体恤丈夫的辛劳,她才答应了。

岂知去剧院的爱好引出了她对穿着打扮的需求。她的衣服还是原来那样,简单、雅致而且不失端庄。她恬淡的风姿、令人无法抵抗的浅浅的微笑,在简约的映衬下更显得光彩照人。可是如今她钟爱在耳朵上佩戴巨大的莱茵石,晶光璀璨和真的钻石一般无二。她还在脖子上戴一串假珍珠,手腕上套一个假金镯子,头发里别一枚镶着玻璃珠的簪子。

她的丈夫经常劝她:"亲爱的,虽然咱们买不起金银珠宝,可是你应该对自己的美丽大方充满自信,那才是衬托你女性风韵的稀世珍宝啊!"

她甜甜地微笑着,说:"我有什么办法呢?我简直太喜欢珠宝了。它们是我唯一的软肋。天性难移呀!"

她拿起珍珠项链绕在手指上,晶莹的珠宝切割面熠熠生辉,她说:"快看哪!它们多漂亮,是不是?没人能看得出它们是假的。"

郎坦先生笑着回答:"你的品味还挺有波西米亚风格的①,亲爱的。"

有的时候,也许就是某一天的晚上,当夫妇俩坐在火炉旁,卿卿我我、蜜语温存的时候。她就会把那只摩洛哥皮质②首饰盒拿到茶桌上来,里面装的全是郎坦先生称之为"垃圾"的假首饰。她充满热情地仔细把玩这些假珠宝,就好像这些珠宝能够触动藏在她内心深处的某种私密的欢愉。有时候她任性地把项链戴在丈夫的脖子上,看着丈夫的模样开心地大笑:"你这样子真好笑!"说罢投进丈夫的怀抱,深情拥吻。

一个冬天的晚上,她去了剧院,回来时都被冻透了。第二天早晨她就开始咳嗽,八天之后,她因为肺炎去世了。

郎坦先生悲戚过度,一个月后满头的头发都白了。他连日连夜地痛哭,每每回忆起亡妻的音容笑貌,她的迷人风姿,他的心都碎了。

---

① 波西米亚风格:指一种保留着某种游牧民族特色的服装风格,特点是鲜艳的手工装饰和粗犷厚重的面料。这里郎坦先生是调笑妻子夸张的假首饰。
② 摩洛哥出产的骆驼皮、羊皮、牛皮色彩鲜艳,极为柔软舒适,因此制品久享盛誉,是一种高档皮革材料。

时间一点儿也没冲淡他的悲伤。工作的时候，同事们都在讨论当天的事情，可他总会突然地热泪盈眶，撕心裂肺的痛苦转化成眼泪泉涌而出。他妻子卧室里的所有陈设都保持着原来的样子，她所有的橱柜甚至衣服都保持着她生前最后一天的样子。他整日整夜地把自己关在屋子里，思念他的妻子——他的宝贝。这成了他活着的意义。

但是生活变得艰难了。原本他的收入在他妻子手里面打点得井井有条，家里所有花销都能满足。可是现在就连他一个人的生活必需都负担不了。他好奇妻子是怎么理财的，居然还能有钱喝甘露佳酿，吃海味山珍。如今这点微薄的收入，那种生活想都不要再想。

他开始借外债，想方设法弄钱维持生活，可还是变得一穷二白。终于有一天早上，他发现自己兜里一分钱也没有了，可是离发薪水的日子还有整整一个星期。于是他想着变卖掉一些东西，而最先想卖掉的，就是他妻子那些假珠宝。在他心里，其实对这些仿制品是有意见的，从前他妻子在的时候就经常让他心生不满。看见这些玩意儿，甚至能败坏他对心爱的亡妻的思念之情。

一直到她去世前，她都还在不断地购买，她几乎每一天都会带回家一副新的珠宝首饰。他在那一堆首饰里翻来覆去找了好久，最终决定先卖掉妻子钟爱的那条沉甸甸的项链。虽然是赝品，但是它的做工非常精致，至少能值个六七法郎吧，他心想。

他把项链装进口袋，出门沿着大街朝内政部方向走，想找一家看起来可靠的珠宝店。后来他找到一家。因为穷困无奈之下要典卖东西，同时也因为要拿出手的这件玩意儿的确不值钱，进门时他心里感到一阵惭愧。

"先生，"他对珠宝商人说，"我想知道这个东西值多少钱。"

老板接过项链，仔仔细细检查了一下，随后他叫来店里的伙计，小声对他吩咐了几句，然后把这件首饰放在柜台上，远远地走开去检验它的光泽。

郎坦先生看着他如此郑重其事，心里发慌，差点破口说出："我知道这东西不值几个钱的。"正在这时，珠宝商人说道："先生，您这件首饰价值在一万二到一万五千法郎之间。但是，如果您不告诉我它的确切合法来历，我是不能收购它的。"

这个鳏夫惊得瞠目结舌,眼睛一眨不眨,完全不知道珠宝商人在说什么。过了好久,才结结巴巴地说:"您刚说——您确定吗?"老板冷笑着回答:"您随便去哪儿打听打听,看看有没有人愿意给您更高价儿。我最高能给您一万五千法郎,您去别家问问吧,如果不满意,您再回来也行。"

郎坦先生惊得呆若木鸡,接过项链转身离开商店。他觉得需要时间冷静一下。

但一出门,他不禁想大笑一番,他对自己说:"傻瓜呀!我真是个傻瓜!他说出那个价儿的时候我就该立刻卖给他!这个珠宝商连真货和赝品都分不清。"

几分钟后,他走进宁静街上的另外一家店。店家一看到这条项链,就大声说:"哈,当然了!我太认得它了,它就是从我们店里卖出去的。"

郎坦先生更加迷惑了,问道:"它值多少钱?"

"嗯,卖出的价格是两万五千法郎。如果您能按照法律规定告诉我它怎么到您手里的,我很乐意以一万八千法郎的价格把它再收购回来。"

这一次,郎坦先生惊得无话可说。他回复道:"但——但是——您还是再好好鉴定一下。到现在我还认为它是件假货呢。"

珠宝商人问:"请教您的尊姓大名,先生?"

"我姓郎坦,是内政部的职员。住在殉道者大街十六号。"

珠宝商人翻了翻账本,找到记录,说道:"这条项链的确是送给郎坦夫人的,地址是殉道者大街十六号,日期是一八七六年七月二十日。"

两个人面面相觑,这个鳏夫被惊得一句话也说不出,而珠宝商人好像看见了一个贼一样。最后,珠宝商人打破沉默,他说:

"您是否愿意把这条项链留在小店一天?我可以给您写个收据。"

郎坦结结巴巴地说:"好好,当然。"他把收据放进口袋,离开商店。

他穿街走巷,沿着路上坡,发现自己走错了路,就朝着杜伊勒里宫①走去,然后走过塞纳河,发现自己又弄错了路,就返回香榭丽舍大街。他心慌神乱地在大街上游荡,绞尽脑汁试图理清楚,想出究竟。他妻子不可能承担得起这么昂贵的首饰,绝无可能。

那么,它肯定是一件礼物!——一件礼物!——一件礼物,是谁送的礼物?为什么送她如此贵重的礼物?

他停下脚步,一动不动地呆立在大街中间。一个可怕的念头进入他的脑子里。——她?那么,剩下的所有珠宝一定也全部都是礼物!他觉得天旋地转——街边大树冲他倾倒过来。他甩开双手,跌倒在地上,失去意识。他被过路人抬到一家诊所,醒来后他请求别人送他回去。一到家,他就把自己锁在卧室里,放声大哭,为了不让自己发出声音,他在嘴里狠狠地咬着一块手帕。他一直哭到深夜,最后终于哭得精疲力尽,躺在床上沉沉睡去。

第二天早晨,一束阳光唤醒了他。他慢慢地穿衣洗漱准备上班。经过昨天的打击,再去上班实在不是件容易的事情。他给自己的领导写了封信请假。然后记起今天还得去珠宝商那里一趟。他没有心思去,无颜面对那个珠宝商。他思前想后,总不能把那条项链放在别人手里吧。于是他还是穿好衣裳出门了。

真是个好天气,碧空如洗,万里晴空微笑着看着阳光下的整个城市。闲来无事的人双手插兜在街上散步。

郎坦先生看着他们,自言自语道:"有钱真的会带来快乐啊。金钱有魔力让人忘掉最沉痛的悲伤。想去哪儿就可以去哪儿,旅途里的各种见闻可以让人分心,这才是治疗伤痛最有效的灵丹妙药啊!哎,如果我有钱就好了!"

他发觉自己饿了,但是他口袋空空。他又想起那条项链,一万八千法郎!一万八千法郎啊!一笔巨款!

很快他来到宁静街,那家珠宝店的街对面。有二十次他都想举步

---

① 1559年法国国王亨利二世去世后,其遗孀卡特琳·德·美第奇决定搬出亡夫居住的卢浮宫,另建新宫。1564年,卡特琳·德·美第奇下旨在卢浮宫西面约250米远的地方营建杜伊勒里宫。

跨进商店，可是羞耻心拦住了他。可是他饿了——非常饿，而且身无分文。他迅速下定决心，跑过马路，不给自己再考虑的机会，一头冲进商店。

珠宝店老板立马迎上前，满面堆欢地抬过一把椅子来。伙计们都用别有深意的眼光朝他一瞥。

"我已经确认过了，郎坦先生。"珠宝商人说道，"如果您还有意愿割爱这条项链的话，我还愿意以昨天那个价格收购。"

"当然愿意，先生。"郎坦先生支支吾吾地说。

珠宝店老板立刻从一个抽屉里拿出十八张千元大钞，点清数目交给郎坦先生。郎坦双手颤抖，把钱装进口袋，签好收据。

正要离开商店，他又扭过头，商店老板仍然一副低眉下目，满脸微笑的样子。他问道："我还有——我还有其他一些珠宝。都是一样的来历。您愿意收购吗？"

珠宝商人欠身道："当然可以，先生。"

一个伙计咬着嘴冲到大街上放声大笑，另外一个伙计用手绢掩着嘴巴使劲儿擤鼻涕。郎坦先生脸上通红，不过仍然神情自若地说："我这就去把它们拿过来。"

他连午饭都没来得及吃，一个小时后，就带着珠宝匆匆赶回来了。他们一件一件地核查这些首饰，估计每一件的价值。这些首饰几乎全是从这家店里卖出去的。郎坦先生也参与到估价的争论里，甚至愤愤不平地要老板把卖出时的账目翻出来给他看。随着估计出的数字越来越高，他的声量也越来越大。

那对大钻石耳环价值两万三千法郎，那对手镯价值三万五千法郎，那些戒指价值一万六千法郎，一些绿宝石和蓝宝石的首饰价值一万四千法郎，一条配着独粒钻石吊坠的金项链价值四万法郎——所有珠宝总计十九万六千法郎。

珠宝商人用开玩笑的语气说道："这可是把全部家当都投在了这些贵重的石头上哪！"

郎坦先生一本正经地回答："这也是一种投资的方式，和其他方法没什么区别。"他和珠宝店老板决定等到明天再检验一次，之后就离开了。

郎坦先生走到大街上，望着旺多姆纪念柱①，他觉得此时自己身轻如燕，能够像爬桅杆似的一下爬到柱顶上去，按着高耸入云的皇帝肩头，像跳山羊一样从他头顶跳过去。

他在瓦伊赞餐厅吃了午饭，点了一瓶二十法郎的红酒。吃罢饭叫了一辆马车，带着他在森林公园里逛了一圈。他看着公园里休闲的各色马车，眼中充满不屑，恨不得要向游人大声宣扬：

"我也有钱了！我有二十万法郎的身价！"

忽然，他想起自己的领导。于是他叫马车掉转头往部里去。他兴高采烈地对领导说："先生，我来向您辞职。我刚刚继承了三十万法郎。"他和所有的前同事一一握手道别，滔滔不绝地对他们讲自己今后的生活规划。从部里出来，他去了英式餐厅吃晚饭。

他坐在一位气质高雅的绅士旁边，一边吃饭一边津津有味地向对方倾诉自己刚刚继承了一笔四十万法郎的财富。

在他生命里，第一次身处剧场而不感到厌倦。晚饭后直到第二天天亮的时间，他都花在了剧场和女孩子的身上。

半年后，他又再娶了。他的续弦夫人是个非常正派的女人，可是脾气很暴躁，令他非常苦恼。

---

① 旺多姆纪念柱：又称旺多姆圆柱或者凯旋柱，是 1810 年为了纪念拿破仑的功勋，用法国军队在历次战役中缴获的 1250 门大炮为原料，模仿罗马的图拉真纪功柱修建的。柱高 44 米，直径 3.6 米，柱身上面描绘着拿破仑的四十五个战役的事迹，柱座四周刻有战利品浮雕，柱角上装饰着雄鹰，顶上立有拿破仑一世铜像。下文说的"皇帝"就是指此处的拿破仑雕像。

小酒桶

塞佩维尔镇上的旅馆老板朱尔斯·齐克特，是一个四十岁左右的大个子，有一张红通通的脸和圆鼓鼓的肚子，认识他的人都知道他是个精明的生意人。他把自己的马车停在马格洛尔婆婆的农场外面，把马系在门柱上，走进农舍。

齐克特自己有块地就毗邻这个老婆婆的农场，对这块农场他垂涎许久，为了买下它他已经尝试了许多次，但都徒劳无功。老婆婆顽固地不肯离开这块土地。

"我生在这里，也要死在这儿。"她总说。

他看到她正在农舍门外削土豆皮。她是一个大约七十二岁、满脸褶子的干瘪老妇人，被岁月抽干了的身子佝偻着，但是精神头十足像个永不知疲倦的年轻女孩儿。齐克特像老朋友一样拍了拍她的背，在她身边的小凳子上坐下。

"老婆婆，您老还是这么精神，我看到心里真是高兴呢。"

"还凑合吧，谢谢。您怎么样啊，齐克特先生？"

"哦，好得很，谢谢您惦记。就是时不时有点风湿痛发作，除此之外都挺好。"

"那最好不过啦。"

之后老妇人不再说什么，齐克特坐在一旁看着她忙碌。她的手指弯曲，骨节突出，硬得像是龙虾钳。她一只手像钳子一样抓起桶里的土豆，土豆在她手中快速旋转，一条长长的土豆皮经由另外一只手上的旧刀子剥下，当整个土豆被剥完的时候，随手扔进水里。三只大胆的母鸡一只跟着一只钻进她裙子下摆里，啄起一小节土豆皮衔在嘴里飞也似的跑开。

齐克特看起来有点紧张，不自然，好像有什么话就在嘴边又迟疑不肯说。最终他脱口而出:"那个,马格洛尔婆婆——"

"哎,什么事呀?"

"您是打定主意不肯把这块地卖给我了吗?"

"当然不卖,您还是打消这个念头吧。该说的我也说过啦,别再提这事儿了。"

"那好,不过我想到一个对我们两个人都有利的好法子。"

"什么法子?"

"是这样。您可以把它卖给我但是仍旧和以前一样留着它。您没听明白?那您听我仔细跟您说说。"

老妇人停下手中的活计,浓重的眉毛下面,眼睛饶有兴致地看向旅馆老板。他继续说道:"我解释给您听。每个月,我会给您一百五十法郎。您老清楚了!千真万确!每个月我会过来一趟,给您带来三十个金大洋①,而且您现在的生活丝毫不受影响———丝一毫都不会呢。您还拥有您的家,就像现在一样,您一点儿也用不着担心我,您什么也不欠我的,您把心放在肚子里只管收钱就行啦。您看这个法子可合您的心意?"

他眉飞色舞地看着她,神情显得慷慨大方。老妇人也看着他,神色犹豫不决,掂量着这其中是否有圈套,说道:"这看起来为我方方面面考虑得挺周全,但是您还是没得到农场啊!"

"您不用担心这个,"他说,"只要全能的上帝慈悯,让您活得长长久久,您就一直住下去,这里就还是您的家。您只要当着律师的面儿签下一张地契转让书,说明在您百年之后将这块地转让给我就行啦。您没有孩子,只有几个您不怎么在意的侄儿侄女。这法子可合您的心意吗?只要您同意,这里的一切都还是您的,我每个月还会给您带来三十块金币,这可都是净赚的呀。"

老妇人被这个提议吓了一跳,心神不安,但是,她感受到金币的诱惑,内心里几乎已经答应了,她说道:"我倒不是说我不同意,但是

---

① 法国历史上很长时间内通行面值五法郎的金属货币,曾历经数次改版,铸造金属主要为金、银,也曾发行过面值5法郎铜币。这里30个金大洋指的应该是1865年成立的拉丁货币同盟所认可的作为同盟基本货币的5法郎金币。

我得好好想想。您下周再来吧，我们下个礼拜再谈这件事儿，到时候我会给您个答复。"

齐克特起身告辞，快乐得像刚征服了一个帝国的国王。

马格洛尔婆婆陷入烦乱的思绪里，整夜都睡不着觉。而且，接下来整整四天，她前思后想，因此发了烧。她怀疑这个提议中藏着对自己不利的地方，但是想到一个月自己什么都不用做就有三十个金大洋入账，这许多硬币如同天上掉下来的一般，在自己围裙口袋里叮叮当当响，又会勾起她的馋虫，心痒难挨。

她去找公证人，跟他说了说自己的事情。他建议她接受齐克特的提议，但是说她应该把月金涨到五十个金币，而不是区区三十。因为她的农场按最低价值估计，也得值六万法郎。

"就算您再活上十五年，"他说，"他也才付您四万五千法郎而已。"

想到不久后每个月能拿到五十块金币，老妇人高兴得发颤。但她还是怀疑其中是不是有阴谋，她又和公证人在一起待了很久，犹豫不肯离开，问了许多问题。最后，她请他帮自己起草了地契转让文书，醺醺然地返回农场，就像刚喝了四瓶新酿苹果酒。

当齐克特再次叩访询问她的答复时，她先是装作不同意，在他苦口婆心地再三劝说下，她仍然宣称自己并不打算答应他的提议，虽然她身上一直在发颤，生怕他不能同意将月金涨到五十金币。直到最后，当齐克特气急败坏的时候，她才提出自己的价码。

他既惊讶又失望，好像不肯接受。

为了说服他，她说起自己可能命不长久。

"我这把老骨头最多撑个五六年的样子吧。我已经快七十三啦，就算在这个年纪的人里，我这个身体也算差的了。前几天晚上，我觉得自己都快不行了，几乎都要爬不到床上去啦。"

但是齐克特并不买账。

"得了，得了，老太太，您身体结实得就像是教堂钟塔，至少能活一百岁，等我入土了您都还能活着哪！"

一整天，两个人都在钱的数目上讨价还价，老妇人一点也不肯让步，旅馆老板最终同意给她每个月五十金币。

第二天，他们在地契转让书上签字的时候，老妇人强使他又额外掏了十个金币作为中间人酬劳。

三年过去了，老妇人依然精神健旺，和当初相比不见丝毫衰老。齐克特失望了，他感觉自己好像已经白白付了五十年月金一样。他感觉自己上当了，被宰了，破产了。他经常会去看看老妇人，就好像七月份农夫去地里看看庄稼到底什么时候才能收割。每次见到他，她总是露出促狭的表情，就好像在庆祝自己成功地捉弄了他似的。

看到老妇人身体康健，他立即返回到自己的马车上，咬牙切齿地自言自语道："难道你还能永远活着不成？老不死的！"

每次看见她，他都想冲上去一把掐死她，但是他始终无法可施。他恨她，恨意几近阴险、狠毒。他恨她，就像一个被抢劫的乡下人恨抢匪，绞尽脑汁想要除掉她。

一天，他又来探望她，双手相互摩擦着，就像他来提出交易的那次一样。寒暄了几分钟后，他说："您老去塞佩维尔镇上的时候，怎么不顺便来我家坐坐，吃个便饭呀？人们都开始议论了，说我们的关系不好了，这让我多伤心哪。"

不需要他再次登门邀请，因为第三天镇里的集市她无论怎样都会去的。她让马夫塞莱斯丁直接把自己送到齐克特家门口，把马车停在车棚，自己则走进屋子去吃那顿前些天许下的午饭。

旅馆老板非常高兴，简直是用接待贵族小姐的规格接待她。他端上烤鸡、黑香肠、羊腿、培根以及卷心菜来款待她，但是她几乎都没有吃。她一向食量很小，通常只要一小碗汤和一点抹着黄油的面包皮就够了。

齐克特失望极了，不住劝她多吃一点，但是她不肯。而且她什么也不喝，甚至连咖啡也不要，于是他问道："那您不妨来点儿白兰地或者利口酒①？"

"哎呀，如果是那个，我倒不拒绝来上一点儿。"

于是他喊道："罗莎莉，拿瓶顶级的白兰地来——要特酿——你知

---

① 利口酒：也称为餐后甜酒，是由法文 Liqueur 音译而来，泛指酒中添加了天然芳香药用动、植物，并具有一定保健作用的饮料配制甜酒。

道的。"

女仆拿着一个长颈瓶过来,瓶子上装饰着一片纸做的葡萄叶。他斟满两杯。

"您尝尝这个,这可是第一流的酒。"

老妇人把酒抿在唇间慢慢品味,好像这样能够将酒的醇香更持久地留在嘴里。当喝完一杯时,她叹道:"这可真不愧是第一流的酒啊!"

还没等她再说话,齐克特已经为她斟上第二杯。她本想拒绝,但已经迟了。这一杯她还是慢慢地品尝,就像第一杯那样。当他劝她再来一杯时,她拒绝了,但是他再三坚持。

"这酒没什么劲儿,柔得像牛奶一样。您看,我能一口气喝上十一二杯的,一点儿反应都没有。它入口就像糖一样化掉,绝不会上头。您会觉得它好像就在您的舌尖蒸发掉了一样。这可是您能喝到的最健康不过的饮品啦。"

她接受了,因为她正喝到兴头上,但还是只喝了半杯。

这时齐克特语气出奇地大方,说道:"您瞧,难得这酒这么合您的口味,我就送您一小桶吧,一点心意,表示我们还像从前一样是非常要好的朋友。"于是她带了一小桶,走的时候感觉有一点点醉意。

第二天,旅馆老板驾着马车来到农场,从车上搬下一个带铁箍的小桶。他请她一定要尝一尝木桶里的东西,确保他带来的和之前喝的是同样的珍馐佳酿。他们每个人喝了三杯后,他起身告辞,临走说道:"哈,您知道这些喝完我那还有更多呢,您老人家别客气,我绝对不会吝啬的。相反,您喝得越快,我才越高兴哪!"

四天之后,他又来了。老妇人正坐在院子里切面包屑准备做汤。

他来到她跟前,把脸凑到她的脸旁边,以便能闻到她的呼吸气味。果然闻到了酒味,他心满意足。

"看来您能请我喝上一杯特酿白兰地喽?"他说。然后他们每人喝了三杯。

很快,乡里乡亲之间就传出闲言,说马格洛尔婆婆自己染上了酗酒的毛病。有时候她被人在厨房里扶起,有时候有人看见她醉在院子里,甚至有时候躺在附近的马路上,经常被人像块木头似的直挺挺地抬回家。

旅馆老板不再去她的农场了,而且,当人们跟他谈起老妇人,他总是面带遗憾地说:"这把年纪居然喜欢上了喝酒,真是不幸!但是人老了谁能劝得了她呢。长久这样下去,终究会要了她的命的呀。"

果然,喝酒终究还是要了她的命。第二年冬天老妇人去世了。大约是圣诞节那晚,她摔倒在雪里,毫无意识,第二天早上等人们发现她的时候她已经命归黄泉。

当齐克特来接收农场的时候,他说道:"真是个愚蠢的老婆子,如果她不喝酒的话,说不定还能再活个十年呢。"

项链

和世上有些容貌出众、迷人漂亮的女孩子一样，由于命运的捉弄，她出生在一个普通小职员的家里。她没有丰富的陪嫁，没有期待，没有门路认识、结交那些富有、杰出的男子，没法子和他们相爱、结婚。所以最终她嫁给了教育部的一个小职员。

她衣着朴素，因为她没有华丽的衣裳可以穿。她并不快乐，就像她是从更高等级被贬黜了一样。因为女人没有社会地位、阶层之说，容貌、仪态和风度取代家庭和出身代表了她们的等级。天生的灵巧，对优雅与生俱来的直觉，柔顺的心灵是她们唯一的等级，有了这些能让小门小户家的女人和最高贵的贵族小姐平起平坐。

马蒂尔德觉得自己生来就是要享用那些精致、华丽奢侈的东西，因此她始终闷闷不乐。她的房子简陋，四壁徒然，家具破旧，窗帘难以入目，她常常因此痛苦失落。这些原因，若是换作她这个阶层的其他女人，绝对不会在意，但是在她心里却是种折磨，使她不由得生气。来自布列塔尼的女佣为她做家务杂活，总在她眼前晃来晃去，令她心中燃起失望的悔恨和缤纷缭乱的梦想。她梦想安静的休息厅，悬挂着东方韵味的壁挂，客厅里被高大的青铜烛台点亮，有两个身着短裤的男仆侍候一旁，被壁炉里熊熊火焰烘得昏昏欲睡，倒在软椅上打盹。她梦想宽大的大客厅，四壁装点古代壁饰，精美的橱架上安放无数价值连城的古董珍品。她梦想飘荡着淡淡香水味的会客室，下午五点她会和别人坐在那里聊天，有亲密的朋友，还有那种有名望、被追捧的男子，那种能令所有女人嫉妒渴望的梦中情人。

她坐在餐桌旁准备进餐。圆桌上的餐布已经铺了三天了。她的丈夫就坐在对面，揭开汤锅锅盖，兴高采烈地叫道："哈，多美味的汤啊！想不出比这更好吃的东西了。"但她却梦想着精致的晚餐；梦想着华光流彩的银制餐具；梦想着餐厅四周挂满壁挂，上面绘着古代名人还有飞翔在幽静森林中的奇怪鸟儿；梦想着美味的食物盛放在名贵的餐盘中；梦想着一边吃着鲑鱼和鹌鹑翅膀上的粉嫩鲜肉，一边脸上带着春天般的微笑聆听细语甜言。

她没有什么晚礼服，没有珠宝，什么也没有。但是她就只钟爱这些。她觉得自己就是为它们而生。她多么希望自己能被人欣赏，被人羡慕，众星拱月，被人追求。

她有一个朋友，一个教会学校的同窗。这个朋友挺有钱，但是她不愿意再见她。因为每次见完回家后，她总会心里凄苦、伤心、遗憾、失望，她会因此哭上好几天。

但是有天晚上，她丈夫兴冲冲地回到家，手里捧着一只很大的信封。

"看，"他说，"有好东西给你。"

她赶忙撕开信封，抽出一张卡片，上面印着如下文字：

  教育部部长乔治斯·朗博诺携夫人谨请鲁塞尔先生及夫人出席一月十八日晚在本部大厅举办的晚宴。

她的丈夫原本以为她会因此高兴起来，谁知她生气地将请柬摔在桌子上，嘟囔道："你教我拿它怎么办才好？"

"怎么了，亲爱的？我以为你会高兴的。你从没出去过，这可是个天赐良机。我费了好大劲才弄到手呢。所有人挤破脑袋都想参加，但是并不是谁都能去的，而且也没有多少请柬留给职员。所有官员都会去呢。"

她狠狠地瞥了他一眼，不耐烦地说道："你教我穿什么去？"

他没想到这一层，支支吾吾地说："这个，你去剧场时穿的那件晚礼服，那件我看就挺好的呀——"

他慌了神，停下不说话。他看见自己的妻子在抽泣，两行清泪从她的眼角流到嘴角边。

"出什么事了？出什么事了？"他问道。

她强忍着悲伤，擦去脸颊上的眼泪，平淡地回答道："没什么。就是我没有晚礼服,因此,我不能去参加舞会罢了。把你的请柬送给别的同事吧,兴许他的妻子能比我打扮得漂亮些。"

他感觉非常难过,接口道:"不要伤心,马蒂尔德,我们想想办法。一件得体的晚礼服,还能在其他场合穿的,简单些,需要多少钱?"

她反应了几秒钟,在心里打起算盘,估量说出什么样的数目不会把这个节俭惯了的小职员吓得跳起来惊呼,马上拒绝。

最后,她犹犹豫豫地回答:"我也不知道确切的数目,但是我想四百法郎就足够了。"

他脸上略微变了变颜色,因为他正好存了四百法郎想要买支枪犒劳自己,等夏天来了好去打猎,周日约三五好友一起去南泰尔平原上打打云雀。

但他还是说:"好。我给你四百法郎,去做一件漂亮的晚礼服吧。"

晚会的日子临近,鲁塞尔夫人的晚礼服也做好了。虽然如此,她看上去依旧难过,不安,心神焦虑。一天晚上,她的丈夫问她:"怎么了?说说吧,你这几天看起来心情非常不好。"

她回答道:"我没有一件珠宝,没有一件首饰,什么佩戴的东西都没有,这事儿让我心烦得很。我会看上去很寒酸的,还是不去的好。"

"你可以佩戴鲜花呀,"她的丈夫说,"一年的这个时节,正是时兴戴花儿的时候。十法郎就能买到两三枝漂亮的玫瑰呢。"

她并不满意:"不行。在一群富贵夫人中间显得穷酸,那是件最丢人不过的事情了。"

"你真是糊涂了!"她丈夫高声道,"去找你的朋友福莱斯蒂夫人啊,请她借给你一点儿首饰。你们的关系那么亲近,这点儿请求可以开口的。"

她立刻转悲为喜:"对啊!我怎么没想到。"

第二天,她就去拜访自己的朋友,把自己的难处告诉了她。

福莱斯蒂夫人走到带着镜子的梳妆台前,取出一个大珠宝箱,拿着它转身回来,打开对鲁塞尔夫人说:"你自己挑吧,亲爱的。"

她先看到一些手镯,然后看上了一串珍珠项链,然后又是一个镶嵌着精美宝石的威尼斯金十字架,做工非常精致。她在梳妆镜前试戴这些首饰,左右为难,爱不释手,舍不得离开它们,把它们还给主人。她不断地问:"你还有其他的么?"

"当然,还有呢。你自己找找,我不知道你喜欢什么样儿的。"

忽然,她在一个黑色绸缎盒子里,发现一条华丽的钻石项链,这条项链的光芒掩盖了其他所有首饰。她喜欢极了,心扑腾扑腾地跳。当她拿起它,手情不自禁地颤抖。她把项链系在脖子上,衬在高领裙子外面,看着镜子里的自己怔怔入迷。

然后,她焦虑地试探着问:"你能把这条项链借给我吗,就只这一件?"

"为什么不行,行啊,当然可以。"

她扑向自己的朋友,抱住她的脖颈,激动地亲了亲她,然后带着她的宝贝逃也似的离开了。

晚会这天到了。鲁塞尔夫人获得了极大的成功。她比到场的任何一位女宾都美丽动人。她温婉典雅,始终微笑,欣喜若狂。所有男人的眼光都集中在她身上,打听她的芳名,设法找人引荐。部门里的重要人员都希望能和她跳一支华尔兹,就连部长大人都注意到她。

她翩翩起舞,兴高采烈,激情四射,沉浸在欢愉中;沉浸在自己的美貌赢得的胜利中;沉浸在成功的荣耀中;内心中对恭维、赞美的渴望被唤醒,这种成功的喜悦令女人心甜如蜜,她沉浸在这种感觉里忘记了一切。

她早晨四点左右才离开舞会,她的丈夫从午夜开始,就和另外三位先生在一间冷清的小会客室里睡着了。这三位的妻子也正享受着舞会的欢乐。

他为她披上带来的外套,这是一件日常穿的普通外套,粗劣的质地和优雅的晚礼服形成鲜明对比。她感觉到了这一点,为了不让其他身披华贵皮草的夫人们注意到,她希望能快点逃开。

鲁塞尔拽住了她,说道:"等等。出去你会着凉的。我去叫辆出租车来。"

但是她不肯听他的,快步跑下台阶。当他们跑到街上时,却找不到一辆出租车。于是他们四处找车,冲远远经过的出租车呼喊。

他们还是失望地朝塞纳河河岸走去,在冷风中瑟瑟发抖。最后,他们在码头上发现一辆老旧的出租车,这种车在白天的巴黎街头从不露面,只有在晚上才会看到,好像它破烂不堪的样子羞于出现在光天化日下一样。

出租车把他们载到殉道者街的寓所,两人意兴阑珊地走上台阶。对她来说,一切都已经结束;但是对他而言,还在想早上十点钟必须要到部里才行。

她在梳妆镜前褪下外套,在镜子里再一次端详光彩照人的自己。忽然,她惊呼一声,那条钻石项链已经不在她脖子上了!

"出什么事了?"她的丈夫正在脱衣服,连忙问道。

她转向他,哭着说道:"我一定——我一定——我一定是把福莱斯蒂夫人的项链给弄丢了。"

他站起身,不知所措地说:"什么!——怎么会?不可能!"

他们在裙子的褶皱里,在外套里,在她的口袋里,在所有地方四处寻找,但是没找到它。

"你确定离开舞会的时候你还戴着它吗?"他问。

"我确定,在总部走廊里的时候我还能感觉到它在。"

"但是如果是在街上掉的,我们应该能听见呀。一定是掉在出租车上了。"

"是的,很可能。你记住他的车牌号码了吗?"

"没有,你呢——你有没有留意?"

"没有。"

两人面面相觑,惊愕失措。最后鲁塞尔穿上衣服。"我按照原路走回去,看看能不能找得到。"他说。

于是他出门了。她瘫坐在椅子里,精神颓丧,仍旧穿着那身晚礼服,没有力气回床休息,壁炉没有点火,脑子里空空如也。

她的丈夫七点左右回来,什么也没找到。

他去警察局,去报社登记悬赏寻物,去出租车公司——总之,只要有一丁点儿希望的地方都去。

她整天都在如同大祸临头般的恐惧中等待着。

晚上鲁塞尔回来了,脸上苍白、毫无人色。他什么线索也没有发现。

"你最好写信给你的朋友,"他说,"告诉她你弄坏了项链扣,正在送去修理。这样我们才有周转的时间。"

她依着他的口述写了这封信。

一周之后,他们失去了所有希望。鲁塞尔仿佛老了五岁,他大声说:"我们得想想怎么赔偿这件首饰了。"

第二天,他们拿着项链盒,按照项链盒里的珠宝商名字,找到了他。他翻了翻自己的销售记录。

"这个项链不是从我这里买的,夫人。我只是卖了这个项链盒。"

然后他们从一个珠宝商询问到另一个,寻找和丢失那条类似的项链,努力回忆它的模样,两人都因为悲伤凄苦而病恹恹的。

终于,在皇家宫殿附近的一家珠宝店找到了一串和丢失那串看上去一模一样的项链。它价值四万法郎,但是可以三万六千法郎买到手。

他们央求珠宝店老板三天之内不要把它卖给别人。而且经过讨价还价,商定一旦丢失的那条项链找到了,这条项链可以退还给珠宝店老板,退换价格为三万四千法郎。

鲁塞尔存着八千法郎,这是他父亲留给他的。余款需要去筹借。

他确实去借了。向这个借一千法郎,那个借五百法郎;从这里借五个金路易①,或者从那里借三个金路易。他签了很多借条,接受许多足以毁灭家业的债务;他向高利贷借钱,接受任何利息的借款。他放弃了自己余生,他冒险签下那些欠条,不知道自己是否能够还清。一想到接踵而来的麻烦,想到即将降临在他头上的黑暗悲苦生活,想到今后要承受的物质上的贫寒和精神上的折磨,他不禁心惊胆寒。最终,他拿出三万六千法郎摆在珠宝商的柜台上,买回了那条项链。

当鲁塞尔夫人把项链还给福莱斯蒂夫人的时候,她有点不悦地说:"你该早点儿把它还回来的,万一我要用到呢。"

她没有打开项链盒查看,这是她的朋友非常担心的:一旦她察觉到丝毫不同之处,她会怎么想,她会说出什么样的话来?她会不会把鲁塞尔夫人当成一个窃贼?

---

① 金路易:法国一种金币。币上铸有路易十三和路易十四等人头像,在不同时期,一金路易等于十二到二十几法郎不等。

项链

之后,鲁塞尔夫人切实尝到了生活窘迫的滋味。但是忽然之间她燃起英雄气概,要负起自己应负的责任,可怕的债务必须还清,她将会还清。他们遣散了仆人,换掉了寓所,租了一间顶层阁楼。

她开始知道粗笨的家务活的滋味,知道厨房里那些可厌的繁杂活儿。她开始洗刷碗碟,娇嫩的手指和玫瑰色的指甲划过油腻的瓶瓶罐罐。她开始洗内衣裤,洗衬衣,洗餐桌布,然后晾在绳子上。她每天早上亲自把泔水提下楼,然后把清水提上来,每上一层台阶都会停下来喘气。她穿得和平民百姓一般无二,胳膊挎着篮子,去水果店,去食品店,去肉店,和别人讨价还价,忍辱挨骂,一个铜子儿一个铜子儿地算计,维护着自己可怜的钱袋。

每个月,他们都会偿还一些债务,然后再借一些,以赢得更多的时间。

她的丈夫每天晚上也会兼职,为一个商人做账。到了夜晚,他常常还要誊抄手稿,酬劳是五苏①一页。

这样的生活持续了十年。

第十年年末,他们终于还清了所有债务,所有,包括高利贷的利息和利息又翻滚生成的复利。

鲁塞尔夫人如今看起来很苍老。她已经变成一个贫寒人家的妇人模样——健壮、坚强、粗枝大叶。乱挽着头发,歪穿着裙子,磨红了双手,她一边用水哗哗地擦着地板,一边高门大嗓地说话。但是偶尔,当她丈夫去部里上班的时候,她也会一个人坐在窗边,回想很久以前那个放纵的夜晚,那个舞会,那时的她是多么美丽,多么令人倾慕。

如果她没有遗失项链,会发生什么?谁知道呢?谁会知道?生活是多么奇特多变啊!一个很细微的事物就能成就或者毁灭我们!

然而,一个星期天,在完成了一周的辛苦劳作后,她去香榭丽舍大道上散步,洗涤一周的疲惫。忽然,她看到一位带着孩子的女士。这位女士正是福莱斯蒂夫人,仍然那么年轻,仍然那么美丽,仍然那么迷人。

鲁塞尔夫人被触动了。她该不该上前和她搭话呢?是的,当然应

---

① 苏:法国旧时铜币,一法郎等于二十苏。

该。如今她该还的债已经还清,她应该把所有事对她和盘托出。为什么不呢?

她走过去。

"你好啊,詹妮。"

那位女士非常惊讶,被一个平民主妇模样的女人这样亲近地招呼。她完全没有认出她来,支支吾吾地说:"但是——这位夫人!——我不认识——您一定是认错人了。"

"没错。我是马蒂尔德·鲁塞尔呀。"

她的朋友惊呼:"哦,可怜的马蒂尔德!你怎么变成了这副模样!"

"是啊,自从最后一次见你之后,我的日子过得挺不容易,而且挺艰辛呢——这都是因为你啊!"

"因为我?怎么回事?"

"你还记得那次教育部晚会,你借给我的那条钻石项链吗?"

"记得啊,怎么了?"

"我把它弄丢了。"

"你这是什么意思?你已经还给我了呀。"

"我还给你的是一条一模一样的项链。为了它,我花费了十年的时间去偿还债务。你能理解,这对我们来说并不是一件容易的事——我们这种一无所有的人。不过这一切终于结束了,我现在非常开心。"

福莱斯蒂夫人停下来。

"你是说你用一条钻石项链替代了我原来的那条吗?"

"是的。你从来没注意到吧,是吗?两条项链非常相似。"

她开心地笑起来,紧接着露出自豪和天真的表情。

福莱斯蒂夫人异常激动,抓住她的双手。

"噢,可怜的马蒂尔德!我那串项链是假的啊!它顶多值五百法郎!"

月光

朱莉·罗蓓尔夫人正在等待她的姐姐——亨丽艾特·乐托尔夫人从瑞士旅行中归来。

乐托尔夫妇是大约五周之前离开的。亨丽艾特夫人让自己的丈夫独自先行回到他们在卡尔瓦多斯省的庄园,有些生意上的事情需要他去处理。而她则前往巴黎,和自己的妹妹一起待上几天。夜晚来临,在安静的会客室里,罗蓓尔夫人正借着暮光心不在焉地翻着书,只要她听到点声音,就会抬起头来。

终于,她听见了门铃声响,她的姐姐裹着一件旅途穿的斗篷,出现在她家门口。还没来得及仔细端详彼此,她们就紧紧地拥抱在一起,放开一小会儿,紧接着两人又给对方一个大大的拥抱。然后亨丽艾特夫人一边脱去帽子和面纱,两人一边互相问候身体,问候彼此家人,聊起许许多多琐琐碎碎的事情。两人语气急促,时断时续,你一句我一句,喋喋不休地聊着。

这时天色已经很晚了,罗蓓尔夫人摇铃令人点灯。灯光亮起的那一刻,她仔细打量着自己的姐姐,想再一次给她拥抱。但是她却愣住了,吃惊地看着对方的容颜。

在她的头两侧太阳穴位置,有两股浓重的白发。她整个头顶上黑发如墨,乌润亮丽,只有那两处有两道银白色的细流垂下,然后迅速汇入周边青丝中。可是,她只有二十四岁的年纪啊,这个变化是她去了瑞士后忽然才有的。

罗蓓尔夫人一动不动地盯着姐姐,神色惊讶。眼泪涌进了她的眼眶,她觉得姐姐一定是遭遇了什么可悲的,可怕的不幸。于是她问:"亨丽艾特,发生什么事了?"

她的姐姐苦丧着脸冲她笑笑,那是一个心灵受伤的人才会露出的苦笑，她回答道："怎么了，没事啊，我向你保证。你是不是注意到了我的白头发？"

但是罗蓓尔夫人突然抓住她的肩膀，带着询问的眼神，重复问道："发生什么事了？告诉我你究竟发生了什么。如果你对我撒谎，我会立马戳穿的。"

两人面面相对，亨丽艾特夫人看上去似乎要晕倒，她目光低垂，双眼含着珍珠般的泪滴。

她的妹妹不停地问："你怎么了？发生什么事了？回答我！"

终于，对方屈服了，她吞吞吐吐地说："我有——我有了一个情人。"

说罢，她把头藏在自己妹妹的肩膀里，抽泣起来。

稍后，当她的情绪稍微平静一些，当她的心跳不再那么急促，她开始吐露自己的心声，如同把自己的秘密全部翻开，把自己的忧愁苦水全都倾诉给一颗同情的心。

于是，两人轻轻地手挽着手，走到屋里一个暗淡的角落，坐进沙发里。妹妹将手臂环在姐姐的脖子上，让她靠在自己的胸前，凝神聆听。

"噢！我知道自己是不可原谅的。我都无法弄懂我自己，自从那天开始，我感觉自己像疯了一样。小心点儿，孩子，当心你自己！你要知道我们女人是多么脆弱，多么容易屈服，多么容易沉沦。只需要很小，很小，很小的一丁点儿温柔——那种突如其来的忧思触碰着你的心房，那种内心深处的，想要张开双臂，去爱，去珍视某种东西的渴望——这些感情我们偶尔都会有的，这就够了。

"你了解我的丈夫，你也知道我有多么爱他。他性格成熟又理性，但却一点儿都不懂得女人的心思。他总是那一副模样，总是很举止得体，总是在微笑，总是和颜悦色，总是完美。噢！有时候，我多希望他能狠狠地把我搂进怀里，抱着我，情深款款地亲吻我，是那种能令两个人融化、合二为一的吻，如同无言的承诺！我多想他能蠢一点，甚至软弱一些，这样他就会需要我，需要我关心，需要我的眼泪呵护！

"这听起来挺傻的，但是我们女人天生就是这样。我们能拿它怎么办呢？

"即便如此，我也从来没有想过要欺骗他。但是如今却发生了，没有爱，没有原因，什么也没有，仅仅是因为有一天夜晚琉森湖①上皎洁的月光。

"在我们一起旅行的一个月里，我的丈夫，总是一成不变地平静，令我的热情变得麻木，令我的诗情画意消解殆尽。当四驾马车在山路上卖力地奔驰，当我们伴着朝阳走下山坡，隔着清晨薄雾，我们能看到蔼蔼山谷，密密丛林，潺潺溪流，落落村庄，我兴奋地拍着手对他说：'多美啊，亲爱的！快吻我！吻我吧！'可是他却冷冷地礼貌回答：'你喜爱这里的风景可不能成为我们彼此亲吻的理由。'

"他的话令我寒意攻心。对我而言，两个相爱的人，在那样的美景之中，理应让彼此感受到更多的爱呀。

"总之，我心里充满了诗情画意而他却硬生生堵住了我的嘴。我就像一个充满蒸汽的锅炉，却被莫名其妙地封住了口。

"我们在弗仑的一家旅馆待了四天，有一天晚上罗伯特的偏头痛犯了，吃过晚饭后立刻躺回床上休息。于是我一个人出去沿着湖边散步。

"那个夜晚就像童话故事里描绘的一样，盈月挂在当空，高高的山巅上积雪皑皑，银装素裹一般，湖面上水纹粼粼，泛着点点波光。微风和畅，沁人心脾，令人陶醉其中，内心不由得柔情百转。那时那刻，心灵受到极大的感染和震撼！我的心跳得多么快，多么剧烈！

"我坐在草地上，凝视广阔的、迷人的、令人黯然神伤的水面，心中升起一种奇怪的感觉。一种对爱的贪婪的渴求，一种对暗淡无聊的生活的抗拒占据了我的心房。凭什么！难道我就没有那个命，和我爱的人手挽着手，行走在这被月光亲吻过的湖岸上？难道我就永远不能在这天造地设的柔情蜜意的夜晚，品尝到那种甜美、深情、令人陶醉的吻？难道我永远不能在这夏日夜晚里，月光剪影中体会热情四射的爱情吗？

"想着想着我就像一个疯女人一样哭出声来。这时听见身后有人走动的声音。有个人站在那儿，看着我。当我扭过头去的时候，他认出我了，然后靠近了些，问道：'您哭了，夫人？'

---

① 琉森湖：位于瑞士中部，是瑞士的第四大湖。

"那是一个年轻律师,正陪着他的母亲一起旅行,我们不时能够碰到他们。他的目光经常跟随着我。

"在那种情形下,我感觉自己非常窘迫尴尬,不知道该说什么好,也不知道在想些什么。我告诉他我觉得身体不适。

"他非常自然而又很有礼貌地走到我身边,开始跟我聊起自己旅行一路上的所见所闻。我所有的感受都被他变成了语言,所有令我激动战栗的事情他都完全理解,甚至比我感触更加深刻。忽然,他重复地朗诵起缪塞①的诗句。我觉得自己浑身在发抖,一种无法用言语描述的感情攫住我的心。就好像那山、那湖、那月光,都在为我歌唱着不可言说的甜蜜。

"然后就那么发生了,我不知道怎么回事,我不知道为什么,好像是在幻境里一样。

"而他呢,我直到第二天早晨他离店时才又见到他。

"他给了我他的名片!"

说完,乐托尔夫人沉在妹妹的胳膊里,发出一声尖叫一样的长叹。

这时,罗蓓尔夫人用矜持而严肃的语气,非常温柔地对她说:"你瞧,姐姐,通常我们爱上的并不是一个男人,而是爱情本身。你那晚的真正的情人其实是月光啊。"

---

① 阿尔弗雷德·德·缪塞(1810—1857):法国最伟大的抒情诗人之一。

骑马的代价

他们一家人过着紧巴巴的日子,所有的经济来源只是丈夫在那卑微的工作上得来的可怜的薪水。结婚后,两个孩子相继出生,因此原本就窘迫的生活条件变成了一家人羞于启齿的、必须遮掩起来的秘密。落魄的贵族家庭啊,往往选择忽视"落魄",却念念不忘"贵族"身份。

赫克特·德·格里伯林是个外省贵族,在父亲膝下长大,受教于当地的一个年长教士。他家族的人并不富裕,但是仍然勉力支撑着贵族门面。

在他二十岁那年,家里人想方设法在海军部给他谋了一份书记员的差事,年薪一千五百金法郎。从此他就绑在了海军部的大树上。世上有很多这种人,他们没有对艰苦奋斗做好准备,对生活总是雾里看花井中望月,不知道该怎么在外面的世界保护自己,而且他们从小没有培养出特殊技能才干和坚强的毅力,没人递给他们为生活奋斗所需的武器和工具。

在部里工作的前三年简直就是灾难。

尽管如此,他还是与几位家族故交取得了联系,这些人住在昏暗的圣日耳曼区①贵族街,都是些上了年纪、跟不上时代的老人。他们和他一样经济窘迫。于是,他为自己建立了一个社交圈。

这些贫困的贵族们与现代生活形同陌路,卑微而又骄傲,他们住在死气沉沉的老式楼房里,楼里所有的房客都有贵族头衔,但是无论是住在一楼还是顶楼的人,兜里的钱包都一样瘪。

各种各样的偏见、对身份地位的执念,还有唯恐失去头衔的惶恐,

---

① 圣日耳曼区是法国旧时富人区。

始终在这些人脑袋里纠缠——这些祖辈有过辉煌过往而如今只会游手好闲的人。赫克特·德·格里伯林在这个圈子里遇到了一个和他一样出身高贵也同样囊中羞涩的年轻女孩,然后两人就结了婚。

四年里,他们生了两个孩子。

再之后的四年,夫妇俩被生活所困,除了周末去香榭丽舍大道散散步,或在冬天凭着同事朋友给的票去一两次剧院之外,没有任何消遣。

但是第九年的春天,赫克特·德·格里伯林接到了一份来自领导的额外工作,因此他领到一大笔奖金,有三百法郎。

领到钱的这天,他一回到家就对妻子说:

"亲爱的亨丽埃塔,我们得放纵一回,给自己放个假啦。你说带着孩子一起出去玩一天怎么样?"

于是经过一番漫长的讨论后,他们决定去郊区吃午餐,游玩一天。

"好啦,"赫克特兴奋地说,"反正奢侈一次也不会让我们破产,索性再租一辆马车,你和孩子们还有女佣一起坐,我呢,就租一匹马。骑马的经历对我一定是有好处的。"

这长长的一周,他们没有别的心思,一直在讨论这次计划中的出行。

每天晚上,当他从部里回来后,就抱起大儿子,让他跨坐在自己的腿上,一边用力颠着孩子,一边说:"周末爸爸策马奔腾的时候,就是这样的感觉呀!"

于是这小孩儿整日在家里骑在椅子上满屋地转圈嬉戏,一边转一边叫道:"爸爸骑大马!"

女佣人一想到主人骑着马牵着缰,陪伴在马车旁边的样子,就会向他投来崇拜的目光。吃饭的时候,她全神贯注地倾听主人讲述如何骑马,以及曾经他生活在他父亲的身边那些赫赫事迹。噢,他可是受过良好教育的人呀,一旦他跨上骏马,他一点儿也不会畏怯,他无所畏惧!

说到骑马,他摩拳擦掌,跃跃欲试,对妻子不断地说:

"如果他们能给我一匹性子烈点儿的马就更合我的心意啦。我得给你们看看我究竟怎么驯服它。还有啊，如果你愿意的话，我们从布洛涅①回来可以绕道香榭丽舍大道。最好是碰到我们部里的人，那样的话我们可就露脸啦。单凭这一条，就能让头头儿们对我刮目相看。"

到了约定的这一天，马车和马同时站在了他们门外。赫克特立马冲下楼去查看自己的坐骑。他手中拿着昨天晚上借来的马鞭，裤脚处也早就请人缝好了扎带②。

他把这匹马的四条腿逐个儿抬起来，一条一条地摸过去。然后又摸过它的脖子、肋下和膝盖。他打开它的嘴，检查它的牙齿，推算它的年龄。这时，他的家人们才下楼。他对着围在身边的家人好一番高谈阔论：所有马的共性是怎样，而他面前这匹马又是如何。最后他宣布，这匹马无论从哪方面说都是个中翘楚。

当其他人都在马车里就坐后，他又查了查鞍鞯辔头，然后扶鞍认镫，飞身上马。但是那匹马忽然暴躁起来，险些将他掀下马背。赫克特手忙脚乱地安慰它：

"老实点儿，老实点儿，乖马儿，安分些吧！"

当马儿终于恢复平静的时候，他平复了一下自己紧张的情绪，挺直腰杆儿问道：

"大家都准备好了吗？"

车里所有的乘客齐声回答："好了。"

"出发！"他下令道。出游的队伍启程了。

所有的目光都集中在他身上。他以一种英式的绅士姿态骑在马背上，在马鞍上高高挺着身子一上一下颠簸，屁股刚刚挨着马鞍就立刻又把身子弹到空中。他的身体不时地扑向马鬃，目光凝滞，牙关紧咬，脸色苍白。

他的妻子和女佣各怀抱着一个孩子，两人不停兴奋地叫：

"快看爸爸！快看爸爸呀！"

两个男孩坐在行进的马车上异常兴奋，扯着嗓子发出尖锐的叫喊。那匹马受到这声音的惊吓，忽然快步跑起来。骑士使劲儿想勒住它，

---

① 布洛涅公园：巴黎近郊森林公园。
② 旧式马裤缝有收裤脚的扎带，赫克特为了俭省所以在自己的裤子上缝上扎带。

就连帽子都从脑袋上滑掉了。马车夫不得不停下车,帮他把帽子捡回来。当马儿终于平静下来的时候,它已经跑出离马车好长一段。于是他远远地冲自己的妻子喊:

"别让孩子们那样叫喊啦!他们会惊着马的!"

他们在维西涅森林公园的草坪上吃了午饭,食物都是在家打包放在马车上一起带来的。

虽然那三匹牲口都有马车夫在照料,但是赫克特还是每隔一小会儿就跑过去看看自己那匹马是不是被照顾得周全,有没有缺水短食。他拍拍它的脖子,给它喂面包、蛋糕甚至糖果。

"这可是个不安分的家伙,"他大声地说,"一开始它的确吓了我一跳,但是,你们瞧瞧,我很快就制服它了。它现在承认我是他的主人,不会再给我惹乱子啦。"

他们按照预定的计划,绕道香榭丽舍大道回家。宽阔的马路上车流拥挤如潮,两旁的人行道上无数的行人密密麻麻,犹如两条飘荡的黑色缎带从凯旋门一直延伸到协和广场。阳光挥洒在这片欢乐的车水马龙之间,车厢上的把手、车上的清漆还有车辕上的铁件,都在阳光下反射出刺眼的光芒。

这个人流、车流和马匹的大集合,像是中了什么毒一样,沉浸在不停的活跃和运动之中。在远处,方尖碑耸立在金色霞光里。

赫克特的马一穿过凯旋门,就仿佛受到这种热情的感染,也可能是感觉到自己已经离家不远,欢快地在车流之间奔腾,无论它的骑手怎么收缰也管不住。

马车已经被它远远抛在身后,马一路跑到工业部大厦前,看到眼前有一块空地,就往右一拐,狂奔起来。

一个穿着围裙的老妇人不紧不慢地从马路中间横穿过去,正好挡在了赫克特全速狂奔的马前面。已经对自己的坐骑无法可施的赫克特,只好扯着嗓子大喊:

"嗨!小心了!嗨!"

老妇人一定是耳背,她仍然从容不迫地在马路中间走。可怕的一幕还是发生了,马前胸撞在老妇人身上,就像一列全速火车撞在她身上一样。她滚出十步远,翻了三个筋斗。

许多人一起喊：

"抓住他！"

赫克特惊得六神无主，趴在马脖子上，高声喊：

"救命！救命哪！"

一阵剧烈的颠簸，他就像从枪管里射出的子弹一样，飞过马脑袋。一个警员冲过来接住他。

一大群人立马围过来，指指戳戳，群情激愤，众口纷纷。一位白胡子的老先生，看起来义愤填膺，怒不可遏，他大声地指责道：

"该死的！既然不会骑马就应该老老实实地待在家里，不要骑马出来在大街上丢人现眼，还撞死了人。"

四个男人把那位老妇人抬了过来。她面如纸色，帽子斜搭在一边，浑身是土，看起来像是死了。

"快带她去看医生，"那位老先生吩咐，"我们大伙儿去警察局。"

两名警察一边一个架起赫克特，另外一名警察牵着他的马。一大群人跟着他们。这时，他们的马车来到身前。他的妻子惊慌失措，女佣人六神无主，孩子们则被吓得号啕大哭。他解释说只是骑马不小心撞倒了人，没什么大不了，很快就能回家了。于是他的家人六神无主地继续往家走。

当他们来到警局，没花多少口舌就把事情解释清楚了。他报上自己的姓名和职业：赫克特·德·格里伯林，海军部职员。现在就等伤者那边的消息。一个被派去打探消息的警员回来，说老妇人已经恢复意识，但是声称体内疼痛难忍。她叫西蒙嬷嬷，六十五岁，是一位靠做杂工过活的粗使佣人。

听到老妇人还活着，赫克特又燃起希望，他承诺支付老人家所有的医药账单。然后他匆匆忙忙跑到医院，医院门口被人围得水泄不通，那个受伤的老妇人，歪在一张椅子上，嘴里不住地哼哼。她的两只胳膊吊在身旁，面色苍白。两个医生还在为她检查身体，没有发现骨折的迹象，但是他们担心是否会伤到内部器官。

赫克特挤到她身边，问道："您还疼吗？"

"哎呦，疼啊！"

"哪儿疼呢？"

"我感觉胃那儿火辣辣地疼。"

一个医生走过来,问:"你就是那个肇事者吧?"

"是的,我是。"

"这位老人家需要在疗养院疗养一段时间,我认识一家,一天的花费大概六个法郎。你需要我为你安排吗?"

赫克特喜出望外,他谢过这位大夫,返回家里,心里的担子放下一大半。

他的妻子还沉浸在悲伤的泪水中,等他回来。他宽慰她说:"没事的。西蒙嬷嬷已经好多了,再过两三天就会痊愈。我会送她去疗养院养伤。没事的。"

第二天一下班,他就去探望西蒙嬷嬷。他看到她正心满意足地喝着一碗肉汤。

"好点儿了吗?"他问。

"噢,先生。"她回答,"还是老样子呀。我感觉这把老骨头都要散架了,疼的可不是一星半点儿。"

医生认为他们得让老人继续留院观察,以防有什么后遗症出现。

三天后,赫克特又来探视。那个老妇人面色红润,目光神采奕奕,但是一看到他就又开始哼哼起来:

"我动不了了啊,先生,一点儿也动不了。我这辈子剩下的时间也许就得这么过了呀。"

一丝凉意从赫克特的后背直升上来。他咨询医生,医生耸了耸肩,无奈地说道:

"我有什么办法?我检查不出她身上有什么问题,但是只要我们一抬动她,她就会哭喊疼。甚至只要稍微挪动一下她的椅子,她也会大叫疼痛难忍。我不得不相信她告诉我的,因为我总不能钻进她肚子里去一探究竟呀。所以,只要没看到她下地走动,我就不能说她是在撒谎。"

老妇人一动不动地听着,眼睛里透出狡黠的目光。

一周过去,然后是半个月,然后是一个月……西蒙嬷嬷一直没离开过她的椅子。她一天到晚都在吃,一天天变胖,成天和其他病人一起聊天聊得乐不可支,她看起来非常享受这种不能动的生活,就像这是她五十年来在楼里跑上跑下、搬煤运炭、铺床叠被、扫地除尘所换来的假期一样。

赫克特也不知该如何是好，他每天都来探望她。而她每天是那样平静又安详，看到他的时候总会说："我动不了了，我再也站不起来了。"

每天晚上，德·格里伯林夫人总是忧虑重重，心如乱麻，询问："西蒙嬷嬷怎么样了？"

每天晚上，他总是灰心丧气地回答："还是老样子，一点儿都没变。"

他们解雇了女佣人，因为她可怜的薪水已经成为无法承受的负担。他们比以往更加精打细算，到了锱铢必较的程度。那笔奖金还是很快就花光了。

于是赫克特邀请了四位资深的医生，一起对这位老妇人会诊。她任凭他们检查，望闻问切都随他们心意，眼睛却露出一副狡猾的眼神。

"我们得让她走几步才行。"一位医生说。

"但是，大夫，我动不了呀！"她哭丧着说，"我根本就动不了！"

于是大家把她搀起来，抬着她往前迈了几步。然后她就从众人手中滑脱，摔在地上，撕心裂肺地哭喊起来，大家只有无限小心、加倍谨慎地把她抬回椅子上去。

大夫们达成一致，给出一个保守性的意见：她还不能工作。

赫克特把这个消息带回家，告诉妻子。她一下子瘫倒在椅子上，嘴里嘟囔着：

"要不把她接回家来养着吧，这样还能花费小些。"

他又惊又急，跳起来喊道：

"养在这儿？养在我们自己家里？你怎么能想出这样的法子？"

但是她现在万念俱灰，眼泪不住涌出眼眶，回答道：

"我们还能怎么办，亲爱的？这又不是我的错！"

一个诺曼底佬

我们刚刚离开鲁昂,快马加鞭地走在去往朱密日①的道路上。马儿拉着马车在乡间小路上飞驰,直到爬坎特勒山的时候,才放慢脚步。

这里有世界上最独特的风景。鲁昂就在我们身后,城里布满大大小小的教堂,教堂里耸起哥特式的钟塔,雕刻得如同象牙制品般精致;我们眼前则是圣瑟韦——工厂林立的郊区,成千上万的烟囱拔地而起吐出滚滚浓烟,和身后成千上万的神圣尖塔相映成趣。

一边是鲁昂大教堂的尖顶,人类所能建成的最高建筑杰作;另一边,是发电厂的引擎塔,几乎和它的对手一样高,甚至比埃及最高的金字塔还要高出些许。

塞纳河在我们前边蜿蜒流淌,河中间零星撒着几座小岛,河右岸是白色浅滩,生长着茂密的树林,河左岸有一片广袤的草地,延伸到很远的地方,才被另一座森林阻拦。

宽阔的河流里大船星星点点抛锚停靠在浅滩,三艘巨大的蒸汽船首尾相衔,往勒阿弗尔方向驶去。一只三桅帆船、两只双桅纵帆船,还有一只横桅船,连成一串,由一只小拖船拖着,逆流开往鲁昂。小拖船使劲儿喷出一股股黑色浓烟。

我的同伴是土生土长的本地人,对眼前的壮阔景象熟视无睹。一直自顾自地笑着,好像是被自己脑子里的东西逗乐了一样。

突然,他开口笑着说:"哈哈,待会儿让你见识一样好玩儿的东西——马修老爹的小教堂。那可真是个好去处,老兄。"

我满脸疑惑地看着他,他接着说:

"我要让你体会一下诺曼底格调,保准你永世难忘。马修老爹是本

---

① 朱密日:原文 Jumièges,位于法国北部上诺曼底大区滨海塞纳省。

省最有趣的诺曼底人了，他的小教堂是世界上最奇妙的地方之一，这样说一点儿也不夸张。但是在去之前，我先给你稍微解释一下。

"马修老爹，又被叫作'老酒'老爹，他是个退伍返乡的军士长。他把老兵的那种老油条性子和诺曼底人狡猾的痞子秉性巧妙地结合起来，浑然成一体。他回到诺曼底后，靠着自己的影响力和令人咋舌的小聪明，谋到了一个虔诚的小教堂的看守职位。小教堂里供奉着圣母，经常会有年纪轻轻就误入歧途怀孕的姑娘们来这里祈祷，于是他称呼他侍奉的神灵为'大肚子圣母'。他用一种嘲讽方式对待她，亲密但不失敬意。为了他的这位'慈悲圣母'，他还自己编写和印刷了一篇祈祷文。这篇祈祷文在风轻云淡之中透出嘲讽的味道，简直就是一篇诺曼底玩笑式的杰作。祷文里既有玩笑，也有对圣人的敬畏，还有对某些神秘力量迷信般的畏惧。他其实并不怎么相信他的守护女神，但是谨慎起见，他还是信一点点儿的，而且出于形式上的考虑，他还得供奉着她。

"这篇绝妙的祈祷文开头是这样写的：

"'我们尊敬的圣母玛利亚太太，这片土地以及世界各个角落里那些当了妈妈的年轻姑娘们的理所当然的保护神，请保佑您的仆人，原谅她因为一时大意所犯下的错误……'

"结尾呢，是这样：

"'请您别忘记我，尤其是当您和您神圣的老公在一起的时候，请您在上帝天父面前多说好话，让他赐给我一个好丈夫，最好能跟您自己的一样好。'

"这篇祈祷文被教区内的教士们所禁止，但是他私下里卖，号称涂上圣油以后再奉诵此文，灵验无比。

"其实吧，他看待慈悲的圣母，就像王公贵族家里的奴仆看待主人一样，主人家所有不足为外人道的小秘密都会被仆人们看在眼里。他知道许多关于自己侍奉的这位圣人的逸闻趣事，每每在三五好友一起喝上几杯后，他就会信誓旦旦地讲一段儿出来。

"待会儿您会亲眼见到的。

"从圣母身上赚到的各种收入，在他眼里似乎并不足够，因此他在主业之外又从圣徒身上经营起一桩小小的额外生意。他有所有的圣徒像，几乎每个圣徒都有。小教堂里放不下这么多，于是他就把它们堆在柴房里，一旦有信众问及，他立马从柴房拿出来摆在他们面前。这些圣徒像都是他自己用木头刻的，形态十分好笑，而且有一年他家里刷房子的时候，他顺便用漆把雕像都漆成了绿色。您知道，圣徒们是可以治病的，但是每个圣徒各有各的专长，所以千万不可把他们弄混了或者弄错了。圣徒们之间的相互嫉恨跟江湖郎中也没什么分别。

"为了不出错，老太太们常常来请教马修老爹。

"'如果要治疗耳朵的毛病，得请哪位圣徒呀？'

"'这个嘛，圣奥西姆就很好，圣帕姆菲利斯也不赖。'

"但这还不是全部。马修老爹空闲的时间很多，这些时间他都用来喝酒了。他喝起酒来就像专业喝酒的人，毫不犹豫。每天都会喝很多，每晚必定喝醉。但是他虽然人喝醉了，心里却清楚得很，他甚至清楚地知道自己每天晚上究竟醉了几分。这才是他最挂心的事儿，小教堂倒还是其次。

"他还发明了——您留神听这个——他还发明了'醉度计'这种东西。

"但其实并没有什么设备，但是马修老爹的观察力就像数学家一样精准。你能听到他不停地重复：

"'从星期一开始，我已经醉得超过了四十五度。'

"或者说：'我现在醉的程度处在五十二度到五十八度之间。'

"或者是：'我现在至少醉到六十六度到七十度。'

"也可能是：'呜啊，糟糕，我以为我只醉到五十度，没想到我已经醉到了七十五度呢！'

"他从不犯错。

"他声称他喝酒从未到过极限量，但是据他自己所说，一旦醉到九十度，他的观察力就不再那么精确了，此时旁人可不能再完全信赖他的判断。

"当马修老爹宣称自己醉过九十度的时候，您就可以放宽心，他已经酩酊大醉了。

"他的老婆，梅琳，也是个妙不可言的人物。每当他烂醉如泥的时候，他老婆总是怒气冲天，坐等他进门。只要他一踏进家门，就冲他一顿咆哮：

"'你还知道回来呀，畜生，烂酒鬼，猪狗不如的东西！'

"于是马修老爹收起笑脸，站在老婆对面，一本正经地说：

"'行啦行啦，梅琳。太晚了别说啦，明天早上再说吧。'

"如果她还继续冲他嚷嚷，他会靠近她跟前，颤声说道：

"'别再叫嚷啦。我现在已经九十度了，已经不再往上数数啦。小心点儿，我会揍人的！'

"然后梅琳就会装腔作势败下阵来。

"第二天，如果她还旧事重提的话，他会冲她大笑着说：

"'得了，得了！我们吵得够多了，过去就过去吧。只要我还没到量，就没啥事儿的。如果我哪天要是醉得超过一百度了，我任凭你处置，男子汉说话算数！'"

我们的马车登上山顶，马路延伸进美丽的鲁马尔森林。

秋天，令人赞叹的秋天，把属于它的金色和紫色播撒在仍然残存的碧绿色痕迹里，就像是阳光融化成水滴星星点点洒满茂密的森林。我们经过了杜克莱尔，然后舍弃通往朱密日的大路，我的朋友让马车左转穿进树林里的一条捷径。

过了一会儿，在一座高高的山坡顶上，我们又一次看到壮阔的塞纳河谷，塞纳河就在我们脚下迂曲蜿蜒。

我们右手边有一座盖着青石板的建筑，屋顶上立着一座跟遮阳篷差不多大的钟楼。建筑紧邻一栋漂亮的房子，装饰着威尼斯风格百叶窗，掩映在金银花和蔷薇花中间。

"有朋友来啦！"随着大嗓门的声音，马修老爹出现在门口。他是个六十岁左右的瘦老头，留着长长的白色山羊胡。

我的朋友和他握了握手，把我引荐给他，马修老爹把我们带到一间既是餐厅又是厨房的干净屋子，说道："先生们，我这里是简陋了些。我可不愿意和食物离得太远。您瞧，这些锅碗瓢盆，都是我的伙伴哪。"

然后他转向我的朋友："您怎么不星期四来呢？您知道今天可是我给村民们提供有关圣徒咨询的日子，下午出不了门的呀。"

他跑到门口，扯着粗嗓门叫嚷："梅琳！"山下河谷里轮船上的船员们都能被他这可怕的嗓门吓倒。

梅琳没有理他。

马修老爹有自知之明地眨了眨眼:"您瞧,她还在生我的气呢,因为我昨天晚上喝到九十度啦。"

我的朋友开怀大笑:"喝到九十度!马修老爹,你是怎么搞的?"

"我跟您说吧,"马修老爹说,"去年我的杏子果只有二十拉斯尔①的收成。多一点儿也没有,不过这点儿东西用来酿果子酒倒是够了。所以我就酿了一些,昨天我开了酒桶,老天,真是甘露佳酿呀!酒香扑鼻!您想想看。正好波耶特来我家,我们俩坐在这儿左一杯右一杯地喝,怎么也喝不够,这么好的酒,我们能一直喝到大天亮去呢。我们一杯接一杯,后来我觉着胃里有些儿发寒,我就跟波耶特说:'要不我们喝一杯白兰地暖暖身子怎么样?'他完全赞同。但是一杯白兰地下肚,身上就像着了火一样呢,于是我们又扭过头来喝果子酒。就这样一会儿冷一会儿热,一会儿热一会儿冷,最后我觉得自己醉到九十度,波耶特离一百度也差不离啦。"

门突然打开,梅琳冲进来,还没跟我们打招呼,就嚷嚷道:

"狗东西,你们两个早就喝过量了!"

"别胡说,梅琳。"马修老爹生气地说,"我从来就没到过一百度。"

他们在屋外用一顿丰盛午餐招待了我们,坐在两棵莱蒙树下,旁边就是"大肚子圣母"的小教堂,俯身即是广袤的河谷风景。马修老爹用一种出乎意料的轻松口吻,言语幽默地告诉我们一些难以置信的奇妙故事。

马修老爹情有独钟的这种果子酒,我们喝了好多。果然非常美味,辛辣而又甘洌,清爽而又令人醺醺欲醉。当我们吃完饭跨在椅子上抽着烟管的时候,两位信女徐徐走来。

两人都上了年纪,枯瘦干瘪,佝偻着身子。她们向我们致敬,然后说想请一尊圣白朗。马修老爹冲我们眨眨眼,说道:

"我去拿来给你们。"然后跑进柴火房去。过了足足五分钟,他一

---

① 拉斯尔:法国旧时干量单位,大概是70升。

脸惊讶地回来,摆摆手说:"我不知道他去哪儿了。我找不着他啦。但是我很确定我有他的雕像。"

他把手拢在嘴边,又一次大声地吼道:"梅琳呀!"

"怎么啦?"他妻子从花园那边回答。

"圣白朗哪儿去啦?我在柴火房里翻不到他呀。"

梅琳解答道:"是不是上周你拿去堵兔子窝上的洞的那个?"

马修老爹豁然开朗。

"该死,还真是这么回事儿!"他转向两位老妇人,说道,"跟我来。"

我们和老妇人一起跟着他,因为非得憋着不能笑出来差点儿岔了气。

圣白朗果然就插在地里,浑身沾满泥巴尘土,补上了兔子窝缺掉的一块,跟一根普通的木棍没什么两样。

两个信女一看到他,就立马双膝跪地在胸前画十字,嘴里不住地念叨"邀请祈祷文"。马修老爹朝她们飞奔过去,说道:"等等,你们跪在泥巴里了。我去给你们拿一束稻草来。"

他跑去抽了一束稻草,编成一个蒲团模样给她们。然后盯着他那个满身泥巴的圣徒,担心给自己的生意带来不好的声誉,于是他补充道:"我把他给你们收拾干净。"

他提来一桶水,一把刷子,开始使劲儿刷洗那个木头人儿。从始至终,两个老妇人都在不停地祈祷。

他刷洗干净后,说道:"现在他完好如新啦。"然后带着我们回到屋里接着开始喝酒。

他端起一杯酒停在嘴边,不好意思地对我们说:"无所谓啦,我把圣白朗放在兔子窝边上,是因为我觉得他赚不了钱了。两年来没有一个人问起他呢。可是您瞧,圣徒们从来都不会过期的!"

他一饮而尽,又说道:"来吧,我们再喝一杯。好朋友在一起,怎么也得醉到五十度才行,可现在大伙儿都才只有三十八度哪!"

绳子

这天是赶集的日子,歌德维尔周边村子里的老乡和他们的妻子都向镇上赶过来。男人们抬起长长的罗圈腿向前慢慢走着,每走一步身子就向前倾。积年累月的劳作让他们的身体变了形:左肩膀因为拉犁头而耸起,整个身子偏向一边;双腿因为收割麦子而外翻,这样才能维持住重心不倒。他们穿着浆洗过的蓝色上衣,滑腻得就像镀了一层漆,领口和袖口装饰着绣花。宽大的衣裳罩在他们瘦骨嶙峋的身子上,活脱脱就像一个生了两只胳膊和两条腿的气球,马上就要飘到天空去。

有的老乡手里牵着一根绳子,绳子那头拴着一头母牛或者一只牛犊。他们的妻子紧紧跟在牲畜后面,手里拿着一根还带着叶子的树梢抽打着牲口,驱赶它们快点儿往前走。她们手上挎着个大篮子,篮子里探出鸡和鸭的脑袋。妇人们走得比她们丈夫有劲儿,脚底下倒换得更快些,她们挺着身板儿,身材干枯,围着一条不大的围巾,固定在扁平的胸前。她们用白布缠头,把头发裹起来,然后再戴上帽子。

一匹老马拉着一辆大篷马车经过,马车在路上颠簸晃荡,车里坐着的两个男人被摇得东倒西歪,里面坐着的一个女人死死抓住车边以免颠得太厉害。

歌德维尔集市上人头攒动,人流和牲畜混成一片。顶着角的牛头、有钱的乡下佬儿的长毛高顶帽,还有各式各样的女人头饰汇成了涌动的海洋表面。各种尖锐的、嘈杂的声音喧嚣如沸,时不时这里或者那里,有一个高兴的老乡从结实的胸膛里迸发出爽朗的大笑,或者一头拴在墙上的母牛发出绵长厚重的低吟,盖过了所有声音。

空气里混杂着牲畜栏、牛奶、牛粪、干草、汗水的味道。这种一半来自人身,一半来自牲口的味道,只有乡下才有。

霍彻科尼老板刚刚从布鲁特来到歌德维尔,正朝广场走去。他发

绳子

现地上有一截绳子。霍彻科尼老板跟所有地道的诺曼底人一样俭省,秉持着"一切东西皆值得折腰一捡,一切事物皆有其用途"的理念,他蹲下身子去捡那根绳子,可是他蹲得极为痛苦,因为他患有风湿病。他把那根细细的绳子从地上捡起来,小心翼翼地卷成一团,这时他看到马具店的玛兰戴老板正站在店门口看着自己。两人曾经为了一副马辔头起过争执,而偏偏两个人又都是好记仇的人,自那以后他们就一直看彼此不顺眼。霍彻科尼老板被对头瞧见自己在马路上捡这么区区一根绳子,觉得有点尴尬。他赶紧把绳子藏进衣服底下,然后滑进裤子口袋,假装还在地上寻找什么东西但始终没找到的样子,最终放弃寻找朝着集市走去。因为风湿痛,他的身子往前伸,几乎佝偻成一团。

很快他就消失在移动缓慢的人群里。人群中各种讨价还价的声音乱成一锅粥。老乡们不断地检查待售的母牛,走开去,又折回来,总是担心自己会上当受骗,下不了决心。他们盯着卖家的眼睛,试图从眼光里看出他们究竟葫芦里卖的什么药,这些牲口到底有些什么毛病。

妇人们把篮子放在脚边,把家禽从篮子里拎出来,放在地上。它们的腿都被捆在一起,睁着慌张的眼睛,头顶的冠子红得发紫。

她们认真听着顾客还价,摆出一副决然的态度和不感兴趣的脸孔坚持自己给定的价格。看到顾客转身要走,她们也许会忽然决定接受人家给出的低价,招呼道:

"好吧好吧,就按你说的价卖给你了,昂迪姆老板。"

慢慢地,集市上的人散去,广场空闲下来。当教堂的钟声响起,时至中午,住得较远的那些老乡们就一股脑儿地钻进各家旅馆里。

茹尔丹旅馆的大厅里,这时已经满满当当挤满了食客,宽阔的天井里停满各式各样的马车——四轮敞篷货车、轻便双轮马车、大篷马车、轻便马车,还有好多好多叫不上名字的车子。车身上糊着马粪和黄泥,打满各种补丁,奇形怪状。要么双辕冲天,像两只胳膊似的扎进天空,要么车头冲地,车尾翘在天上。

食客们的桌子对面有一个巨大的壁炉,熊熊火焰在壁炉里燃烧,坐在右边的人背后烧得发烫。三个叉子在炉火上翻转,一根叉着鸡,一根叉着鸽子,第三根叉着羊腿。炉火把肉烤成红棕色,油脂沿着酥脆的外皮溢出来,烤肉的香味飘满屋子,令食客们食指大动,满口生津。

有钱的老乡们都来茹尔丹老板的店里吃饭,店老板既贩马又开店,是个很能赚钱的厉害人物。

盛肉的盘子和装黄色苹果酒的酒壶只要转一圈就都空了。每个人都在讲述自己的事情,自己买了什么卖出什么。彼此交换收成的消息。这天气对青苗来说算不错了,但是要挂穗儿就太湿了些。

忽然,一阵鼓声在店门前的场子里响起。除了几个毫不关心外事的人,所有人嘴里包着还没下咽的食物,手里拿着餐巾,立刻站起身跑到门口窗边观瞧。

鼓声停下后,镇上的公告员磕磕巴巴地大声念道:

"歌德维尔镇的镇民们,今天来到集市上的所有乡民们,今天早晨九点到十点之间有人在布泽维尔的大路上丢失了一个黑色皮夹,里面有五百法郎和一些票据。如有捡到者,请立即上交到镇长办公室或者交给曼尼维尔的福蒂纳·乌尔布雷克老板。重谢二十法郎。"

说罢公告员走开了。不一会儿,食客们又听到从远处传来模糊的鼓响和公告员低沉的宣读。大家纷纷讨论这个小插曲,估算着乌尔布雷克老板找回皮夹的概率。

午餐在继续。当警员出现在客店大门口的时候,大家已经快喝完咖啡了。

警员问道:

"布鲁克的霍彻科尼老板在这儿吗?"

霍彻科尼老板坐在另外一张桌子的里头,他回答道:"我在这里。"

警员接着说道:

"霍彻科尼老板,请您跟我去镇政府一趟。镇长有话要跟您说。"

这个乡下人吓了一跳,浑身不自在,他一口喝干自己的酒杯,站起身来。他的身子这时比早晨佝偻得更厉害,每次坐下后再站起来迈出的前几步总是痛苦不堪。他一边走着一边不断说:

"我在这里,我在这里呢。"他跟着警员走了。

镇长坐在一张靠背椅里,正等着他。他是这个地方的公证人,一个身材高大、神色庄重、能言善辩的人。

绳子

"霍彻科尼老板,"他说,"今天早晨在布泽维尔大路上,有人瞧见您捡到了那个皮夹,就是曼尼维尔的乌尔布雷克老板丢掉的那个。"

这个乡下人吓得愣住了,从天而降的嫌疑罪名让他目瞪口呆。

"我——我捡到了皮夹?"

"是的,就是您!"

"我发誓我压根儿没见过它。"

"有人瞧见您捡皮夹了。"

"有人看到我——我?谁看到我了?"

"马具店的玛兰戴老板。"

老头子想起来了,恍然而悟,转而气得脸色通红,他说:

"哈!他看到我了,是他,那个无赖?他只不过看见我从地上捡起一截儿绳子罢了,镇长大人。"

他在口袋里翻了翻,扯出那一小截绳子。

可是镇长对他的话并不买账,他耸了耸肩:"霍彻科尼老板,众所周知玛兰戴老板是个诚实可靠说话算数的人,您说他能把一截儿绳子误认为一个皮夹,这我可不能相信。"

老乡着急了,他抬起手一巴掌拍在身边的地上,好像这样能增加自己的可信度似的。他又说道:

"看在老天的分上,我说的都是实话,镇长大人。真是这样!我再说一遍,我发誓我说的都是真的。"

镇长自顾自继续说道:"捡起疑物之后,你还继续在地上找了一会儿,想看看地上有没有从皮夹里掉出来的钱。"

这个善良的老乡又惊又怕,噎得说不出话来。

"他们怎么能——他们怎么能这样子造谣污蔑一个诚实的好人!他们怎么能做得出这种事!"

他的辩护词毫无效力,镇长不相信他。

玛兰戴老板和他当面对质,他把自己的指控又说了一遍,坚持自己的证词。两人相互指责谩骂了一个小时。霍彻科尼老板自己要求搜身证明。他身上什么也没找到。

镇长也非常为难,最后只得放他离开,提醒他去地方检察官那里备案,询问下一步指令。

消息传开了。老人刚从镇长办公室出来就被团团包围,人们纷纷好奇地打探案子怎么样了,有人认真有人看热闹,但没有人为他打抱不平。他开始讲述自己那截儿绳子的故事,但是所有人都不相信他的话,大家哄堂大笑。

他往前走,所有碰到他的人都向他询问,他也向所有认识的人解释,一遍一遍地讲述自己的故事和辩护词,把口袋翻出来给大家看,里面真的什么也没有。

但是他们对他说:

"行了行了,你这个老骗子!"

他越来越生气,没人相信他,他既绝望又愤怒,可是他还是不断地讲着自己的故事。

夜晚来临,该回家了。他和他的三位邻居一起启程,他给他们指出自己捡绳子的地点,回家的一路上他都在讲自己的经历。

这天晚上,他在布鲁特村子里挨家挨户给每个人解释,可是依然没人相信他。

他一整夜都郁闷地想着这件事情。

第二天,下午一点钟左右,布列塔老板的农场工人,同时也是伊曼维尔集市花匠的波梅勒,把皮夹还了回来,正是曼尼维尔的乌尔布雷克老板丢掉的那一个。

这位乡亲声称皮夹确实是他在那条大路上捡到的,可是他目不识丁,只能带回来交给自己的老板处理。

消息在周围传开了,不久就传进霍彻科尼老板的耳朵里。他立刻出门,四处讲述这个有了结局的冒险故事。他赢得了胜利。

"我真够倒霉的,"他说,"这桩麻烦本身其实算不得什么,您知道,但是重要的是我被人诬陷撒谎!没有什么比被污蔑撒谎更伤人的啦!"

整整一天,他到处讲述自己的冒险故事,他讲给路上的过路人听,讲给酒馆里醉酒的人听。第二天早晨,他又守在教堂门口讲给从教堂出来的人听。他甚至拦下陌生人,把故事讲给他们听。现在他轻松了许多,但是好像还有点儿什么堵在心里,他自己也说不清究竟是什么。人们听他讲故事的时候,总摆出一副嘲笑的神态,他们似乎并不信服他。他似乎能感觉到大家背着他窃窃私语。

第二周的星期二，仅仅抱着去把自己的故事讲清楚的目的，他又去歌德维尔赶集。

玛兰戴老板站在自家店门口，看见他走过来就放声大笑。为什么会这样？

他遇到克里奎特的一位农场主，上前搭讪。没等他说完，农场主一拳打在他肚子上，劈头盖脸骂道："哼，你这个大骗子！"说完转身走开。

霍彻科尼老板目瞪口呆，心里越来越不安：为什么他们都叫他"大骗子"？

他来到茹尔丹的旅馆，坐在火炉旁的桌子边又开始讲述整个事情经过。

一个蒙提维尔的马贩子冲他嚷道：

"快滚，滚出去，你这个老混蛋！你那破绳子的说辞我全都知道！"

霍彻科尼结结巴巴地说："可是最后他们找到了呀，那个皮夹！"

另一个人接着说：

"闭上你的嘴，老头。一个人捡到手，另一个人再还回去，这事儿办得可不那么精明。"

这个乡下人说不出话，他终于明白了。人们指控他找人替他把皮夹还了回去，他有一个同伙。

他无力再辩解，整张桌子的人都大笑。

他没等吃完饭就离开旅馆，逃避众口铄金的嘲讽。

他回到家，又羞又恼，气得喘不上气来。更令他沮丧的是，作为一个诺曼底人，他的小聪明完全可以做到众人指责的那件事情，或许可以干得更巧妙，更漂亮。可他并没有做过，却承受着同样的责难。他模模糊糊地意识到，他那套说辞早就众所周知，自己的清白可能无法再证明了。这从天而降的不白之冤令他心如锤击。

他开始重新讲述故事，每天都在故事里多加一些内容，每天都提供一些新的证据、更有力的说辞，或者更严重的赌咒发誓，都是在他一个人的时候深思熟虑、精心准备的。他的思想里只有绳子的故事。可是他越是否认，他的故事编得越花哨复杂，人们相信的就越少。

"听听,这就是骗子编瞎话。"他们在他背后议论。

他感觉到了。流言蜚语折磨着他,他徒劳无功地消耗着自己的心力。

眼见着他身子越来越差。

爱开玩笑的人总是缠着他,要他讲述"那截绳子"的故事,拿他寻开心。就像你会缠着上过战场的士兵,让他讲他在战场上发生的故事一样。他的精神原本就遭受重创,现在越来越萎靡,到十二月下旬,他卧床不起了。

第二年一月初他就死了,在弥留之际,他还在维护自己的清白,不断地说着:

"一小截儿绳子——一小截儿绳子。看哪,这就是那截儿绳子,镇长大人。"

小狗皮埃罗

勒费弗尔太太是个乡下妇人，一个寡妇。和许多半土不洋的乡下妇人一样，她总喜欢用缎带和花边软帽打扮自己，说起话拿腔拿调，在人多处显出一副盛气凌人的架势。其实只是一个自命不凡的灵魂掩藏在滑稽、艳俗的外表下罢了，正如乡下老农把满是老茧的红通通的手藏在肉色的丝绸手套里一样。

她有一个使唤丫头——罗丝——一个纯朴善良的乡下姑娘。

两人住在诺曼底区科镇中心的小房子里，房子坐落在一条公路边，屋子镶嵌着绿色百叶窗，屋外门前有一条狭长的花园地，他们在里面种上了各种蔬菜。

可是有一天晚上，有人从花园里偷走了十二颗洋葱。罗丝一发现有贼光顾，就立马跑去告诉夫人。夫人穿着羊绒衬裙就奔下楼。真是可羞，真是可耻！他们居然抢了她的东西，勒费弗尔太太的东西！看来镇上有贼，而且既然来过一次，就还会二顾三顾。

两个女人吓坏了，她们一起勘察园子里的足迹，互相讨论，设想出各种各样的可能。

"看，他们从那儿进来的！他们爬上墙，然后跳进花园里！"

于是她们开始为未来担忧：从今往后她们还怎么能睡得安稳！

有贼的消息传开，邻居们轮番过来查看现场，议论纷纷。每次有人来，两个女人都要把自己观察到的和想象到的事情再解释一遍。

一个住在附近的农场主建议她们：

"你们应该养条狗。"

这倒是好建议，她们的确应该养条狗，哪怕它只要叫几声，发出警告也行。不需要太大的狗。老天爷！她们俩可怎么能对付得了一条大狗？它会活生生把她们的脑袋咬下来。只要一条小狗就好（诺曼底人把狗发音做"口"),一条很小很小的会叫的狗就好。

所有人走了之后,勒费弗尔太太把养狗的想法拿出来讨论了好几次。一想到需要给狗食盆里把肉汤盛得满满当当,她心里就有一千个不情愿。勒费弗尔太太是那种极吝啬的乡下妇人,也就在出门的时候在口袋里装几枚硬币,路边施舍乞丐或者星期天教堂捐款时做做样子。

但是罗丝很喜欢动物,她提出自己的想法,并且巧妙地为自己的想法做了辩护。最终她们决定养一条狗,不过得是一条很小很小的小狗。

她们开始四处寻觅合适的狗,但是能找到的都是大狗,那种喝起肉汤来吓得人心肝儿都颤的大狗。罗尔维尔的杂货店老板倒是有一条袖珍的小狗,但是他说要把它送给别人得要两法郎。勒费弗尔太太宣称,她是要养条"口",但绝不会花钱买。

面包店老板知道事情的原委后,一天早晨驾着马车拉来了一只长着黄毛的、长相奇特的小怪物:它的爪子小到几乎没有,长着鳄鱼的身子,狐狸的脑袋,还有一条卷曲的尾巴——那尾巴简直就像军帽上的花翎,有整个身子那么长。听闻这条再普通不过的杂种小狗不要钱,勒费弗尔太太顿时觉得它好看极了。罗丝对它又亲又抱,询问它叫什么名字。

"皮埃罗。"面包店主人回答。

他们把小狗安放在一个旧肥皂盒里,给它喂了点水喝,然后又给它一片面包,它吃了。勒费弗尔太太发愁,但是她一转念,就有主意了。

"等它完全熟悉了咱们家之后,就把它放出去,让它在村子里四处溜达着去找吃的。"

但是,当她们真的把它放出去,也没能使它不饿肚子。而且,这个小家伙除了在要食物的时候叫唤,其他时候都不吭声。为了要吃的,它倒是叫得特别厉害。

只要有人来院子里,皮埃罗就会凑上前去,亲昵地在人家身上蹭,但从不出声叫唤。

即便是这样,勒费弗尔太太还是慢慢地习惯了这个小家伙。她甚至都开始喜欢它了,偶尔她还会拿一片面包在自己的碟子里蘸上浓浓的肉汤喂给它吃。

但令她意想不到的是养狗居然需要交税。就因为这条从不会叫的狗,当收税官前来向她索要八法郎的养狗税——"八法郎,夫人。"他们说——她几乎震惊得晕厥过去。

然后她们立刻做出决定,必须得摆脱皮埃罗。但是没人愿意接纳它。方圆十法里之内,都没人愿意收养它。她们没有别的办法,只好决定让它去"滚泥巴"。

"滚泥巴"就是把它扔进黏土坑里啃石灰的意思。当地人想抛弃狗的时候,就会让它去"滚泥巴"。

一块巨大的平地中央,有一个窝棚,与其说它是屋子,不如说是平地上立着一个顶棚罢了。那儿就是黏土坑的入口。土坑从地面垂直陷落二十米,底下还有许多看不见的甬道。

每年只有需要黏土肥田的时候,才会有人下来挖土。每年只有一次,剩下的时间,这里就是那些被人判了死刑的狗的坟场。每当有人经过这里,总是能听到洞穴里凄厉的呼叫,暴怒或者绝望的犬吠,还有求助的哀嚎。

猎人和牧羊人的狗都害怕这个哀伤的地方,对此地避之不及。如果有人探身过去,立马会闻到一股令人作呕的腐烂的味道。

在坑底的黑暗里不断上演着可怕的惨剧。

如果有可怜的家伙不幸被扔进这里,靠吃它前辈们腐败的尸体勉强支撑十几二十天之后,就会有另一条狗被扔进来。新来的当然比原来那条更大,更强壮。现在是两条狗了,独自在坑里,饥肠辘辘,两眼冒着光。它们相互窥视,相互追踪,两条狗都犹豫着。饥饿怂恿着它们,它们开始相互攻击,相互撕咬,激烈的战斗会持续很久,最终强者战胜弱者,活生生地把它吞进肚里。

决定了要送皮埃罗去"滚泥巴"之后,她们想找一个人来帮她们办妥这件事。修路的工人要六苏才肯替她们把小狗带到黏土坑扔掉,这对勒费弗尔太太来说贵得离谱。邻居家的雇工小孩只要五苏,可是仍然太贵。罗丝提议,她们可以自己带着它去,这样的话它在路上不会受虐待,也就不会对自己的命运提前产生担忧。于是她们决定暮色降临之后出发。

这天晚上,她们给小狗准备了浓浓的肉汤,甚至在里面加上一块黄油。它狼吞虎咽地把盘子里的食物舔得一干二净，欢快地摇着尾巴。罗丝抱起它，放进自己的围裙里。

她们急匆匆穿过平地，就像做贼心虚似的。很快她们就到了黏土坑边。勒费弗尔太太侧身聆听，没有任何动物啼叫的声音。没有，下面没有任何动物，皮埃罗会是独自一个儿。罗丝一边流着眼泪一边亲了亲皮埃罗，把它扔进黏土坑里。两个人都趴在坑前侧耳倾听。

先是一阵沉闷的声响传上来，紧接着她们听到动物受伤时发出的尖厉、痛苦、令人恻然的叫声，之后是连绵不断的低声哀嚎，最后变成绝望的哀求声。它高高仰起头朝着外面，凄声请求慈悯。

它"啊呜啊呜"地叫着，噢，不停地叫着！

她们忽然觉得内心里充满悔意，充满害怕，极度的恐惧感席卷全身，她们逃跑一样地从那儿跑开了。罗丝跑在前面，勒费弗尔太太在后面不断喊叫："等等我啊，罗丝，等等我！"

这天晚上，她们不断地受到噩梦折磨。

勒费弗尔太太梦到她正坐在餐桌前准备喝肉汤，当她揭开盅盖，却看见皮埃罗坐在里面，它一跃而起，一口咬住她的鼻子。

她从梦中惊醒，似乎还能听到皮埃罗在呼号。她仔细听，才知道是错觉罢了。

她重新睡下，又梦到自己沿着马路走——一条无边无际的马路。忽然，马路中间出现一个很大很大的篮子，那种农场里用的篮子。这个篮子吓到她了。

最终她还是揭开篮子，又一次，皮埃罗藏在里面，抱住她的手怎么也不肯让她离开。她慌忙跑开，可是那条狗还紧紧咬着她的胳膊，挂在她身上。

天一亮她就起床，像发了疯一样往黏土坑那儿跑。

它还在叫，还在叫，它叫了整整一夜！她伤心地抽泣，嘴里呼喊着各种各样亲昵的称呼。皮埃罗用小狗能发出的所有温顺叫声来回应她。

她想把它找回来，暗自发愿要给它一个温暖的家直到它死去。

她跑去找挖土匠，就是那个专门到坑下掘土为业的人。她把情况告诉他，那人静静地听完，等她叙述完才说："你想找回你的狗吗？那得掏四法郎。"

她跳起来,刚才的悲痛一瞬间烟消云散。

"四法郎!"她说,"你死在钱眼儿里吧!四法郎!"

"我带着绳子、绞铲,然后搭好架子,带上我的伙计顺着绳子下到坑里,冒着被您那条野狗咬伤的危险把它带回来给您,难道您觉得我做这一切是为了体会无私奉献的乐趣吗?既然您舍不得,您一开始就不该把它扔下去。"

她愤愤然离开。四法郎!

回到家她立刻叫来罗丝,把挖土匠的出价告诉她。罗丝一向很听主人的话,她顺着勒费弗尔太太的意思说道:"四法郎!那可是好大一笔钱啊,夫人。"

接着她又说:"如果我们给它扔点儿吃的下去,可怜的小狗儿,它就不至于被饿死啦。"

勒费弗尔太太非常高兴地赞同。于是她们拿了一大块面包和黄油又去黏土坑了。

她们把食物切成一口能吞下的小块儿,一块一块地扔到坑下去,两人轮流着和皮埃罗说话。小狗吃完一块儿,就立马叫着还要更多。

这天晚上她们又来喂了一次,第二天以及之后的每一天都来。但是后来每天只来喂一次。

一天早晨,她们把一小块儿食物丢下去,忽然就听见坑下一阵狂躁的狗叫。下面有两条狗!又有一条狗被扔下去了,而且是一条大狗。

"皮埃罗!"罗丝喊着。皮埃罗"啊呜啊呜"地回应。于是她们开始往下扔食物,每次食物扔下去,就能清清楚楚听见下面传来可怕的抢夺声,每次都以皮埃罗伤痛的呜咽告终:它被它的同伴咬伤了,对方比它强壮,抢走了所有食物。

她们叫着:"皮埃罗,这都是给你的!"但是她们说得再清楚也没有用,皮埃罗显然什么也没吃到。

两个妇人不知所措地你看着我,我看着你。勒费弗尔太太酸溜溜地说:"我不能把别人扔下去的狗都喂饱了呀!我们不能再管了。"

一想到所有的狗都靠她来养活,她气愤极了,立马转身离开,甚至把剩下的那些面包也都一起带走,一边走着一边吃。

罗丝跟在她身后,不住地用蓝围裙的裙角擦拭眼泪。

俘虏

除了雪花落在树上发出窸窸窣窣的声音以外,树林里一片宁谧。这场雪从中午就开始下起来了,雪花不大,挂在树枝上犹如冰冻的苔藓一般,给大地上的落叶盖上一层银色的外衣。马路上铺起白色、蓬松的地毯,一望无际。这场雪,这片无边无际的、寂静的树木海洋显得更肃穆起来。

森林看护人的屋子外边,一个年轻的女人正挽着袖子、裸着小臂站在一个石墩前劈柴火。她身材高挑但是健壮有力,是一个典型的树林里长大的姑娘、森林看护人的女儿和妻子。

屋子里传出一个声音:

"今晚就我们娘儿俩在家呢,贝丝妮,你快进来吧,外面就要天黑啦,可能会有狼或者普鲁士佬儿出现的!"

"我马上就劈完啦,妈妈。"年轻的女人用熟练而又有力的动作劈砍着一块大树根,每次举起斧头都会挺起胸膛深深吸一口气。她回答道:"就来啦,就来啦,您不用担心,外面还挺亮的呢。"

她把那堆劈好的大大小小的柴火抱进屋,码放在壁炉烟囱旁边,然后折回去合好窗户上的大窗板,一切收拾停当,最后才回到屋里,关上门,拉上沉甸甸的门闩。

她的母亲,一个干瘪的老妇人,坐在炉火旁纺线,漫漫岁月让她变得非常小心谨慎。

"每次你爸爸出门的时候,"她说,"我心里就不安得很。两个女人家留在屋里总是不妥。"

"这可说不准,"年轻的女人说道,"不管是狼也好普鲁士佬儿也罢,如果敢过来的话,杀他一两个对我来说小菜一碟呢!"

说着,她抬眼瞅了瞅挂在炉台上面的一把重型左轮手枪。

她的丈夫在普鲁士人刚刚入侵的时候，就应国家的召唤入伍去了，现在只剩下两个女人留在她老父亲身边。父亲是一位老护林人，名叫尼古拉斯·毕盛，也有人管他叫"长腿子"。老头执拗地不肯离开自己的家进城去躲避战争。

所谓的"城"就是赫泰勒①，一座建在石头上的古老要塞。当地的人民素以爱国著称，此时已经万众一心要抵御外敌入侵，捍卫自己的家园故土。并且，如果时局不利，国家需要，他们也做好了像从前一样被包围成为孤城的准备。在亨利四世②和路易十四世③时期，赫泰勒人因为两次英勇地抵御外敌而声名鹊起。如今他们打算效法先人。老天在上，城在人在，城亡人亡！

因此他们购置了许多加农炮和来复枪，组建了一个民团，他们把民兵编成一个个营，营下又分成连队，整日整日地在广场上操练。所有人——面包师傅、食品店老板、屠夫、律师、马车夫、书店老板、药剂师——都必须在每天规定的时间参加军事训练，指挥官是拉维涅先生，退役的龙骑兵中士，如今在城里开个杂货店，他娶了老店主拉旺达先生的女儿，也就继承了这家店。

所有的年轻人已经应征参战去了，作为赫泰勒的民团指挥官，拉维涅先生只好把留下来的所有愿意参与抵抗的人组织起来。胖子们每天在街上列队快步走，以减肥和增强他们的体质；瘦子们每天要负重训练，以增肌强身。

万事俱备，大家等候普鲁士佬儿打上门。可是普鲁士军队始终不见踪影。其实他们离得并不远，普军的侦察兵有两次都穿过树林，出现在"长腿子"尼古拉斯·毕盛的森林小屋门前。

老护林人跑起来就像狐狸一样快，所以得了外号"长腿子"，他

---

① 赫泰勒：法国东北部城市，香槟—阿登大区阿登省的一个副省会。赫泰勒在历史上是一个重要的关塞，历史上多灾多难，经历了多次瘟疫和战争，造成了大量的伤亡。

② 亨利四世（1553—1610）：法国波旁王朝的创建者。亨利四世是法国史上难得的人格和政绩都十分完美的国王，在长期混乱之后，重新建立了一个统一且蒸蒸日上的法国。

③ 路易十四世（1638—1715）：亨利四世之孙，波旁王朝第三任国王，自号太阳王，在位长达72年，是在位时间最长的君主之一。

两次都跑到城里发出警报,城里枪炮上膛,可是敌人仍旧没有出现。

"长腿子"的森林小屋就好像艾芙琳森林的前哨。老人每周进两次城,一方面采买食物,另一方面把城外区域的情况报告给城里听。

今天又是他进城报告情况的日子。两天前,大概下午两点,一支德国步兵小分队在他家里休息,但是马上就走了。带队的中士说的是法语。

每次老人像今天这样出门,总会带上两条狗防身,这两条狗强壮凶猛,下颌犹如狮子一样有力,老人带他们防狼,这个天气,狼会变得比平时凶残。出门前,他关照两个女人天一黑就赶紧关好屋门,保护好自己的安全。

年轻的女人倒是什么也不怕,可她的母亲总是战战兢兢,嘴里不停地念叨:

"总有一天会倒大霉的,总有一天,等着瞧吧!"

这天晚上,老妇人比往常更加紧张。

"你知道你爸爸什么时候回来吗?"她问。

"哦,至少得十一点以后啦。他留在指挥官那里吃晚饭的时候,总会回来得很晚的。"

她把锅挂在火上热汤,忽然她停下手里的动作,凝神听从烟囱里传来的野地里的声音。

"有人在树林里走,"她说,"至少有七八个人呢。"

老妇人吓破了胆,停下手里纺线的活计,喘着气说道:

"噢!老天爷呀!这个节骨眼儿你爸爸还不在家!"

话还没说完,一阵哐哐的砸门声让她赶紧闭上了嘴。

两个女人都没有应门,于是门外一个大嗓门凶巴巴地喊道:

"开门开门!"

停了一小会儿,那个声音继续喊道:

"快点开门,不然我就砸门了!"

贝丝妮从挂钩上摘下左轮手枪藏在裙子口袋里,把耳朵贴在门上,问道:

"是哪位呀?"

"我们就是前两天来过的那个小分队。"那声音回答道。

"您想要干什么?"年轻的女人接着询问。

"我和我的兄弟们一早出来就在树林里迷路了。快点儿开门,不然我就把它砸开了!"

护林人的女儿别无选择,只得抽下沉重的门闩,打开厚厚的两扇门。借着苍白的雪光,她看到六个人——正是前两天来过的那六个普鲁士士兵。

"这么晚了,您来这里做什么?"她不卑不亢地问道。

"我们迷路了,"士兵答道,"完全找不到方向。然后我看到这座房子,我认识它。我和我的兄弟们从早上起就什么也没吃。"

"但是这里今天晚上就只有我和我母亲两人在。"贝丝妮说。

"不要紧的,"士兵说道,他看上去是个正直的小伙子,"我们不会伤害你们,但是你得给我们点儿吃的。我们又累又饿,感觉都要死了。"

姑娘闪到一边。"请进来吧。"她说。

几个人都进来了,浑身盖满雪,甚至头盔上都顶着尖尖的奶油一样的雪堆,让这些人看上去像一堆奶油酥饼①。他们的确精疲力尽。

年轻的女人指着桌子边上的两条长凳。"坐在那儿吧,"她说,"我给你们做点儿汤。你们看上去真是累得够呛,真是累坏了。"

她又重新插上门。

贝丝妮往锅里添了些水,又加了些黄油和土豆在里面,然后从烟囱口的挂钩上取下一块培根肉切成两半,将其中一半扔进锅里。

六个德国人眼睛里冒着饥光,一眨不眨地盯着她在火炉旁忙碌。他们把步枪和头盔都摘下来堆在角落里,等待晚餐上桌,安静得就好像坐在课桌后面的学龄孩子一样。

老母亲又继续开始纺纱线了,一面忙着手里的活,一面不时地向那些入侵的士兵惊慌地瞥两眼。纺轮嗡嗡地旋转,锅里的汤闷声闷气地咕嘟,壁炉里的柴火不时噼啪迸出星火,除此之外,四周一点儿声音也听不见。

---

① 奶油酥饼:一种甜点,常出现在瑞士、意大利和法国菜里,是将鸡蛋清和白糖打发成奶油状,堆在硬甜饼上。

忽然外面传来一阵奇怪的声音,引起屋里客人的注意。那声音就好像猛兽在门外嗅探发出的粗野的喘息。

那个领头的德国军士一下子从椅子上弹起来去取枪。贝丝妮做了个手势拦住他,这个树林里长大的姑娘笑着说:

"只是几只狼罢了。它们在树林里游荡,这会儿都饿了,跟你们一样。"

德国军士将信将疑,想出去亲眼确认一下。他一打开门就看见两条灰色的身影从眼前闪过,一个纵跃窜进黑暗里。

他回到自己的座位上,嘀咕道:

"要不是亲眼看到我还真不相信呢!"

说完他静静地等到晚餐准备好。

这些士兵如狼似虎地吞咽眼前的食物,嘴巴都扯到耳朵根儿去了,恨不得连盘子都咽下去。嘴里塞了太多食物,咀嚼和吞咽的时候把眼睛都撑得圆滚滚的。肉汤从嗓子眼倒下去的时候,发出咕咚咕咚的声音,好像雨水在排水管里流动似的。

两个女人静静地看着这些大个子的红胡子①风卷残云一般吃饭喝汤,土豆很快就湮没在那一个个蠕动的红毛丛里不见了。

一边吃着饭,普鲁士人又说渴了。于是护林人的女儿走下地窖去给他们取苹果酒。她去了好一阵子。地窖很小,头顶上是圆拱形,据说在大革命②时期用来做过监狱,也做过避难所。地窖有一条螺旋状的狭窄楼梯,楼梯的顶端是一扇厚木板活页门,拉开门就到了厨房最里边的一个角落。

贝丝妮从酒窖上来,好像想起什么似的自顾自神秘兮兮地微笑着。她把酒罐递给德国人,然后和她的母亲一起在厨房的另一头吃晚饭。

士兵们酒足饭饱,六个人围着桌子打盹儿。时不时其中一两个人脑袋撞在桌面上突然惊醒,直挺挺地坐起来。

贝丝妮对领队的中士说:"你们去那边围着火躺下休息吧。那里地

---

① 红胡子:指普鲁士人。
② 大革命:专指法国大革命,是1789年在法国爆发的革命,波旁王朝土崩瓦解。封建思想逐渐被全新的天赋人权、三权分立等的民主思想所取代。

方大,足够躺下你们六个人。我和我妈妈要上楼去了。"

两个女人走上楼,士兵们听见她们闩上房门,在他们头顶上走来走去地忙活了一阵子,接着就没有声音了。

普鲁士人都在地板上躺下,他们都把脚冲着火炉,把制服卷起来垫在脑袋底下。不一会儿,六种声调的洪亮鼾声在六个人中间连绵不绝、此起彼伏。

他们睡了很久,忽然外面传来一声枪响,声音清晰得好像就在这个屋子外面一样。士兵们立刻爬起来。又响了两声,紧接着又有三声枪响。

房门呼地一下打开,贝丝妮穿着贴身小衫和短裙,手里拿着蜡台一脸惊慌地走下楼梯。

"法国人来啦!"她紧张得话都说不连贯了,"少说也有两百来号人呢!如果被他们发现你们藏在这儿,他们会一把火烧了这所房子的。看在老天爷的分儿上,你们赶紧躲进地窖去,可千万别发出声音。要是有一点儿声音,咱们可都没命啦!"

"我们躲,我们去躲。"被枪声吓到的普鲁士领队忙回答道,"怎么下去呢?"

年轻的女人匆匆拉开四方的小合页门,六个士兵后退着,用脚尖摸索着台阶一个接着一个地走下螺旋楼梯。

当最后一顶头盔消失在地窖里后,贝丝妮一下子合上那扇沉重的橡木盖子,插上两条沉重的铁栓。合页门厚实如墙,坚硬如铁,用合页和铁栓固定在坚如牢笼的地窖口。贝丝妮合上门,暗自发笑,高兴得直想在自己的俘虏脑袋上面跳舞。

他们一声不吭地待在下面,挤在地窖里就像被关进结实的牢笼,只有一个很小的、挨着铁栅栏的通风口供他们呼吸新鲜空气。

贝丝妮重新点燃壁炉的炉火,挂上锅,一边烧汤一边自言自语说:"爸爸今天晚上可有得忙了。"

她坐下来等着。沉重的钟摆晃来晃去,时间滴滴答答流逝。

每过一会儿,年轻的女人就焦急地看一眼钟盘,似乎在说:"他怎么还没回来!"

不一会儿,嘟嘟囔囔的声音从她脚下传来。一个低沉的带着疑惑的声音穿过她压在地窖上的防御工事传进她耳朵。普鲁士人开始怀疑上了她的当,领队的中士爬上狭窄的楼梯,敲敲合页门板。

"开门开门!"他用带着浓重德国口音的法语喊道。

"您想要干什么呀?"她站起身,走到地窖前说道。

"快点开门!"

"别做梦了,我才不会开呢!"

"快点儿开门,不然我就把它砸开了!"中士生气了。

贝丝妮哈哈大笑。

"砸呀,兵老爷!使劲儿砸呀!"

中士拿枪托使劲儿撞上了锁的橡木盖板。毫无动静,这道门结实得能抵抗冲城锤的撞击。

护林人的女儿听见他走下楼梯,那些士兵一个一个地轮流走上用力撞门。可是没人能奈何得了它,他们全部回到地窖里,围在一起商量对策。

年轻的女人听了一会儿,然后站起身,打开屋子大门,朝黑夜里观察倾听。

很远的地方传来狗吠,她就像一个老猎手一样吹出一声口哨,两只大狗立刻从黑夜里冲了出来,跳到她身边。她亲昵地紧紧抱住它们,用全身的力气呼喊:"喂,爸爸!"

远处传来回应:"嗨,贝丝妮!"

过了一小会儿,她又喊:"喂,爸爸!"

回应更近了些:"嗨,贝丝妮!"

"不要走到通风口前面去!"他的女儿喊道,"地窖里有普鲁士人!"

护林人高大的身形突然往左边一闪,站在两棵大树中间不动。

"普鲁士人在地窖里?"他担心地问,"他们在那里做什么?"

年轻的女人笑了:

"就是之前来过的那些普鲁士人。他们在树林里迷路啦,我把地窖免费借给他们过夜呢。"

她把自己如何用左轮手枪吓唬他们,如何把他们骗进地窖关起来的事情讲了一遍。

老护林人听完仍然心存担忧,问道:"可是这么晚了,我该拿他们怎么办才好?"

"您去把拉维涅先生和他的手下找来,"她答道,"他会把俘虏抓起来的。他一定会很高兴的。"

她父亲笑了:"是,他会很高兴的。"

"我为您煮了汤,"他的女儿接着说,"您快点儿喝了它,吃完赶紧出发吧。"

老护林人坐在桌前,先盛了两盘放在地上给两只大狗,然后开始喝自己那碗汤。

普鲁士人听着地上面的声音,一声也不吭。

一刻钟后,"长腿子"出发了。贝丝妮两手托着腮静静地等着。

普鲁士人又开始闹腾了。他们又叫又嚷,不住地用枪托砸坚硬的地窖盖板。

他们从通风孔向外开枪,无疑是希望或许有经过的德国队伍能听见他们的求救。

护林人的女儿一点儿也不担心,可是他们发出的声音搅得她非常焦躁不快。她心中对俘虏们燃起一把无名怒火,恨不得现在就把他们全杀了好让他们消停一会儿。

她越来越不耐烦,频频抬头看着钟点,一分钟一分钟地数着时间。

她父亲已经走了一个半小时,现在应该已经到城里了。她想象着父亲给拉维涅先生汇报的画面。拉维涅先生一定会兴奋得面色通红,赶紧叫仆人准备他的武器和制服。她觉得自己似乎能听到战鼓擂响,召集队伍准备应战。家家户户被鼓声惊起,民兵们一边慌慌张张、衣冠不整地从家里出来,一边喘着粗气,扣着腰带,急急忙忙往指挥官家赶过去。

然后战斗的队伍出发了,队伍前面是带路的"长腿子",他们趁着夜色蹚雪在树林里前进。

她看了看时间:"再过一个小时他们应该就到啦。"

紧张和焦急包围着她,一分钟好像一个世纪一样长,难道时间都不往前走了吗?

最终,当时钟指向她预计队伍到达的时刻,她打开门仔细听他们是否已经到了。她看到一个黑影朝着木屋蠕动着。她吓了一跳，叫出声来。结果那原来是她父亲。

"他们派我先过来，"他说，"看看事情是不是有变化。"

"没有，没有变化。"

于是他吹起一声尖厉的口哨，很快一团黑影模模糊糊地出现在树林里，由十个人组成的先遣部队出现了。

"别走到通风口前面去！""长腿子"不时地出声叮嘱。

头一批抵达的人紧接着给后面的人指点那个恐怖的通风口的位置。

最后，大部队抵达了。总共来了二百人，每个人带了二百发子弹。拉维涅先生非常兴奋，指挥着手下民兵将整座屋子围起来，只空出通风孔前面的一片空地。通风孔和地面齐平，地窖里的空气流通全靠这小小的地洞。

他走进屋子里面，问清楚敌人的数目和状态。现在地窖里毫无动静，就好像他们已经消失不见，从通风孔飞出去了一样。

拉维涅先生在合页门上跺了一脚，说道：

"请普鲁士领队军官近前答话！"

德国人丝毫没有反应。

"请普鲁士军官近前来！"指挥官又喊了一遍。

仍然没有回应。拉维涅先生花了足足二十分钟对那个沉默的普鲁士军官喊话，要求他们缴械投降，承诺保全所有人的性命和作为军人的荣誉。但是他好像是对空气说话一样白费口舌，对方既没有说同意，也没说要反抗到底。局势一下子僵住了。

民兵们在雪地里跺着脚，用胳膊在胸前拍打，就像马车夫那样活动着给自己取暖。所有人都盯着那个通风孔，心里想要从它前面跑过的孩子气的念头越来越强烈。

终于有一个叫波特万的人，腿脚素来灵便，他忍不住想要冒一下险。他像一头鹿一样跑过那片危险的地带。他的试验竟然成功了！地窖里的囚犯好像死了一样。

"地窖里没人！"一个声音喊道。

又有一个士兵从那危险的通风口前穿过，安然无恙。于是这个刺激的运动俨然变成了一种游戏。每隔一小会儿就有一个人飞快地从空地的一边跑到另一边,就像孩子们打棒球似的。他们跑得飞快,脚下带起积雪飞上天空。大家用干枯的木头点燃一堆堆火取暖。于是,嬉戏者奔跑的身影从左到右、从右到左,被营地上的篝火照得格外明亮。

忽然有一个人喊道:"该你啦,马洛逊!"

马洛逊是个胖胖的面包师傅,他挺着个肥肥的大肚子,经常成为同袍间玩笑的材料。

他犹豫了。大家又开始取笑他。于是他鼓起勇气,像鸭子一样一摇一摆地往前挪了几步。尽管如此,他的肥肚皮也晃来晃去,引得整个队伍放声大笑,有人甚至笑出了眼泪。

"加油,勇敢点,马洛逊!"大家为他加油呐喊。

马洛逊刚刚走过三分之二的路程,一道长长的深红色火光从通风口射出来,紧接着胖面包师傅大喊一声,脸朝下扑倒在地上,发出痛苦的号叫。没人上前去救他,他自己挣扎着用双手双腿蠕动着在雪地里爬行,刚爬出危险区域以外,他就晕了过去。

他胖乎乎的屁股上,肉最厚的地方中了一枪。

一开始的惊讶和慌张过去之后,所有人开怀大笑。这时拉维涅先生出现在小屋门口,他已经想好了攻击计划。他大声说道:"水管匠布兰彻和他的工人出列。"

三个人应声出现。

"把这座屋子的所有排水管都从房顶上拆下来。"

一刻钟之后,他们交给指挥官三十码①长的水管。

接下来,他小心翼翼地在合页门上凿了个小圆孔,然后用管道从压水井一直接到圆孔上,然后他心满意足地说:

"现在我们请各位德国的贵客喝点东西!"

他的部下们发出由衷的赞叹:"呼哈!"接着大家爆发出一阵熙熙攘攘的哄笑。指挥官把人手分成很多轮换组,每工作五分钟轮换一次。然后他下令:

"抽水!"

水井上的压杆一上一下地摆动,一股涓涓细流流进水管里,很快

---

① 一码约等于零点九一米。

发出山溪清泉的汩汩声响,接着又变成游鱼跳涧般的呜咽声,井水顺着楼梯一阶一阶地落进地窖里。

所有人都等着。

一个小时过去了,然后又一个小时,第三个小时……指挥官气急败坏地在厨房里踱来踱去,时不时将耳朵贴在地上仔细听,想试试能不能听见敌人究竟在下面干什么,他们究竟什么时候才肯投降。

这时敌人已经开始骚动了。能听到他们在酒窖里搬弄木桶、相互说话和脚下蹚起水花的声音。

直到早上八点,才有德国口音的法语从通风口传出来:"请法军军官过来说话。"

拉维涅向窗口稍稍地探出点儿脑袋,不敢露出太多:"你愿意投降吗?"

"我愿意投降。"

"把你们的武器都交出来。"

立刻有一支步枪从通风孔里伸出来插进雪里。然后一支接着一支,所有的枪都递出来了。之前那个声音又说道:

"我已经没有武器了。您快住手!我已经被水淹没了。"

"停止抽水!"指挥官下令。

压水杆一动不动地悬在井边。

等厨房挤满了全副武装的民兵后,拉维涅先生才慢吞吞地拉开橡木合页门。

四个脑袋探出来,湿淋淋的,四张害怕的面孔,长头发里混满沙子。一个接一个,六个德国人全出来了,他们都吓坏了,浑身上下都在滴滴答答淌水。

所有普鲁士士兵都被抓住捆得结结实实。法国人生怕节外生枝,于是列成两队立即出发,一队负责押送俘虏,一队用几根树枝和床垫编成临时担架抬着马洛逊。

他们凯旋一般地走进了赫泰勒。

拉维涅捕获普鲁士的一个先遣小分队,作为奖励,他被授予勋章。胖面包师也因为抓敌的时候受伤而得到一枚军事奖章。

修软椅的女人

狩猎季的开场晚宴即将结束。贝特兰侯爵陪着客人们坐在桌边——十一位参与狩猎的客人,八位夫人小姐还有本地的医生。桌上摆满各色水果和鲜花,屋里灯火通明。

话题不知不觉就转向爱情。忽然他们聊起一个颇有争议的话题、一个永无休止的话题:人一生只会爱一次还是可以爱许多次。大家列举了很多例子来说明人一生确实只能爱一次,但也有人举出很多反例说许多人一生有过多次轰轰烈烈的爱情。男人们一致认为,爱情,就像疾病,除非一病不起,否则爱情可以重复不断地打击同一个人。而女士们的观点更加诗情画意而并非出于实际观察判断,她们坚称爱情,这种伟大的感情,对凡人来说一生只会有一次。她们说爱情就像闪电,人的心一旦被它击中,就如同尖刀绞割,伤痕累累,永远不能复原。再也没有任何一份感情能在里面生根发芽,绝对没有可能。

侯爵大人是一个万花丛中过的情场老手,他反对这种论断,说道:
"我跟你们说,人是可以陷入爱情很多次的,每次都是全身心投入。你们引用了许多为了爱自杀殉情的例子来证明人不可能有第二次爱情。但是我敢打赌,那些蠢货要是没有用自杀毁了再来一次的希望的话,他们肯定会有一段新的爱情,接下来还会有第三段,第四段,直到他们死去。爱情啊,就像美酒,一旦沉迷其中就变成了它的奴隶,喝过还会再喝,爱过还会再爱。这不过是和人的性情有关罢了。"

大家请年长的医生来做裁判,医生是从巴黎退隐到这里,大家恳请他说说自己的看法。但是他并没有什么新鲜的观点,只是说赞同侯爵大人的话,爱情是有关性情的东西。

"而我自己呢,"他说,"倒是亲眼见证过一场旷日持久长达五十五年,没有一天间断,至死方休的爱情呢。"

侯爵夫人拍着手掌说:"那太令人感动了!啊,要是能被这样爱着,简直就像做梦一样!被这样强烈、这样持久的感情拥抱着度过五十五年岁月,是一件多么幸福的事情啊!他的一生都被人如此爱慕,这个人该多么开心呀!"

医生笑了,他说:

"您说得没错,太太,在这个故事里被爱慕的对象的确是位男士。您还认识他呢,就是舒凯特先生,本地的药剂师。而故事的女主人公呢,您也认识她,是那个每年都会来城堡里干活的修软椅的老妇人。"

女听众们顿时泄了气,有人甚至"呸!"了一声表达自己的不屑和不满。仿佛爱情这种高贵的情感只有上流社会的高雅人物才配得上,下层社会的情爱提不起她们的兴致。

医生接着说:"三个月前,有人找我去瞧瞧这位垂危的老妇人,她是前一天才到的,就住在马车里,把马车当作病房。拉车的是那匹您见过的瘦马,还有两只大黑狗,它们是她唯一的朋友和守护者。牧师已经先我一步到了。老夫人希望我们能做她遗嘱的执行者。为了让我们理解为什么会立下这样的遗嘱,她把自己整个人生的故事都讲给我们听。这是我听过的最离奇、忧伤的故事。

"她的父亲和母亲也都是修椅匠人,从小到大她都没有一个像样的住所,自小她就跟着父母四处流浪,穿着破烂不堪的衣裳,邋里邋遢,浑身长满虱子,饥肠辘辘。他们去过很多村镇,每到一个地方,就把马车停在村口,卸下车子,让马在草地上吃草,狗蜷缩在草坪上打盹。小女孩儿呢,就在泥里、草里翻滚玩耍。她的父母坐在路边的榆树底下修软椅子。就这样直到整个村子的椅子都修完了,他们又去往下一个地方。

"在这个活动的家里,大家都不怎么说话,偶尔出声喊两嗓子:'椅子!椅子!修软椅子啦!'喊罢,夫妻俩要么肩并肩,要么脸对脸坐着默默搓麦秸①。

"如果小家伙走开太远,或者想和村边的小孩子们玩耍,她父亲会劈头盖脸骂道:'还不快滚回来,小兔崽子!'她从没听过一句贴心

---

① 麦秸是用来作为椅子坐垫的填充物。

的话。

"长大一点儿以后,她就帮着父母去村里取需要修的坏椅子,然后再把修好的送回去。这时候她便有机会在路上结识些小伙伴,可是他们的父母总会把孩子们叫开,斥责他们道:'快点给我回来,小混蛋!叫你不要跟小叫花子说话!……'大一些的男孩们经常会向她扔石头。有时,有好心的妇人们赏给她几个铜子儿,她就小心翼翼地收藏好。

"她十一岁那年,有一天,她从村子里经过,在公墓的后边发现正在伤心抽泣的小舒凯特,他的玩伴偷走了他珍贵的两个利亚德①。在小女孩的想象中,有钱人家的孩子总是无忧无虑,令她羡慕不已的。这个小男孩的眼泪令她心碎。她靠近他,当她知道男孩为什么会伤心的时候,她拿出自己所有的积蓄塞进他手里,一共有七个利亚德。小男孩毫不犹豫地收下了,擦干眼角的眼泪。女孩开心极了,她亲了男孩一下。男孩正忙着数手中的硬币,没有拒绝。女孩第一次没有被拒绝,也没有挨打,她壮起胆子拥抱了男孩一下,然后跑开了。

"她那颗贫贱的小脑袋到底在想些什么?她如此钟情于这个小男孩,是因为她为了他倾注了全部积蓄,还是因为她为他献出了温柔的初吻?这其中的奥秘,无论对小孩子,还是对久经世故的成年人都是一样的。从那时起,好几个月里她朝思暮想的都是公墓后边那个角落,还有那个男孩。她开始一苏一苏地攒钱,或者是从修椅子的工钱里面偷,或者是从父母交给她让她去买食物的钱里面扣。这里一点儿那里一点儿,等她回来再去墓园的时候,她口袋里已经有两法郎那么多了。可是男孩却不在那里。她从男孩父亲的药店外面偷瞧,看到他在柜台后面,衣着光鲜地坐在一个装满红药水的大圆瓶子和一个装满绦虫的蓝瓶子中间。

"女孩儿却更爱他了,五颜六色的圆瓶子似乎衬托出他的智慧,令她心驰神迷。这个印象珍藏在她心里永远没有磨灭。第二年,再见到他时,他在学校附近玩弹珠。她冲向男孩,张开双臂拥抱他,热情地亲吻他。可是男孩却被吓得大声尖叫。为了让他安定下来,女孩把身上所有的钱全给了他,整整三法郎外加二十生丁!这可是一笔宝藏啊,

---

① 利亚德:法国15世纪到19世纪的一种铜币,一苏等于四利亚德。

男孩瞪大眼睛一眨不眨地瞧着。

"接下来男孩允许她尽情亲吻自己。接下来的四年里,她把自己所有的积蓄都给了男孩,他心安理得地放进自己口袋里,作为被亲吻的交换条件。一次是三十苏,另一次是两法郎,第三次只有十二苏,她为此羞愧伤心地落泪,可是这一年她的'年成'实在不好。第四年,她带来了一枚金灿灿的五法郎,令他笑逐颜开,合不拢嘴。她一心只想着这个男孩,别人谁也不放在心上。而男孩也焦急地等待着她,有时候看到她就会飞奔过来见她。这时女孩心都要高兴得跳出来了。

"可是忽然,男孩消失了。她小心翼翼地查访,终于知道男孩被父母送去了寄宿学校。于是她费尽口舌用尽手段说服父母亲更改他们串乡走里的路线,在放假的时候能够经过这个村。经过一年的努力,她终于成功了。她已经两年没见过男孩了,简直都认不出他来:他的变化太大,个子长高了,更英俊了,穿着校服,钉着铜扣,仪表堂堂。他装作没看到她,一瞥也没瞥地从她身边走过。她为此痛哭了两天,从此以后,爱和痛一并在她心里,再也没有间断。

"每年他放假回家,她都会从他身边经过,可是从不敢抬头瞧他一眼。而男孩始终没想过要扭头朝她看一下。她爱着他,爱得疯狂也爱得绝望。老妇人告诉我的原话是:

"'他是这世上我看到的唯一一个男人,大夫先生,我甚至不晓得有其他人存在。'

"后来她父母去世,女孩继承了他们的工作。有一天,刚走进这个她魂牵梦绕的村庄,她看见舒凯特先生挽着一位年轻的女士从他的药房里走出来。那是他的妻子,他已经结婚了。这天晚上,修软椅的女人在广场边的河里投水自尽。一个醉汉经过把她救上岸,把她送到药房里求救。年轻的舒凯特先生披着睡衣下楼来救她。好像根本不认识她是谁,他脱掉她的衣裳,给她按摩治疗。然后他冷冰冰地对她说:

"'你简直疯了!怎么能这么蠢,做出这样的事情!'他的话令她重新燃起对生的希望。他对她说话了!女人为此高兴了好长时间。舒凯特先生拒绝收取任何诊疗费用,但是她坚持要给。

"她的余生就这样度过了——不断地工作,不断地思念舒凯特先生。她尝试着开始在他的药房里买药,这是她唯一可以亲近他、和他说话的机会。即便这样,她还是会给他钱。

"我之前说过了,她是在今年春天去世的。当她讲完令人同情的故事后,她恳请我把她的毕生积蓄转交给她爱的男人。她工作的理由只有他,她说她自己忍饥挨饿存这点儿钱,就是为了留下些东西能让他在自己身后至少会想起她。她交给我三千五百五十法郎,我给牧师留下五十法郎当作她的丧葬费用,一直陪着她到她咽下最后一口气,我才把剩下的装好带走。

"第二天早晨,我去往舒凯特家。夫妇二人刚刚吃完早饭,面对面地坐着。两人都身体结实,面色红润,脸上一副神气活现、心满意足的表情,身上都散发着药香味。他们邀请我进屋,给我端来咖啡,我喝了。然后我用沉重的语调开始讲述我的来意,心下以为他们会因此感动不已,甚至痛哭流涕。

"可是当舒凯特先生听清楚自己曾被那个女人——用他自己的话说就是'流浪女人!修椅子的!四处赶着干活计的妇人!'——爱过,他气得暴跳如雷,就好像他的名誉受到了侮辱,他的尊崇地位受到了玷污,他的个人荣誉,他身上那些比生命还珍贵、还要紧的东西被人抢走了。他的妻子同样愤不可抑,不断地重复着:'这个老乞婆!这个老乞婆!这个老乞婆!'好像再也找不出其他的话来形容。

"舒凯特对老妇人的这种恶劣行迹不知道该用什么话谴责,他在屋里大步踱来踱去。他嘟囔着:'您能想象到居然有如此可怕的事情吗,大夫?哦!如果她活着的时候我知道这一切的话,我一定会把她关进监狱去。我向您保证,她再也别想从那里出来!'

"我惊呆了,不知道该作何想法或者该说些什么。但是我来此的任务必须完成才行。于是我说:'她嘱托我把她毕生的积蓄转交给您,一共是三千五百法郎。既然我之前说的故事似乎让您很不高兴,那么这笔钱也许您愿意捐给穷人更合适些。'

"他们瞪着我,夫妇二人都瞪着我,惊讶得一言不发。我从怀里掏出这笔钱。这笔财富来自各个国家,钱币上印满各种花色,既有一分两分,也有金币银币,看上去寒碜极了。我问道:

"'您怎么决定呢?'

"舒凯特夫人首先说话了。

"'那个,既然是那个死去的女人的最后愿望,我们拒绝它好像也不太合适吧。'

"她丈夫脸上略带羞愧,紧接着说道:

"'我们可以拿这笔钱给我们的孩子买点东西。'

"我干巴巴地回答道:'随您的便。'

"他对我说道:'嗯,既然她嘱咐您把这笔钱交给我,那您就给我好了,我会善加利用它们的。'

"我把钱留下,欠身告别,然后离开。

"第二天,舒凯特先生急匆匆地找到我,劈头盖脸地问道:'那女人把她的马车留在这儿了吧,您把马车怎么处置了?'

"'没处置呢,想要的话就归你了。'

"'太好了,我就是想要呢,我可以用它在花园里搭个木棚。'他说罢就要离开。我叫住他,说道:

"'她还把她的老马和两条老狗留在这儿了,你要一并带走吗?'

"他惊讶地盯着我:'当然不要!真是的,我要它们来有什么用?'

"'随便你怎么处置都行。'

"他笑了,伸出手和我握手,我勉强和他握了一下。我还能怎样呢?在同一个乡村里谋生的医生和药剂师还是不要翻脸为好。我留下两条老狗,药剂师牵走了马。马车最后变成舒凯特花园里的木棚子,而那笔钱他最终用来买铁路债券了。

"这个故事是我此生所知道的最深刻最真诚的爱恋。"

医生抬起头,只见侯爵夫人眼中饱含着泪水,她叹息着说道:

"哎,事实不容争辩,原本只有女人才懂得爱情啊!"

黛丽耶春楼

一

他们每天晚上十一点左右都会去那里,就像他们去的是什么会所一样。去的总是那么七八个人,也不是什么浪荡子,就是一些有点地位的生意人,在政府机关任职的年轻人,还有其他一些上班族而已。他们一边喝着查特酒[①],一边和姑娘们调笑,或者面色严肃地跟人人尊敬的黛丽耶妈妈说上几句话。他们一直到十二点才各自回家!年轻一点儿的先生们有时候会待得更晚一点儿。

这是一所舒适的小屋,粉刷成了黄色,坐落在圣艾蒂安教堂后边的一个街角。从屋子的一扇窗户向外望去,可以看到停满正在卸货船只的港口,一大片盐碱地,还有沼泽边上隆起的圣女山和山坡上老旧、灰蒙蒙的小教堂。

黛丽耶妈妈出生在厄尔省乡下的一个有声望的人家,干起了这门营生,就好像她干的是女士帽子的生意或者裙服裁缝。对卖笑生意的偏见在大城市里既强烈又根深蒂固,但是在诺曼底偏远村庄里却并不存在。乡下人常说:"这是门好生意。"于是派了自己的女儿去经营这个妓院,就好像他是派她去管理一所女子学校一样坦然。

她从一个上年纪的叔叔那里继承了这所房子,这里原本属于他。黛丽耶妈妈和她的丈夫原本是在伊韦托特附近经营一家小旅馆,但当他们意识到在费康的收益会更可观的时候,立即盘掉了旅馆,在一个

---

① 查特酒:诞生于 400 年前的法国格勒诺布尔附近的查特修道院,它以其黄中带绿的颜色而著称。它不仅颜色味道独树一帜,还是一种具有滋补功效的药酒。

清爽的早晨抵达，接收了这所房子。那时候，这里正因为无人管理，生意日渐凋零。他们本是这个行业里不错的人，很快就受到了邻居和手底下人的喜爱。

但是这门新生意掏空了黛丽耶先生的身体。他没有任何锻炼，身体越来越肥胖，健康却每况愈下，终于在两年后因为中风去世了。自从她孀居以来，店里的熟客都垂涎于她，但是人们私下说，她非常守妇道，即使是在这里的姑娘们都没有发现过她有什么越矩的行为。她身材高大，丰满，和蔼可亲，由于整日待在这所窗子都很少开的昏暗的房子里，她的肤色变得苍白，如同镀了一层漆一样发亮。她的额前有一缕卷曲的假发，令她看起来颇有少妇风韵，与她成熟结实的体态形成强烈对比。她总是乐呵呵、笑眯眯的，喜欢说笑话，但是她身上还存有一抹未被她的职业侵蚀的保守。粗言秽语总会让她翻脸，只要有不识相的年轻人用粗鄙的称谓称呼她的这所房子，她一定会愤然唾弃。

总之，她有一片纯净的精神世界，虽然她对待手下的姑娘们如同姐妹朋友一般，但是她还是会经常说"我和她们不是一路人"。

有时候，在一周中她会雇上一辆马车，带着几个她的姑娘去往乡下，在那里享受小河边草地的惬意。她们就像一群郊游的女学生，互相追逐竞跑，玩一些幼稚的游戏。她们在草地上吃些冷餐，喝点儿苹果酒，一直待到晚上才带着精疲力尽的身体回家。在返程的车上，大家亲吻着黛丽耶妈妈，就好像她是她们善良、殷勤、和蔼的亲妈妈一样。

这所小楼有两个入口，角落里是个类似酒吧的空间，到了晚上水手们和底层阶级的人会来到这里。她派了两个姑娘专门应付这里，还有一个名叫弗雷德里克的帮手，他是个个子矮小、浅色头发、没什么胡须的小伙子，但却壮得像匹马。她们把一瓶瓶不满的红酒和成扎的啤酒给顾客端到摇摇晃晃的大理石桌上，然后用手臂搂着他们的脖颈，身子坐在顾客大腿上，不住劝他们喝酒。

另外三个姑娘——她们一共只有五个人——组成了高级阶层。她们一直待在楼上伺候客人，除非下面忙不过来而且楼上已经没有客人的时候才会下楼帮忙。楼上叫作丘比特沙龙，过去生意人在这里见面，墙面糊上了蓝色墙纸,装饰着一幅挺大的画,上面画着琳达和天鹅①。这个屋子由一条盘旋楼梯连接到一道狭窄的门边,出门就是街道。门上方有一个金属丝箍成的灯笼,就如同现在仍然能在某些城镇看到的、放在圣母神龛脚下的长明灯一样,整夜地亮着。

这座小楼又旧又潮湿,散发着淡淡的霉味。偶尔走廊里会飘出古龙水的香味,或者从一扇半掩着的门口传来楼下穷伙计们喝酒喧闹的声响,足以使楼上的先生们感到厌恶。黛丽耶妈妈,对待她的客人就像朋友一样,她足不出户,却对城里发生的大小事情很感兴趣,于是他们经常会把所有新闻逸事都转告给她。她一本正经的谈话方式,就是那三位姑娘喋喋不休地莺歌燕语的休止符,也是那些又矮又胖的顾客们下流笑话的终结剂。这些人每天晚上都会到这个不起眼的地方来,喝着酒,纵情声色。

楼上三位姑娘分别是菲尔南蒂、拉菲尔和花名称作"翡翠"的露莎。由于人员不能太多,所以妈妈尽自己所能地使得每个姑娘都能称得上是一种典型,是某类型女性的范本,因此每位到这里来的顾客都能在这里找到最接近自己心目中理想的女孩儿。

菲尔南蒂代表了金发女郎,她身材非常高,胖得有点臃肿,总是懒洋洋的。她是个乡下姑娘,脸上有遮不住的雀斑,头发粗短,颜色浅得几乎看不出来,就像筢过的大麻,几乎盖不满她的头顶。

拉菲尔来自马赛,在这里扮演着不可缺少的犹太美女的角色。她身体瘦弱,颧骨突出,还擦着胭脂,乌黑的头发上抹了发油,刘海卷曲。如果她的右眼里没有那个小斑点的话,她的眼睛可以称得上美丽。她罗马人一样的鼻子一直拉到方下巴那儿才算完事,在那儿安着两颗假牙,和其他原有的牙齿形成奇特的对比。那些牙已经用了很久,颜色和陈年木头一样。

露莎就是一个小肥球,整个人几乎只有躯干,两条腿非常短。她从早到晚唱歌,声音尖厉,在淫秽小调和伤感情歌之间变来变去,或者是讲一些傻乎乎的、冗长的故事。她只有在吃饭的时候才会不说话,

---

① 琳达:斯巴达王后。宙斯醉心于她的容貌,趁她在河中洗澡时,化作天鹅与她亲近。她因此怀孕,生下海伦和波鲁克斯。

一旦吃完,就又开始滔滔不绝。她从不安分,虽然她过分肥胖又是五短身材,但她就像松鼠一样活跃。她的笑声,就像一串尖锐的哭声奔流不息,永无停歇,在寝室,在阁楼,在酒吧,她的笑声在各处回响,几乎无处没有,但都笑得毫无来由。

楼下的两个姑娘,其中一个名叫罗迪丝,外号叫作"母鸡";另一个名叫芙洛拉,因为她有点跛,被人们称作"跷跷板"。罗迪丝总是穿得像自由女神一样,腰里围着三色腰带;芙洛拉是西班牙人,在她的红头发里别着一串铜钱,只要走在不平的地方,铜钱就会叮当作响,看上去就像为狂欢节而盛装打扮的厨娘。这两位姑娘就像所有低级阶层的女人们一样,既算不上丑,也不算漂亮,只是普通人罢了。她们看上去正像是酒馆里的侍女,大家把她俩叫作"两支打气筒"。

在表面的平静下,五位姑娘之间萦绕着一种嫉妒心理,多亏了黛丽耶妈妈善于调解的智慧和长久保持的谦逊态度,才很少出什么乱子。这座建筑里的买卖,在镇上别无二家,因此总是顾客盈门。黛丽耶妈妈对小楼的体面装潢获得了成功,而且她对所有人都和蔼谦恭,她的好心肠众所皆知,因此人们对她十分尊重。常客们会给她花钱,当她对他们显得特别亲切的时候,他们会感觉如沐春风。而当白天他们相互碰到时,他们就会说:"今天晚上,老地方见。"就像平常人会说"晚饭后,酒吧见"一样。总而言之,黛丽耶妈妈的小楼是个值得一去的地方,很少有人会缺席他们在那里的日常约会。

五月末的一个晚上,第一个到来的人是前市长、木材商人普林先生。他发现楼门居然是关着的。门前灯盏里的灯也没有点亮。屋子里悄无声息,一切似乎都是死寂的。他先轻轻地敲了敲门,然后加重了力气,但是始终没人应门。于是他慢慢地沿街而上,走到市场上时他遇到了正要去同一目的地的武器制造商杜文特先生,两人一同折返回来,却也没能叫开楼门。但是忽然间两人听见附近传来一阵嘈杂的声音,他们绕着小楼走过去,发现一群英国和法国的水手正在用拳头使劲儿地敲打着遮窗板。两个买卖人立马转身逃开,但是有人悄悄地冲他们"喂"了一声,令他们停下脚步。腌鱼店老板图纳瓦先生看到他们,于是出声呼唤。他们把所发生的事情告诉他,他变得异常懊恼。他早已有了家室,并且已经是孩子的父亲,因此只能在周六过来消遣。

他引用拉丁文说这是"为了安全着想"。但实际上却暗含了另一层意思：他的朋友波尔多医生把周期性卫生检查的日子泄露给了他，因此他按照卫生检查的日子给自己放了假。周六正是他循例的假日，而现在他却被剥夺了这项乐趣，要再等上整整一周。

三个人一直走到码头边，路上他们遇到了银行家的年轻公子菲利普先生和税务官皮尼佩斯先生。菲利普先生也是那栋小楼的定期常客。他们抱着最后再尝试一次的希望，一起沿着犹太人路折返回来。但是那栋楼依然被激愤的水手们包围着，他们向遮窗板扔石头，冲楼里喝骂。于是五位属于楼上雅间的顾客赶紧溜开，漫无目的地在街上徘徊。

之后他们又遇到了保险业务员杜普斯先生和商务法庭法官万斯先生。一段漫长的步行开始了。他们首先来到码头，并排坐在码头边的花岗岩栏杆上，看着潮水涨起。浪尖上的泡沫在黑暗中变成一道白色，发着光转瞬即逝。海浪拍打岩石的枯燥声响在夜色里沿着岸边传向远方。闷闷不乐的步行者们在那儿坐了一会儿，图纳瓦先生开口说道：

"真没意思！"

"没劲透了。"皮尼佩斯先生接口说道。然后大家又开始继续散步。

走过沿着山边的街道，他们开始往回走，跨过水库上的木桥，沿着铁路线走了一段儿，最后又来到集市上。这时税务官皮尼佩斯先生和腌鱼店老板图纳瓦先生忽然就某种食用蘑菇争吵起来。他们俩中间的某个人声称在附近见到过这种蘑菇。

由于无所事事，两人的情绪本来就已经烦躁不堪，如果旁边的人不加劝阻的话，他们很可能会拳脚相向。皮尼佩斯先生气急败坏地离开了，但是很快新一轮争吵又在前市长普林先生和保险业务员杜普斯先生之间展开，他们就那位税务官的薪水和所能享受到的福利争论不休，恶语相向。忽然，传来一阵巨大的骚动声，那些围绕在小楼周围的水手们，厌倦了对着大门紧闭的酒馆漫长等待，来到集市上。他们手挽着手，成双成对，形成长长的队伍，怒气冲冲地咒骂不停。这些城里人藏身在一道门后边，等着喧嚣声慢慢朝着修道院的方向远去。很长时间过去了，他们仍然能听得见那些咒骂声，就像滚滚天雷消失在远方，最后才恢复安静。

普林先生和杜普斯先生互相生着气,连招呼也没打就背对背走开了。

剩下四人接着往前走,并且下意识地朝着黛丽耶妈妈的小楼走去。楼门仍然是关着的,楼里依然寂静无声,看不到里边的情况。一个醉汉闷不出声顽固地敲着小楼下层的门,然后停下来呼喊弗雷德里克,发现没人应答,他一屁股坐在门口台阶上,等待门是否会开。

其余的几个人正准备离开,这时那群吵嚷的水手又出现在街头。法国水手吼着《马赛曲》,英国人则高唱着《不列颠万岁》①。他们像一股浪潮一样冲向墙壁,随后这群酣然大醉的伙计们朝着码头走去。在那里,两国水手们大打出手,一个英国水手被弄断了胳膊,一个法国人被打断了鼻子。

坐在门口守候的醉汉,这时却像醉鬼或者小孩儿被惹怒后那样哭了起来,而其他人也都纷纷离开。渐渐地,嘈杂的城镇恢复了宁静,时不时地,在某个角落听得见遥远的地方传来的声音,又飘向更远的地方去。

只有一个人还在街上游荡——腌鱼店老板图纳瓦先生,他还为要等到下个星期六而懊恼,他希望事情有所转机,虽然他自己也不知道该如何转法。甚至他还迁怒于警察:他们怎么能允许管辖之下的这样一栋公共设施建筑关门。

他返回到小楼那儿,在外墙上仔细寻找蛛丝马迹,最后在遮窗板上看到贴着一张纸条,他划着一根蜡梗的火柴②仔细观瞧,上面歪歪斜斜地写着:"坚振礼③故,闭门歇业。"

看完他知道再停留下去也没有任何意义,于是他走开了,留下那个醉汉挺挺地睡在不近人情的楼门外的人行道上。

第二天,所有的常客一个接一个,以各种借口经过这条街,腋下

---

① 《不列颠万岁》:又称《统治吧!不列颠尼亚!》,是英国海军军歌,但同时也被英国陆军使用,而且,它还是英国的第二国歌。

② 以前使用的一种火柴,火柴梗是用浸蜡纸卷成。

③ 坚振礼:也译作"坚信礼""坚振"。天主教和东正教的一种圣事。入教者在领受洗礼一定阶段后,再接受主教所行按手礼和敷油礼,使圣灵降临在受礼者身上,坚定信仰,因此命名。

夹着一沓报纸掩饰自己的不安，鬼鬼祟祟地朝小楼瞥上一眼，他们都看到了那条神秘的信息：

坚振礼故，闭门歇业。

二

黛丽耶妈妈有一个兄弟，在厄尔省威维尔的乡下老家做木匠营生。当年她还在伊韦托特经营小旅馆的时候，就已经是她侄女的教母了。女孩儿的名字叫康斯坦丝——康斯坦丝·瑞维特，随着她父亲姓。木匠知道自己姐姐境况不错，因此，虽然两家住得很远，而且都有工作牵绊不常走动，但是他还一直惦记着姐姐。当他的女儿年至十二岁，将要举行坚振礼的时候，他抓住这个机会写信给她，请她前来出席受礼仪式。他们的父母已逝，因此，来自教女的请求是她无法拒绝的，于是接受邀请。她的弟弟约瑟夫一心打算着，既然她没有子嗣，他的这番殷勤会令她立下有利于自己女儿的遗嘱。

他姐姐的职业并未让他有丝毫顾虑，何况，威维尔乡下没人知道她究竟是做什么的。当人们说起她的时候，仅仅会说："黛丽耶夫人住在费康呢。"言下之意她是一位靠年息就能生活的贵妇人。从费康到威维尔至少有二十里路，对乡下人而言，二十里的陆路就像城里人跨越大洋那样遥远。威维尔的乡亲从没到过比鲁昂更远的地方，这个坐落在平原中部、只有五百座房子的村庄对费康的人也没有任何吸引力，何况它还隶属于另外一个省。无论从哪个角度讲，不可能有人知道她是做什么生意的。

但是随着坚振礼临近，黛丽耶妈妈变得焦虑不安。没人能接替她，她根本放心不下甩袖离开，哪怕就一天。楼上和楼下两拨姑娘之间的暗中较劲无可避免地会捅破窗户纸爆发起来；弗雷德里克必然会喝得酩酊大醉，到时候只要一语不合他就会对别人拳脚相向。因此，最后她下定决心带上她所有的姑娘跟她一起走。至于弗雷德里克，她给他放了两天的大假。

她询问自己的弟弟这样是否可行,他一点儿都没有反对,并且应承下所有人当晚的住宿。如此一来,星期六早晨八点钟,黛丽耶妈妈和她的同伴们坐上快车的二等车厢出发了。直到伯泽维尔,车厢里还只有她们一伙人而已,她们像一群喜鹊一样叽叽喳喳聊个不停,到伯泽维尔的时候,一对夫妻上了车。丈夫是一个乡下老人,穿一件蓝色外套,领子松松垮垮的,宽大的袖子上点缀着白色绣花,在手腕处收紧。他头上戴着一顶已经摸出绒毛的老旧高礼帽,一手拿着一把巨大的绿色雨伞,另一只手上拎着个大篮子,篮子里探出三只鸭子惊慌失措的脑袋。那位妻子僵直着身体,全然一副乡下人打扮,长了张鸟一样的脸,鼻子尖尖探出就像鸟喙。她和自己的丈夫面对面坐下,当看到自己置身于这样一些美丽的旅伴中间,便一动也不敢乱动。

这节车厢里也着实色彩缤纷。黛丽耶妈妈从头到脚是一身蓝色丝绸,外罩一件暗红色人造羊绒披肩。菲尔南蒂裹在一件蓬松的苏格兰格子裙里喘着气,她的小姐妹们用尽全力给她系上束胸带,挤出她丰满的胸脯,像胶质的山峰一样不停地上下晃动。拉菲尔戴着一顶装饰着翎毛的软帽,看上去就像顶着个鸟窝,身穿一件点缀金点的淡紫色裙子,这种东方风韵的穿着和她犹太人的相貌非常相衬。露莎穿着粉红色的、滚着宽花边的短裙,看上去十分像一个过分肥胖的小孩,或者是一个臃肿的侏儒。而"两支打气筒"身上穿的裙子上印着过时的花枝图案,就好像是从王室复辟时代裁剪下来的一样。

一旦意识到车厢里已经不止自己这些人之后,这些小姐们立刻装出庄重的样貌,谈论起一些让人觉得她们身份高不可及的话题来。随后在博佩克站上来一位留着黄色络腮胡的先生,他戴着一条金链子,两三只金戒指,走进车厢,把好几个油布裹着的包裹放在自己头顶的行李架上。他看上去是个好心肠的家伙,想找话题解解闷。

"几位姑娘是要换院子吗?"他说。这句话令在座的姑娘们倍感羞辱。因此,黛丽耶妈妈立马摆起脸色,用严厉的声音维护自己同伴的尊严:"请您说话放尊重一点!"

他不好意思了,解释道:"请您原谅,我的原本意思是说换修道院。"

黛丽耶妈妈不知道该如何回敬,也或者是觉得自己责备得够严厉了，于是朝他高傲地微微躬身表示回答，然后闭嘴不语。

那位先生坐在露莎和乡下老人中间，识趣地逗弄那几只把脑袋探出篮子的鸭子。当他意识到自己引起了旅伴们的注意时，他开始冲它们说些俏皮话逗同行人开心。

"我们离开了自己的小池塘呦，嘎，嘎，嘎！我们和炉火、烤肉扦有个约会呦，嘎，嘎，嘎！"

这些可怜的小生物把脖子扭到一边，躲避他抓挠，极力地想从柳条编织的牢笼里挣脱出来。忽然，三只鸭子一起引颈发出一声最哀伤绝望的鸣叫。

姑娘们轰然而笑，她们互相推搡着，把身子朝前倾，想看得更清楚些，她们对这些鸭子产生了浓厚的兴趣，而那位先生也就加倍卖力地卖弄自己的幽默和聪明来活跃气氛。

露莎也加入进来，她躺在邻座姑娘的腿上凑过去亲吻三只鸭子的脑袋，然后剩下的姑娘们立刻纷纷想排着队亲吻它们。于是那位先生把它们抱上自己的膝头，撑开它们的翅膀，一上一下地颠着它们。那两个乡下人比他们带来的鸭子还要惊慌，不知所措。眼睛像被牵引着一样转动，他们一动也不敢动，满是皱纹的老脸上没有一丝笑意，甚至嘴角都没有动一下。

原来这位先生是个旅行商人，这时他一边和姑娘们开着玩笑，一边打开一个自己携带的包裹，从里面取出一些背带裤的背带递给她们。这是个玩笑，其实他的包裹里装的是吊袜带①。有蓝色的、粉色的、红色的、紫罗兰色的、淡紫色的丝绸吊带，金属搭扣都做成了两个镀金的丘比特相互拥抱着的样式。这些东西惹得姑娘们欢呼尖叫起来，她们仔细端详着，流露出所有女人审视服装饰品时那种慎重其事的表情。她们相互看着对方的脸色，或是小声耳语询问，然后得到低声回答。黛丽耶妈妈手中久久地拿着一双橙色吊袜带，相对于其他的来说，这双更宽一些，看起来也更加端庄，非常适合她这种拥有如此资产的夫人。

---

① 吊袜带：用丝带或松紧带系扎在长筒袜袜口上，上端系在腰带或紧身褡的带扣状下摆边缘，以防止长筒袜滑落的一种固定用带子，也起到装饰作用。

那位先生等待着,他心里已经打定了一个主意。

"来吧,小可爱们,"他说,"你们真该穿上试试。"

姑娘们又发出一阵惊呼,纷纷绷紧双腿间的衬裙,仿佛害怕有什么不轨行为。那位先生静静地等待着恰当的时机,他说道:"好吧,既然你们都不想试试,那我还是把它们都收起来吧。"

然后他又巧妙地加了一句:"谁愿意试穿哪双我就把那双送给她,任意一双。"

可是她们都不愿意,重新坐直了身子,看上去庄严不可侵犯。

但"两支打气筒"却因为他的新提议显得犹豫,尤其是"跷跷板"芙洛拉,明显地犹豫了。于是他继续火上添油道:"来吧,亲爱的,拿出点儿勇气嘛!你看看这双淡紫色的吊袜带,和你的裙子简直相衬极了。"

这句话使得她终于下定决心,她拉起裙子,露出挤奶女工一样粗壮的大腿,挤进粗纱布质的长筒袜里。旅行商人弯下腰,帮她扣好膝盖下面那个搭扣,然后又扣上了上面那个。接着他伸手在姑娘腿上轻轻地挠了一下,她惊得往后缩了缩,轻声叫了出来。当他系紧这双吊袜带后,就把它送了出去,接着,他问道:"谁愿意下一个?"

"我!我!"姑娘们争先恐后齐声叫嚷。他从露莎开始。她露出一双浑圆的,没有棱角,甚至看不到膝盖的肉球。就像拉菲尔所说,她的这双腿就是一条标准的"香肠腿"。菲尔南蒂身上长着两根健硕的长柱,令这位旅行商人大为惊讶,啧啧称赞。而犹太美人拉菲尔那双腿瘦如枯柴,无可称赞。"母鸡"罗迪丝玩性忽起,把低头给她系带子的先生用裙子罩在自己身下,于是黛丽耶妈妈只好出面制止这种有辱体面的闹剧。

最后,轮到黛丽耶妈妈伸出自己的腿,这是一双修长、结实、诺曼底女人的腿。旅行商人又惊又喜,他郑重其事地脱下帽子,如同地道的法国骑士一样向这对"腿中翘楚"致敬。

那两个乡下人被这一幕惊得目瞪口呆,侧着眼睛从眼角窥探他们,看上去活像两只家养鸡。这时,那个满脸黄胡须的旅行商人站起来,对着他们的脸学鸡叫:"咕——咕——咯——咕。"引来又一次哄堂大笑。

两位老人带着他们的篮子、他们的鸭子还有雨伞在梅特维尔下了车。在他们离开时,他们听到那个妻子对她的丈夫说:"这群下等妓女,她们准是要到那该死的巴黎去。"

那个轻浮的旅行商人举止越来越放肆,黛丽耶妈妈不得不出面强行命令他收敛起来。他在鲁昂下车,黛丽耶妈妈道貌岸然地教训道:"这可给了我们一个教训,别和初次见面的人搭话。"

她们在奥赛尔换了一趟车,又坐了不远,在一个小站下车。约瑟夫·瑞维特先生正驾着一辆由白马拉着的大马车在车站外不远处等着他们。马车上安放了很多座位。

木匠彬彬有礼地轻吻了所有来客,扶着她们上了车。

拉菲尔、黛丽耶妈妈和她的弟弟坐在前排,另外三个人坐在后面的椅子上,只剩露莎没有座位,于是她尽可能舒服地坐在菲尔南蒂身上,他们出发了。

这匹白马颠着四蹄慢步小跑,令车厢晃得厉害。车厢里的椅子左摇右摆,连带着乘客也上下颠簸左右乱晃,令她们连声惊叫,脸色大变,就像一群跳舞的牵线木偶。她们紧紧抓住车厢侧沿,头上的软帽四处乱飞,或者落在身后,或者盖在脸上,或者掉在肩头。那匹白马昂头挺胸,翘起它那条像老鼠尾巴一样没什么毛的尾巴,时不时拍打着自己的屁股。

约瑟夫·瑞维特一条腿搭在车辕上,另一条腿屈起来收在身下,抬手扬鞭,不断发出母鸡召唤小鸡似的咯咯声,令白马竖起耳朵,越跑越快。

绿色的乡间景色在马路两边延展开来。油菜花这里一丛,那里一簇,卷起金黄色波浪。花丛里飘来一股强烈的、沁人心脾的香甜味道,渗入内里,又随风远去。

黑麦田里,一朵朵矢车菊露出它们蓝色的小脑袋,引得姑娘们都想去采一些,但是瑞维特先生不肯停车。

路边时不时出现一整片田地如同血染般鲜红,那是罂粟花团团锦簇。而这辆马车就像满载着一车颜色更加绚丽的花朵,奔驰在满是野花的田野中间。一会儿消失在农场的树林后,一会儿又穿梭在点缀着红红蓝蓝的颜色、或熟黄或青绿的、亭亭而立的庄稼边。

当他们抵达木匠家门口的时候，已经是一点了。自从出发以来，她们粒米未进，这时又累又饿。瑞维特太太慌忙迎出来，一个接一个地扶她们下车，等她们脚一落地，她就热情地亲吻她们，尤其对她的大姑姐，似乎怎么亲热也不够，要一个人把她承包了似的。她们在木匠作坊里吃了午饭，为了准备明天午宴，那里已经被清空出来。

主菜是煎蛋卷，跟着是炸猪肠，用上好的烈性苹果酒送入肚腹，令大家浑身舒畅。

瑞维特取了一个杯子陪客人们一起喝，他的妻子则包揽了做菜、上菜、侍奉、撤盘等一切事务，她殷勤地小声问每个人招待是否周到。作坊墙边立着好些木板，角落里堆着一堆从屋里扫过去的木屑，散发着刨花香——一种木匠铺里才有的、沁入肺腑的树脂香味。

客人们想见见小女孩儿，但是她到教堂去了，得等到晚上才能回来，因此她们出门去村子里逛逛。

这是一座不大的村落，但是却有马路穿过。十几座房子坐落在村里唯一的街道两旁，它们的主人是屠夫，杂货店老板，木匠，小旅馆老板，鞋匠，或者糕点师傅。

教堂就在街道尽头，墓地环绕四周，四棵巨大的菩提树就矗立在教堂院落的门廊外，将门廊遮得严严实实。教堂是用燧石建成，上面是石板瓦叠成的尖顶，建筑风格非常普通。经过教堂后，就又回到了开阔的田野里，田野被一丛丛树林分割成小块，树林后边掩藏着一座座农庄。

瑞维特虽然身穿工作服，但出于礼貌还是举止优雅地挽着姐姐的手并肩前行。他的妻子被拉菲尔金光闪闪的裙子所折服，挤在拉菲尔和菲尔南蒂中间。"跷跷板"罗迪丝因为疲倦而步态微跛，圆滚滚的露莎落在罗迪丝和芙洛拉身后紧紧跟随。

当地居民纷纷挤到门口，小孩儿们也不再玩耍，窗户上的窗帘纷纷被拉开，从里面探出一顶顶棉布小帽，还有一个挂着拐杖的老妇人，像对着宗教游行的队伍一样在胸前画十字。所有人的目光都久久注视着这群城里来的仪态端庄的小姐们，她们远道而来，专为参加约瑟夫·瑞维特女儿的坚振礼，这下木匠的地位在老乡们的心里无形中一下子高大起来。

当他们从教堂经过的时候,里边传来孩子们的歌声。清亮的小嗓音正唱着圣歌,黛丽耶妈妈不让进去,怕打扰到这些小天使。

一边散步,约瑟夫·瑞维特一边给客人们介绍村里主要的地主,说起土地产量和牛羊繁育,最后,他带着这群女客回到家里,把她们安置在自己家住,地方太小,所以只得两个人一间。

尽管如此,瑞维特也得自己在木工作坊的刨花堆里将就一晚,他的妻子和她的大姑姐睡一张床,菲尔南蒂和拉菲尔一起住在她们隔壁。罗迪丝和芙洛拉被安排在厨房,主人在地上铺了张床垫。露莎独享一个衣柜,衣柜摆在楼梯顶端靠近阁楼的地方,阁楼上就是即将受坚振礼的女孩儿的卧房。

当小女孩儿一回家,就立即被铺天盖地来的亲吻淹没,所有的姑娘们都善意地爱抚她,这种职业的习式的亲吻之前已经在火车车厢里被那些鸭子领教过了。每个人轮流把她抱在膝头,抚摸着她柔软金黄的头发,把她紧紧搂在怀里,慈幼之情强烈而不自禁地爆发出来。小女孩儿非常乖巧,笃信教义,她就像忍受考验一般耐心忍受着她们。

这一天对每个人来说都是劳累的,因此一等晚饭结束,所有人都上床休息去了。整个村庄都被一种宗教式的肃静所包围,万籁无声。这些姑娘们,一直以来习惯于小楼里喧嚣的夜晚,这种沉睡的村庄中的无声无息反而令她们倍感压抑。她们开始发抖——不是因为冷,而是因为那种令她们心神不宁的孤独感。

她们一上床,就两两相拥而卧,似乎这样就能抵御大地传来的沉静和浓重睡意。而露莎是一个人睡在那个小小的黑咕隆咚的衣柜里,一种说不清道不明的恐惧感侵袭着她。她在床上辗转反侧,始终不能入睡。这时她听到耳朵跟前有一阵模模糊糊的小孩子啼哭的声音从隔板那边传来。她吃了一惊,大声叫了出来,那边有一个微弱的,夹杂着抽泣的声音回应了她。原来是那个小女孩儿,她习惯了和自己的妈妈一个房间,一个人在阁楼里感到害怕。

露莎欣喜过望,她轻手轻脚地起身,上阁楼把女孩儿抱了下来。她把她放在自己暖过的床上,搂在胸前亲吻她,在黑暗里徒劳无功地做出许多夸张的温柔表情,最后,她终于平静下来,渐渐入睡。直到第二天清晨,那个即将受礼的女孩儿都把脑袋埋在露莎赤裸的胸前沉睡。

早上五点，晨祷的钟声在教堂钟塔上响起，吵醒了这些通常睡到中午来补充晚间睡眠匮乏的女人们。

村民们早已起床，女人们各家各户地来回忙碌，小心翼翼地捧来浆洗过的棉布短裙和长长的蜡烛。这些蜡烛中间位置缠绕着丝绸，打起蝴蝶结，下面留着金色的流苏，蜡烛手柄位置印上浅浅的花纹，方便手持。

太阳已经高高挂在蓝天，但是地平线上仍然留有一抹玫瑰红的印记，就像黎明在那里留下淡淡的足迹。各家的母鸡都纷纷走出户外，三三两两的几只黑色公鸡杂在中间，顶着红色的肉冠，胸前的羽毛油光闪亮。忽然有一只拍打着翅膀，昂首阔步，引颈高歌，声音清脆高亢，引得其他公鸡紧跟其后。

各式各样马车从周边的教区赶来，停在各家门前。从车上走下高大的诺曼底妇女们，她们身穿深色裙服，一块方巾挡在胸前，用一枚老掉牙的银胸针别在身上。男人们有的穿着新式双排扣礼服，有的穿着老式燕尾服，或者是绿呢子的礼服，外面套上一件蓝色罩衫。当马匹都牵进马棚里后，道路上各式各样乡村常见马车排成了两列：运货马车、敞篷马车、轻便马车、四轮大马车，千奇百怪，新旧杂陈。有的车辕着地卸停在路边，有的甚至车厢着地车辕冲天停靠在那儿。

木匠家已经忙成了一个马蜂窝。女人们穿着束胸衣和衬裙，披散着稀松的短发，看上去灰蓬蓬地垂在后背上。她们忙着打扮小女孩儿。她安安静静地站在桌子上，黛丽耶妈妈坐镇指挥她的一干人马。有的负责给小女孩儿洗漱，有的负责挽发，有的负责穿衣。她们用了好些别针才收好裙腰，弄出裙子的褶皱样式来，因为这件裙子对她来说太大了。

最后，当她打扮妥当，大家告诉她不许再乱动，然后匆匆忙忙去打扮自己。

教堂的钟声再次响起，叮当的响声泯入天际，就如同一声微弱的脆响消失在空气里。将要受礼的孩子们走出各自家门，朝着神父的寓所走去，那儿有两所学校和一所公寓，就静静地立在村庄的尽头，而教堂正好在村子的另一头。

父母们都穿上最好的衣服,跟在孩子们的身后,被农活压弯了腰的身体套在这样的衣服里,举止笨拙,神情尴尬。

女孩子们都身穿棉布裙,像奶油花一样蓬松柔软,而男孩子们就像小版的酒吧侍应生,头上抹了头油,锃明瓦亮,双腿叉开走路,生怕黑呢子长裤粘上丁点儿灰尘。

这对每个家庭来说都是一件举足轻重、值得骄傲的事情,七大姑八大姨,各路亲戚们远道而来,支持自己的孩子。而这其中,木匠家的阵容显然脱颖而出,赢得桂冠。

黛丽耶妈妈,大部队的头领,跟着康斯坦丝走在队伍最前头。她的父亲挽着她的姑母,她的母亲陪着拉菲尔,菲尔南蒂和露莎并排走在一起,罗迪丝和芙洛拉跟在最后。她们端庄肃穆地穿过村子,就像是将军率领着全副武装的队伍。这种影响像闪电一样迅速在村子里传开了。

到了学校,女孩儿们在仁慈修女[①]身后排起队,男孩儿们则跟着校长,那是个结实的男人。然后他们唱着圣歌出发了。男孩们排成两列走在前头,从街道上两排没有马的马车之间穿过。女孩儿们也呈两列队形跟在后面。由于所有的乡下人都礼让这些城里的小姐们,因此她们成为紧跟女孩儿们之后的第三队。她们把两列游行的队伍又延长了,三个在左,三个在右,裙子像焰火一样闪耀。

一到教堂门口,人群就兴奋起来。大家相互拥挤,你推我搡,都想挤到前面去观瞻。尤其那些虔诚的女教徒,看到城里来的小姐们穿着比神父的法衣还要华丽精致的衣服,吃惊地大声呼叫着讨论起来。

镇长把自己的长凳让出来给她们,右列第一排,离唱诗班最近的地方。黛丽耶妈妈领着自己的弟媳、菲尔南蒂、拉菲尔坐在那里。木匠陪着露莎、罗迪丝和芙洛拉占了第二排的长凳。

唱诗班全是孩子,他们跪在地上,男女分开。他们手中握着长蜡烛,就像战士握着长矛,偏向四面八方。三个男人站在诵经台前面,

[①] 仁慈修女:天主教仁慈修女团成员,该女性宗教团体由凯瑟琳·麦克奥雷修女在1831年成立于爱尔兰首都都柏林,至今在全世界范围内已经有很多独立团体和5万名宗教成员。该团体成员不仅修行,还建立学校,承担教育工作。

用尽浑身力气大声唱着。他们把那些拉丁字符的音节拖得很长，当唱到"阿门"的时候，配合着管风琴簧片扯出的冗长单调音符，无休无止地唱着"阿——阿——"。

这时一个孩子清脆的童声加入了和音。一个神父坐在讲坛内，时不时站起身小声地说几句又坐下。三个男人继续唱着，他们的目光凝视着眼前打开的圣歌本。圣歌本放在一座木雕雄鹰展开的翅膀上。

随后教堂里变得安静，神父走上讲坛，在他的示意下所有人都跪了下去。这是个年长的、受人尊重的神父，他满头白发，左手擎着圣杯，脑袋偏向一边。他身前现行的两位教士身穿红色法衣，而他身后就是那群穿着皮鞋的唱诗班歌者。

一片沉寂中，叮叮当当的钟声响起：时间到了。神父气定神闲地走到金质的圣龛前面，跪下又起来，起来又跪下，用他因为上了年纪而衰弱颤抖的声音，唱着颂歌。等他停下之后，管风琴响起，唱诗班齐声高唱。很多跪在下边的男人们也都跟着一起唱起来，比起之前声音柔和得多了。但是，突然，大家用尽力气，把自己对信仰的虔诚一股劲儿都唱出来，颂歌冲向空中。教堂老旧的屋顶被这阵洪亮的歌声振动，灰尘和被蚂蚁蛀坏的木屑纷纷撒落。阳光照射在小教堂的石瓦屋顶上，令教堂里变成锅炉一样闷热，加上圣歌带来的震撼，以及接下来宁静的等候，如同某种无法言喻的神秘笼罩在每个孩子的心上，同时也压住他们母亲的嗓子无法出声。

神父已经坐下，这时候又重新站起身走向圣坛。他银白的头发，颤抖的双手，就好像要接近神灵。他转过身面对所有的教众，伸出双手用拉丁语和法语呼喊道："祈祷吧，教友们！祈祷吧！"

所有人同声祈祷，年迈的神父也低声喃喃颂祷。教堂的钟不停地响，所有人一起高呼上帝。

一切重归宁静，但是仪式的感染力仍在继续。露莎把头埋在双手之间，忽然想起自己的母亲，自己村子里的那个小教堂，还有自己第一次领圣餐的情景。她几乎幻觉自己又回到了那一天，那时的她还那么小，几乎能被她的白色裙子包裹住。她想着想着哭起来。一开始她只是无声地抽泣，眼泪从眼睛里缓缓凝聚成滴。但是随着回忆渐渐丰满，她的感情愈发控制不了，梗着脖子，胸脯不住起伏，她开始呜咽起来。她从口袋里抽出手帕,擦了擦眼泪,然后捂在嘴上,防止自己失声痛哭,但是却没起到一点儿作用,她喉咙里发出一连串哽咽的声音,她左右身侧传来同样洪亮刺耳的哭泣声仿佛在回应她。那是罗迪丝和芙洛拉,跪在露莎身边,正沉浸在和她相同的回忆中,她们痛哭流涕,眼泪如洪水一样涌出。

眼泪似乎是可以传染的,很快黛丽耶妈妈感觉到自己的眼角湿润,她扭过头,看到自己的弟妹还有和她同一排的人都在哭泣。

神父开始给孩子们授礼,他们因为情绪激动都瘫倒在地上,几乎没了知觉。很快整个教堂里,分散在各个角落里的母亲、妻子、姐姐们,被这种直戳人心的情感带动,被跪在前排那些优雅的贵妇所感染,人同此心。眼泪打湿了她们的麻纱手帕,身子因为抽泣而颤动,左右紧紧压住加速跳跃的心脏。

正如星星之火可以刹那间燎原,露莎和她的同伴们的眼泪一瞬间传染到整个教堂。无论男人、女人、老人还是刚刚长出胡须的小伙子,都一起抽泣起来。似乎有某种超出人类的存在正飘浮在他们头顶之上——某种灵魂,某种看不见听不到但却无所不在无所不能的事物所产生的强大气息。

这时候,台下的孩子们中间响起一个清脆的声音——一位慈悲修女敲响手中的书本,示意孩子们上前领受圣体①。这些因为从天而降的感染力而瑟瑟发抖的孩子们,起身走向圣坛。

所有孩子并排跪下,老神父手举镀金的银质圣杯,挨个走过每个人面前,用两指夹起一片象征基督肉体的面饼递给他们——这是对人间的救赎。孩子们颤抖着,表情僵硬,脸色灰白,一双双眼睛紧闭,张开嘴巴接受圣体。他们下巴底下的长巾,也颤抖得如同波动的水纹。

忽然,一种疯狂的情绪、一股剧烈的骚动声、一片令人窒息的哭泣呼号如暴风骤雨席卷教堂。它如同林中狂风一般摧枯拉朽。那位神

---

① 领圣体是基督教中一个重要仪式,在不同教派里有不同称谓,其中天主教称圣体圣事,对其礼仪称弥撒;东正教称圣体血;新教称之为圣餐。据《新约》"福音书"记载,耶稣在最后晚餐时,拿起饼和葡萄酒祝祷后分给门徒说:"这是我的身体和血,是为众人免罪而舍弃和流出的。"《哥林多前书》中说,耶稣指示门徒以后应当常这样做,以纪念他。

父也被这种感情所感染,身体被这种感情所麻木,无法说出一句连贯的祈祷文,也找不到合适的话语,但是他心中发自灵魂的、澎湃的祈祷已经冲上云霄。

圣礼在神父无比兴奋的情绪中结束了,当发放完圣体,神父激动得几乎站立不住。等到饮完主的圣血之后,他甚至像是沉浸在梦幻中一般精神萎顿,勉强地做最后答谢。

他身后的人群逐渐安静。三个领唱身穿白色法衣,仍然维持着端庄的姿态,但是声音已经控制不了地飘忽起来。管风琴也不再演奏,只有沙哑的余音仍然萦绕,就好像它也刚刚痛哭过一场。于是,神父举手示意唱诗班停下,他穿过那两行因为神降的幸福而精神恍惚的受礼者,走到圣坛上。

伴随着一阵椅子挪动的声音,所有人都坐下,用手帕使劲儿擦拭着眼泪鼻涕。看见神父之后,所有人都安静下来,于是神父用低沉的、缓慢的、模糊的声音总结道:

"亲爱的兄弟姐妹们,可爱的孩子们,我发自内心地感激你们,就在刚才,你们赋予我这一生最大的欢乐!我体会到上帝在虔诚的呼唤中降临在我们之间,他降临了!他来到了我们中间,他填满了我们的灵魂,他打开了我们的视野!鄙人在本教区的神父之中年龄最长,但是今天是最幸福的。就在刚才,上帝在我们之间显圣了,这是一次真实无误,崇高无比的显灵啊。当耶稣的肉体第一次进入这些孩童身体的时候,圣灵、天使、圣息,都沁入我们的身心,制擢我们的灵魂,使我们大家不由自主如同风中芦苇一般虔诚俯首。"

接着,他转向木匠请来的嘉宾那边,说道:"在此我要特别感谢你们,我亲爱的姐妹们,你们远道而来,与我们共襄此盛。你们的真心昭于天地,你们的虔诚足为我等垂范。你们让我的教众得到教诲,你们的情感温暖到每个人的心田。如果没有你们,也许今天就不会有如此盛况。有时候,只要有一只被选中的羔羊,就足以使主光降羊群①。"

---

① 《圣经》中常用羔羊指代普通信众,比如《圣经·诗篇》中说道:"你们当应晓得耶和华是神。我们是他造的,也是属于他的。我们是他的民,也是他草场的羊。"

他已经发不出声了，于是他不再多说，总结道："上帝保佑你们，上帝定会保佑你们！"最后，他走下圣坛，结束这次圣礼。

大家急急忙忙离开教堂。那些孩子们神经长时间紧绷着，这时候已经精疲力竭，饥肠辘辘。而家长们也渐渐离开教堂，去准备午餐。

教堂外面拥挤成堆，尖利的诺曼底口音嘈杂成一片。村民们结成两群，当孩子们出来的时候，所有家长都挤到自己的孩子跟前。

一大群女人把康斯坦丝围在了中间，又亲又抱，露莎对她尤其亲热。最后她牵起女孩儿的一只手，黛丽耶妈妈牵着另外一只手，拉菲尔和菲尔南蒂牵起她的裙角以免拖到地上沾染尘土，罗迪丝、芙洛拉和瑞维特太太走在最后。女孩儿沉默而若有所思，被这群"荣誉卫队"围在中间，浩浩荡荡出发了。

午宴设在木匠作坊里，一条长板支在木凳上。作坊门大敞着，村子里的欢歌笑语从门口映入屋内。丰盛的午宴摆上各家各户的餐桌，从每个窗户望进去，都能看见身着节日新衣的人们围坐在桌前。每家每户都传出祝福的话语，男人们都脱去上装，只穿坎肩和衬衫，一杯接一杯地畅饮苹果酒。在每家每户中，总能看到一两个不属于这家的孩子一起围坐在桌前，这家是两个女孩儿，那家是两个男孩儿。偶尔有一匹瘦骨嶙峋的老马拉着一辆敞篷马车从村里颠簸着穿过，马车上身穿布衫的马夫看着这一村的酒肉盛宴不禁羡慕起来。

但是在木匠家里，欢乐的气氛却有所保留，这是因为姑娘们早上的情绪还没恢复。瑞维特是这其中最高兴的一个，她早已经喝多了。黛丽耶妈妈不断地留神着时间，如果不想荒废两天营业时间的话，她们必须得赶上下午三点三十五分的那趟列车，这样她们才能在天黑前抵达费康。

木匠费尽心思想让她把注意力从时间上转移到别处，他想留他的客人再住一天。但是他白费了功夫，只要和生意有关的事情，黛丽耶妈妈总是说一不二。喝完咖啡，她立马吩咐自己的姑娘们赶紧去准备行装，接着对她的弟弟说道："你赶快去套车。"然后她自己也去收拾准备了。

当她再次下楼，她的弟妹正在等她，准备和她谈谈孩子的事儿。她们聊了很长时间，但是却什么也没定下。尽管木匠的妻子巧舌如簧，摆出一副姐妹情深的样子；尽管黛丽耶妈妈把女孩儿抱在膝上，但是她始终也没撂下一句笃定的话来，只是空泛泛地承诺说她绝不会忘记这孩子，来日方长，还有见面的时候。

奇怪的是门外马车始终没有出现，楼上的姑娘们也一直没有下来。她们甚至听到楼上传来大声的嬉闹、欢笑声，还有尖叫、拍掌的声音。当木匠的妻子去马厩查看马车是否套好的时候，黛丽耶妈妈起身上楼一探究竟。

楼上瑞维特已经醉得不像样子，半裸着身子纠缠露莎，后者已经笑得喘不上气来。经过早晨的隆重典礼，瑞维特居然还能做出如此轻薄举动，罗迪丝和芙洛拉感到惊怒，两人拽着他的胳膊设法让他冷静下来。但是拉菲尔和菲尔南蒂却在挑逗他，她们花枝乱颤，笑得直不起腰，每当那个醉鬼被推开一次，她们就发出惊声尖叫。

男人恼羞成怒，衣不遮体，红着脸，试图摆脱缠着他的两个女人。他一边使劲儿往下拽露莎的裙子，一边结结巴巴语无伦次地说："贱货，你还不肯？"

这一幕令黛丽耶妈妈气愤不已，她上前抓住弟弟的肩头奋力将他摔出门外，力道之大竟使得这个男人一下撞到走廊的墙上。一分钟后，她们听到他在院子里打水往脑袋上浇，当他驾着马车再次出现的时候，已经完全冷静下来了。她们按着昨天来的原路返回，小白马踏着欢快的碎步前进。午餐时被遮掩起来的欢乐此时被炎炎烈日重新点燃。姑娘们坐在马车上颠簸，歪歪倒倒甚至挤到了旁边的人，再加上之前瑞维特那劳而无果，她们都被逗乐了，不时爆发出一阵轻快的笑声。

强烈的阳光照耀在田间，灼射着人们的眼睛。马车沿着道路向前奔驰，在身后掀起两行飞扬的尘土。美景令人神清气爽，爱好音乐的菲尔南蒂央求露莎为大家唱一首歌。于是露莎不加顾忌地开始唱起《默东区的胖神父》，但是立马被黛丽耶妈妈制止了，因为她觉得对这样一个晴朗的天气来说，这首歌实在不相称。她建议道："为我们唱首贝朗热①的歌来听听吧。"露莎想了一会儿，开始用她沙哑的嗓子唱起

---

① 皮埃尔-让·德·贝朗热（1780—1857）是一位多产的法国诗人、歌曲作家。被誉为"有史以来最受欢迎的法国歌曲作家"和"首位法国流行音乐巨星"。

贝朗热的《外婆》，所有的姑娘们，甚至黛丽耶妈妈也都加入进来，一起同声歌唱：

> 外婆在她生日的那一晚，
> 喝了两口小酒微酣；
> 她摇着脑袋对我们说道：
> 曾有多少爱人在我心坎！
> 如今我心里懊恼：
> 我的胳膊像纤纤莲藕；
> 我的腿儿生来敏感，
> 然而却只好和我的魅力说声再见！

然后在黛丽耶妈妈的带领下，大家齐声合唱：

> 如今我心里懊恼：
> 我的胳膊像纤纤莲藕；
> 我的腿儿生来敏感，
> 然而却只好和我的魅力说声再见！

"这歌儿真棒！"瑞维特被歌声吸引，称赞道。露莎接着唱道：

> 妈妈，你年轻时不聪不慧？
> 的确如此，我不聪慧！可是我容颜美，
> 十五岁的时候，我长大成人，
> 夜晚，我辗转难以入睡。

所有人一起合唱，瑞维特一边用脚打着拍子，一边手中的鞭子抽打小白马的脊背。那匹马似乎也受到了歌声感染，颠得更加起劲，车厢里的女人们被车厢甩得前仰后合，挤作一团。

她们坐起身，疯狂地大笑，然后接着唱歌。在灼灼艳阳下，在成熟的农田间，使出浑身的力气用最大的嗓门歌唱。每当和声部分唱响，那匹疾驰的小马就会撒开四蹄，蹿出几十米远。偶尔路边砸石头的工人直起身透过丝网看着这辆载着一车大呼小叫的女人飞驰而过，令她们愈发兴起。

当他们抵达车站，木匠不禁伤心起来："真遗憾你们就要走了，否则我们还能一起多欢聚一段日子。"黛丽耶妈妈认真地回答道："任何事情都是有限度的，我们也不能一直这样放纵自己呀。"

这时，他忽然脑袋里灵光一闪，说道："这样，我下个月去费康看望你们。"他对着露莎做了个鬼脸，一副彼此心照不宣的样子。

"得了，"他姐姐说道，"你也就是这会儿说说罢了。你若是真想来就来吧，但是别再把你那副丑态摆出来了。"

他没法回答，直到大家听到火车的汽笛声传来，他立刻开始跟大家一一亲吻道别。当轮到露莎的时候，他试图亲上她的嘴唇，但是不管他怎么使劲儿，露莎都笑着闭上嘴巴，每次都能迅速转过脑袋避开他。他用双手抱住她，但是他手中那根长鞭抵在露莎身后不顾一切地乱晃，干扰着他的动作，终究使得他不能得偿所愿。

"到鲁昂的乘客，请上车！"车站乘务员喊道。于是她们都上车了。

车站上响起一声下令开车的口哨，发动机轰然作响，一股股浓烟从车头喷出，车轮缓缓转动起来。瑞维特在车站外，跟着铁轨一路跑，想再看一眼露莎。当列车从他身边经过的时候，他甩起手中的鞭子，一边跳起身，一边扯着嗓门高唱：

> 如今我心里懊恼：
> 我的胳膊像纤纤莲藕；
> 我的腿儿生来敏感，
> 然而却只好和我的魅力说声再见！

随即，他看到一面白手帕伸出窗外，晃动着消失在远方。

三

大家心满意足，安静地睡着了，一直睡到抵达鲁昂车站。当她们回到小楼里，重新梳洗、休息过后，黛丽耶妈妈不禁感叹道："外面千好万好，还是自己家里好呢。"

她们匆匆忙忙吃过晚饭，穿上晚间做买卖的行头，静候那些常客上门。门外小风灯已经点亮，那是给过路人的信号：黛丽耶妈妈家的小羊已经回到羊圈来了。消息在转眼之间就传开，没人知道是谁、或者说怎么传出去的。

银行家的公子菲利普先生甚至殷勤地把消息传给了正在家里享受天伦之乐的腌鱼店老板图纳瓦先生。这天正好是每个周日腌鱼店老板都会举行的家庭聚会，他和几个表兄弟共进晚餐，然后一起喝杯咖啡。正在这时，有人跑进来把一封信交到他手上。图纳瓦先生一脸惊诧，他打开信封，读完信脸色苍白，信上其实只用铅笔寥寥写了几个字：

"鳕鱼船已经找到，船已靠岸，好买卖上门了，速来速来！"

他翻遍了衣服口袋终于找到几枚铜币递给送信人。然后他说道："我有事得出去一趟。"说着他的脸红到了耳朵根。他把这封简单而又神秘的纸条交给自己的妻子，摇响铃铛召唤仆人。他吩咐道："快去取我的大衣和帽子，快去快去。"他一出门来到大街，就已经心慌意乱、迫不及待，这条路对他来说似乎有平常的两倍长。

黛丽耶妈妈的那栋小楼，现在真如过节一样。底下那层，水手们喧嚷成一片，声音震耳欲聋。罗迪丝和芙洛拉左右支应，陪完这个喝又得紧接着陪那个。她们今天真的是两个"打气筒"，四面八方都在叫她们过去陪坐，她们已经忙不过来了，夜里的生意真是辛苦异常。

楼上的雅间到九点的时候就已经客满，商务法庭法官万斯先生算得上是黛丽耶妈妈的追求者，但他们之间纯粹是柏拉图式的感情。万斯先生正在角落里和她低声耳语，两人面带微笑，就好像他们在什么事情上达成了某种默契。

前市长普林先生正和露莎聊天，她的手在这位先生白花花的胡子里来回摩挲。她的黄色裙子撩起，露出一段赤裸的大腿压在他的黑色呢裤上，小腿上套着一双红色的袜子，用那位火车推销员送的蓝色吊袜带扣住。

身材高大的菲尔南蒂躺在沙发里，两只脚搭在税务官皮尼佩斯身上，上身却靠着银行家的公子菲利普先生。她右手搂住他的脖子，左手夹着一支香烟。

拉菲尔好像正和保险业务员杜普斯先生商量什么,最后她这样回答:"好的,今天晚上,亲爱的,我愿意。"

这时,门忽然打开,图纳瓦先生来了。大家热情欢呼:"图纳瓦万岁!"正在屋子里翩翩起舞的拉菲尔,这时一下子跳着舞转进了图纳瓦的怀里。他用力地揽住她,把她从地上抱起来,轻巧得就像抱起羽毛,一言不发地走到靠里间的那道门口。在所有人连绵不绝的掌声中,他托着他手中的可人儿,顺着通向卧室的楼梯消失了。

露莎挑逗着前市长,亲吻他,在他耳边轻轻吹气。她把他的两缕胡子拉起,使他的脑袋挺得笔直。图纳瓦先生的举动令她心动,她说:"我们也走吧,就学着他们的样儿。"于是这个老头儿站起身,整了整自己的衣服,一边跟在露莎身后走,一边掂量着自己兜里的钱。

现在只有菲尔南蒂和黛丽耶妈妈还陪着剩下的四位先生。菲利普先生高声说道:"我要来点儿香槟,黛丽耶妈妈,给我来三瓶。"菲尔南蒂拥抱着他,小声说道:"为我们演奏一支舞曲吧,好吗?"菲利普站起身,走到那架老旧的钢琴前,一曲声音嘶哑的华尔兹舞曲从琴腔深处传出来。这位高挑的姑娘把胳膊缠在税务官的身上,万斯先生把手搭在黛丽耶妈妈的腰间,两对舞伴在屋子中间翩翩起舞,一边亲吻一边旋转。万斯先生曾跻身上流舞会之中,此时他领着黛丽耶妈妈做出许多优雅的舞姿,令黛丽耶妈妈心生敬佩,眼中满是赞许。

弗雷德里克送来香槟。瓶塞迸出,第一瓶酒打开,菲利普先生提议大家来一支四对舞,于是四位舞者犹如在上流舞会一般,优雅恭敬、举止得体地踩步、跳舞,男士向女士们鞠躬,女士冲男士们屈膝行礼。一支舞跳罢,大家开怀畅饮。

这时图纳瓦先生出现了,脸上带着心满意足的笑容,他大声说道:"不知道拉菲尔今天怎么了,但是她刚才的表现真是棒极了。"有人递给他一杯酒,他渴极了似的一口喝干,嘟囔道:"老天,真够带劲儿的。"

菲利普先生又弹起一首欢快的波尔卡舞曲,图纳瓦先生和那个被他凌空托起抱上楼的犹太美人儿一起踏着节拍舞蹈。皮尼佩斯先生和万斯先生也缓过精神,重新加入。舞池中的一对对舞伴时不时停下来,走到炉火旁,举起一杯冒着气泡的酒一饮而尽。他们兴致高昂,要求舞曲绝不能停。这时,露莎手举一支蜡烛推开门。她的头发已经散乱成一团,只披着一件衬衫,脚上随便套了双鞋,神情激动,脸色如朝霞,她嚷嚷着:"我也要跳!"

拉菲尔问:"你那个老头儿呢?"

她哈哈笑着回答:"他呀?早就睡着了,一下就睡过去了。"

她拽起躺在沙发上百无聊赖的杜普斯先生,波尔卡舞曲再次响起。酒瓶全都空了。"再来一瓶,我请。"图纳瓦先生宣称。

"那我也来一瓶吧。"万斯先生跟着说。

"再加一瓶,算我的。"杜普斯先生也说。

所有人拍起手掌,很快屋子里就和普通的舞会无异。罗迪丝和芙洛拉时不时地跑上楼,跳上一圈华尔兹,当楼下的客人们等得不耐烦的时候,才恋恋不舍地回到下层酒馆去。跳舞一直持续到午夜。其中的某位姑娘会偶尔中途退出雅间,当有人想找她亲密的时候,就会发现同时也有一位先生不见了。

"你们去哪儿了?"菲利普先生看到从门口进来的皮尼佩斯先生和菲尔南蒂,故意问道。

"我们去看普林先生睡觉来着。"税务官回答。

这句话好像燃起了大家对睡觉的普林先生的无限热情,于是大家轮流,带着一位姑娘上楼去"看普林先生睡觉"。姑娘们这天晚上都有一股不知从哪里来的高涨热情,黛丽耶妈妈也对此睁一只眼闭一只眼。她和万斯先生如同在商讨合同细节一样,躲在角落里低语长谈。

最后,在半夜一点的时候,两位已婚的先生——图纳瓦和皮尼佩斯——都说自己该结账回家了。除了香槟之外,其他的费用全部免去,而且平日里要十法郎一瓶的香槟今天只要六法郎。正当大家诧异为何今天如此优惠的时候,黛丽耶妈妈脸上绽放着欢愉的笑容,说道:

"今天对我们可是个难得的假日呀。"

勋章到手了

他是怎么得到荣誉军团勋章①的？

有些人从一会说话开始，似乎就有了某种征服的欲望或者说是某种天降大任般的责任感。

从他孩提时代开始，卡雷拉德先生脑袋里就只有一个念头：胸前别上勋章的缎带。当他稍大一点儿，变成一个小小男孩的时候，他就找一块锌质的荣誉军团十字勋章别在自己的外套上，就像其他男孩喜欢戴军帽一样。他牵着母亲的手走在大街上，小胸脯挺得高高的，尽量显示胸前的红色缎带和金属星章，感觉无限风光。

他的学业不怎么顺利，文学学士的考试没有通过，他就不知道接下来该干点什么了。所幸他家里比较富裕，于是结了婚，娶了一位漂亮的姑娘。

他们住在巴黎市内。像许多富裕的中产家庭一样，他们和自己同一阶层的人相互往来，但并不越礼。他们结识了一位今后有可能晋升为部长的副部长，还有两位部门领导，并为朋友里有这样的显贵而沾沾自喜。

但是卡雷拉德先生仍然放不下自己心头的执念，因为没有权利在衣扣上佩戴任何一种勋章，所以他总是闷闷不乐。

当他在林荫大道上看见有人佩戴勋章，他就会红着眼使劲儿盯着别人。有时候，当他下午无所事事的时候，他还会在路上一边数数，一边自言自语："数数看从玛德莱娜教堂到德鲁奥大街，我能遇到多少

---

① 法国荣誉军团勋章，1802 年由时任第一执政拿破仑设立以取代旧封建王朝的封爵制度，是法国政府颁发的最高荣誉，也是世界上最为著名的勋章之一。勋章的丝带是红色的，于每年元旦、复活节和法国国庆节进行评选。

戴勋章的人。"

因此他走得极慢，仔细盯着每个路过的人胸口是否露出一点儿红色丝带。当他走到终点，他总是大声地说出统计到的数字。

"八个荣誉军官①，十七个荣誉骑士。居然有这么多！这么滥发十字勋章简直是愚蠢至极！我数数走回去是不是还能有这么多。"

然后他慢慢地往回走，拥挤的路人挡住他数勋章的视线，让他可能漏数的时候，他就会非常不开心。

他知道在哪儿最有可能看到佩戴勋章的人。他们都集中在皇宫那里。宁静街上会比歌剧院大道更多，而且街道右边佩戴勋章的人比左边更常见。

而且他们似乎也经常光顾某几个特定的咖啡馆或者剧院。每当他看到一群白头发的老绅士站在人行道上，给往来行人造成不便的时候，他总是对自己说：

"他们是荣誉军团的军官哪。"他甚至想对他们脱帽致敬。

他时常注意到，荣誉军官的气派和低一等级的荣誉骑士是不一样的，他们脑袋昂起的姿势都不一样。会让人感受到他们是更加重要的大人物，会受到政府更高级的关注。

虽然如此，有时候，这个高尚的人也会对佩戴勋章的人心生憎恨，感觉就像一个社会党人一样站在他们对立面。

然后他回到家，看到了这么多佩戴勋章的人令他愤愤不平，就像一个又穷又饿的可怜鬼路过一家美味的食品店一样。他大声地质问：

"什么时候我们才能摆脱这个可悲的政府？"

他的妻子吃惊地问：

"你今天遇到什么事儿了？"

"我受到了羞辱，"他回答，"我受到周遭不公正待遇的羞辱。哦，巴黎公社的社员们做得对极了！"

晚饭后他又出门，去售卖勋章的商店转悠。他把各种样式、各种

---

① 荣誉军团勋章包括了五个级别，分别对应荣誉军团成员的五种荣誉官阶，从低至高分别是骑士、军官、司令官、高级军官、大十字骑士。这些官阶只是荣誉的，并无实质权力。

颜色的勋章都查看了一遍。他衷心希望把它们都戴在身上，昂头阔步地走在游行队伍最前面，高顶礼帽夹在胳膊底下，胸前满是勋章，亮闪闪如璀璨星光。周围全是艳羡的耳语和敬慕的眼光。

但是，哎！他没有任何权利佩戴任何一种勋章。

他常常对自己说："如果没做过公职人员的话，要想获得一枚荣誉军团勋章简直太难了。不如我尝试着拿一个学术院军官勋章吧！"

但是如何能获得一枚学术院勋章，他毫无头绪，于是把想法告诉了妻子。他的妻子被吓得目惊口呆。

"学术院军官勋章！你做了什么成绩能获得这种荣誉？"

他生气了。"我很清楚自己在说什么。我只是不知道该怎么才能拿到而已，有时候你真是够愚蠢的。"

她微笑着说："你说得都对。我的确对此一窍不通呢。"

他脑子里灵光一闪："要不你跟副部长罗斯林先生说说，他也许会给我一点儿建议。你知道我，我没办法直接把这个想法跟他提。这事儿太微妙、太难启齿了。但是如果你来说听起来就自然多了。"

卡雷拉德夫人按照他的吩咐做了，罗斯林先生答应和部长说说这事儿。于是卡雷拉德三番五次地登门叨扰他，最后副部长先生告诉他，他必须填一份申请表格并列举自己的履历业绩。

他有什么履历业绩？他甚至连艺术学士头衔都没拿到。

即便如此，他也开始准备了。他想出一本小册子，书名就叫作《论人民受教育的权利》。可终究肚子里墨水有限，没能写成。

然后他开始寻思些容易点儿的课题来做，他做了一连串的题目。起先是《通过眼睛进行儿童教育》，他提出一个观点，在巴黎所有贫民区为儿童设立免费剧院。从孩子很小的时候，父母就带着他们去剧院，通过舞台魔幻般的灯光，把人类所有的知识灌输给他们。这可以成为常规教育。视觉感官可以指导思想，鲜活的图片会刻画在脑海里，如此一来，可以说科学会成可视的东西。

世界历史、本国历史、地理学、植物学、动物学、解剖学等学科的教育，还有比这种方式更简单的吗？

他把这个主意印成小册子，每个议员都寄了一份，每个部长寄了十份，甚至给共和国总统寄了五十份，巴黎每家报馆寄了十份，外省报馆每家五份。

接着他开始写另一个题目《街头租赁图书馆》。他的主意是找一些推车满载书本在大街小巷转悠。每个人都有权利用一苏借十本书回家,为期一个月。

卡雷拉德先生说:"人们只有在找乐子的时候才愿意主动出去。既然他们不愿意自己去图书馆,那就让图书馆找上门吧。"诸如此类的话。

他的作品如同石沉大海,但是他依然上交了申请。他得到了非常官方的一般性回复,说他的申请已经在考虑中。于是他觉得自己十拿九稳了,但是接下来什么消息也没有。

于是他决定自己主动去申请。他请求面见教育部部长,但是接待他的是一位年轻的下级官员。他不断地按着电铃,召见接待员、仆人和下级职员,看上去非常庄重,工作十分重要。他对卡雷拉德先生说,他之前所做的工作非常值得关注,建议他继续这种意义非凡的工作。于是卡雷拉德先生又开始著述了。

副部长罗斯林先生如今似乎格外关心他的成就,常给他一些非常高明而且实用的建议。他可是有勋章的人哪,虽然没人确切知道他做了什么杰出贡献而获此殊荣。

他建议卡雷拉德应该做哪些新的研究,并把他引荐给许多专注于某个艰深科学问题的学术团体,希望可以借此获得信任和荣誉。他甚至把他招进自己部门,放在自己羽翼之下呵护备至。

一天,他来自己的朋友卡雷拉德先生家吃午饭——最近几个月,他经常会在他家吃饭——他一边摇着手,一边悄悄地对卡雷拉德说:"我刚刚给你争取到一个天大的好差事,历史资料委员会打算对你委以重任。他们需要在法国各个图书馆进行一些研究。"

卡雷拉德非常兴奋,激动得食不下咽,一个礼拜后,他就出发了。他从一个城市走到另一个城市,在图书馆藏书目录里翻找,在蛛网尘封的阁楼上、故纸堆里搜寻,久而久之被所有的图书馆嫌弃。

这天,正好他在鲁昂,想起自己已经一个多礼拜没见过妻子了,他觉得自己应该回趟家。于是他搭上九点的火车,晚上十二点就能到家。

他用自己的大门钥匙开了门,没发出什么声音。想着给妻子一个惊喜,兴奋得身子都发起抖来。但是她居然锁着卧室门,多扫兴啊!他只好隔着门叫道:

"詹妮,我回来了!"

她一定是吓了一跳,因为他听到妻子跳下床,自言自语,就好像说梦话一样。然后她跑进她的衣帽间,打开门又关上门,光着脚在屋里急匆匆来回跑了两三趟,脚步震得家具和玻璃都发出声响。最后,她终于说话了:

"是你吗,亚历山大?"

"是我,是我呀,"他答道,"快点儿,帮我开门。"

她打开门,一下子扑进他的怀里,惊叫道:"哦,真是吓人!真惊喜呀!你回来我真是太高兴了!"

他一件件按部就班地脱掉身上的衣服,就像每天晚上都做的那样。然后从椅子上拿起一件自己的外套,通常他习惯是把外套挂在门厅里的。但是突然他愣住了,惊得一动不动——这件外套的扣眼上别着红色丝带!

"怎么回事?"他结结巴巴地问,"这——这——这件外套上有勋章丝带!"

他妻子一下子闪到他面前,把外套从他手中夺过去,说道:

"没有,你看错了——把它给我。"

但是他依旧扯着一条袖子不肯放,茫然问道:

"噢!这是怎么回事?给我解释清楚,这是谁的外套?这不是我的,上面别着荣誉军团勋章。"

她一面使劲儿从他手里夺着外套,一面惊慌失措语无伦次地说:

"听——听我说!把它给我!我不能告诉你!这是个秘密。听我的!"

他怒火上涌,脸色气得发白。

"这件外套怎么会在这儿?这不是我的外套!"

她几乎要哭出来了:

"是的,是你的!听着!我发誓,那个,你被授勋了!"

她并非有意戳到他的痛处。他震惊了,不由得松开手任由外套滑落到椅子上。

"我被——你是说我被——授勋了?"

"是的,但这消息现在还是个秘密,一个大秘密。"

她把那件光荣的外套扔进橱柜,走到丈夫身边,浑身发抖,面如纸灰。

"是的,"她接着说,"这件外套是我为你新做的,但是我对自己保证过,在官方声明出来之前,不会给你透露这件事。那还有一个月到一个半月时间呢。直到你完成这项公差之前,你都不应该知道。是罗斯林先生替你争取到的。"

"罗斯林先生!"他转怒为喜,"罗斯林先生帮我争取到的勋章?他——噢!"

他不得不喝了一杯水。

一张白色小纸片从那件外套里落在地上,卡雷拉德捡起它,是一张名片,他念道:

"罗斯林——副部长。"

"这下你明白了吧。"他妻子说。

他喜极而泣,一周以后《法兰西政府公报》上发表声明,由于卓异贡献,卡雷拉德先生被授予荣誉军团勋章。

一件家事[①]

开往纳伊的小火车穿过了马约门,火车头鸣着汽笛,警示前方挡路的车辆行人。火车喷着蒸汽,就好像一个跑得上气不接下气的人一样呼哧呼哧喘着粗气。气缸里的活塞飞快地运动,发出咔嚓咔嚓的噪音,如同火车长了一双铁腿在飞奔。火车头拖着一节车厢沿林荫大道向塞纳河边驶去。七月末的闷热天气笼罩着整个城市,路面上没有一丝丝风,却不知何故扬起白色石灰一样的灰尘。热烘烘呛鼻的扬灰黏在人们汗津津的皮肤上、飞进眼睛里,或者钻进肺中。人们纷纷站到自家门前,在外面透口新鲜空气。

车上的窗户是开着的,窗帘随着风翻卷。车厢里没有几个乘客,闷热天气里,人们更愿意坐在车顶观光层或者车厢外面。车厢里有几个穿着显眼的胖妇人,一看就是乡下店铺老板的老婆之类的人,她们用浓妆艳抹来掩盖自身所不具备的优雅气质;还有几个在办公室里忙碌了一天的小职员,面色蜡黄,弯腰驼背,长期的案头工作让他们看起来一边肩膀比另一边高。家务上的麻烦事儿都明明白白写在他们那张愁苦忧郁的脸上,经济上源源不断的需求,早年间的种种希望到如今早已化为泡影,他们已经成为穷人队伍中的一员,就是那种衣衫褴褛、经济上捉襟见肘的穷鬼,在巴黎郊区垃圾场中间有一所粉白的小房子算是家,一个没人打理的花坛算是门前花园。

一个身材矮小的胖子坐在车厢门边,他的脸盘臃肿,大腹便便一直垂到两条合不拢的大腿中间,穿一身黑色服装,胸前纽扣上别着一枚胸章,正在和另外一个身材瘦长的人说话。这个人邋里邋遢,穿着

[①] 又译为《一家人》,莫泊桑另有一短篇通常也译作《一家人》,因此本文译作《一件家事》。

一身白色亚麻服装，扣子敞开着，头上戴一顶巴拿马帽。那个胖子是卡拉旺先生，海军部的主任科员。说起话来慢慢吞吞，思前想后，有时让人感觉他就是个结巴。瘦子之前在商船上做随船医生，如今在库尔布瓦开店谋生，用他漂泊半生残余下来的一点儿浅薄医术糊弄当地可怜的居民。他的名字叫作舍奈，非要人们都称他为"大夫"。关于他的人品，坊间有许多流言蜚语。

卡拉旺先生一直过着政府公务员那种本本分分的生活。三十年来，他每天早晨一成不变地走同样的路去上班，在同样的时间、同一个地点，遇到同一群同样也是去上班的人。每天晚上他也还按照同样的路回家，再一次遇到同样的面孔，看着他们慢慢变老。

每天早晨，他会在圣奥雷诺街附近花一苏买一份报纸，买两个小面包，然后匆匆溜进办公室，像一个投案自首的罪犯一样，急急忙忙走到自己的办公桌前，心里惴惴不安，总在担心工作上会有什么疏漏招来斥责。

没有什么事情改变过他这种单调无聊的生活，因为除了自己的工作、奖金、加薪、升职以外，他对任何事情都不感兴趣。无论在家还是在单位，除了工作上那点儿事情，他没有什么别的话题可聊——之前，他就没怎么在意嫁妆，娶了一位同事的女儿。他的大脑也许因为经年日久的压抑工作而萎缩，除了与部门工作有关的事情，任何想法、任何希望、任何梦想都不再有。虽然他对自己的工作状态十分满足，但总有些腻歪的事情搅得心里不安：好多海军军需官——因为他们的制服上的白条纹而被叫作"白铁匠"——一进部里就被任命为科长或者副科长。所以每天晚上晚饭的时候，他总是会和妻子大发议论，列出种种理由说明把巴黎的职位随便给那些本应该在海上工作的人是多么不公平。他的妻子对此也愤愤不平。

如今他老了，但是他并没有感觉到时光的流逝。他从学校毕业就马上进了办公室，中间一点儿间歇都没有。从前在学校里看见督导员就会发抖，上班后督导员的位置换成了上司，只不过害怕得更厉害了。只要一挨近这些办公室霸王的门口，就会怕得浑身哆嗦。由于这种长久以来的恐慌状态，他竟然养成了一种面对其他人时的猥琐可笑的举止习惯：点头哈腰，神经质般地口吃结巴。

对于巴黎,他了解得不比一个每天被导盲犬领着两点一线的盲人更多。每当他在那张花了一苏买来的报纸上读到什么奇闻逸事和花边新闻,总会觉得这些是发行报纸的人拍脑袋杜撰出来的奇幻故事,供下等职员解闷用的。他一向奉公守法,是个没有自己主张的保守派,而且对"新事物"怀有强烈的憎恨。他从来不读政治新闻,不过话说回来,他那张报纸上的政治主张经常会随着掏钱收买的人而见风使舵。每天晚上,他沿着香榭丽舍大道往家走,看着川流不息的行人和来来往往的车马,眼神中露出一副异国旅行者远道而来的神态。

到今年,卡拉旺先生已经在部里完成了他三十年的工作义务,这年的一月一日,他被授予一枚荣誉军团十字勋章,在这种半军事化的国家机关里,对埋头在绿皮卷宗里的奴隶长期而可悲的劳作——换作政府的话说,这叫作"忠诚服务"——勋章是一种奖励。这份意外的荣宠,令他对自己的能力有了新的、更高的估计,并且一下子改变了他的习惯。从此他把浅色的裤子和乱七八糟的外套丢在一边,只穿黑裤子和礼服,这样勋章宽阔的绶带别在上面才显得体面。他每天早上都会刮脸,仔仔细细地修剪指甲,每两天就换一件衬衣。所做的这一切,都是出自对国家勋团的感情和尊重,如今他也是其中一员了。总之,从授勋那天开始,他整个儿像换了一个人似的,严谨细致,干净利落,威严庄重,彬彬有礼。

在家里他经常把"我的勋章"挂在嘴边。他对它如此自豪以至于看不得别的人在胸前也别着勋章,他国的勋章令他尤其生气:"在法国就不该允许有人佩戴这些东西。"他对舍奈怀有特别的憎恨,因为他每天晚上都能在车上碰到他,舍奈居然也戴着这种那种的勋章,白的、蓝的、橙色、绿色,什么样儿都有。

从凯旋门到纳伊的这一路,两个人之间的谈话总是那些话题。今天他们首先聊了聊本地的各种弊端,两人对此都深恶痛绝,可是区长却熟视无睹,不闻不问。接着,因为有一位从事医疗的人在一起,话题似乎不可避免地就转向了疾病。卡拉旺希望用这种方式,不动声色地获得一些免费的医疗建议,如果他说话方式乖巧,这就等于一次免费的诊疗。最近,他母亲的身体经常令他担忧,她经常会晕厥过去,然后要隔很久才会再醒过来。而且,虽然她老人家已经九十高龄,却不怎么在意自己的身体。

卡拉旺提起母亲高寿,就会非常动感情。他再三地向舍奈"大夫"——一定要强调"大夫"二字,虽然他只是个江湖郎中,完全配不上这两个字——询问:"这样高寿的人不会很常见吧?"

然后他兴高采烈地搓着手,他如此高兴倒不是因为希望母亲能够福寿延年,而是如果母亲长寿那就意味着他自己也会长命百岁。于是他接着说:"我们家族的人,都活得长久。所以我确定,除非遇上什么事故,否则我能活到很大年纪呢。"

大夫怜悯地看了他一眼,盯着他红光满面的脸膛,又粗又短的脖子,还有他的便便大腹和两条肉乎乎的腿。舍奈看了看老公务员容易中风的圆滚身材,抬了一下头顶的巴拿马帽,窃笑着说:

"这个我说不准,老伙计。令堂大人干瘦如柴,而你的身材却不是那样好。"

卡拉旺非常沮丧,不再说话。这时两人到站了。他们一起下车,舍奈提议去对面的环球咖啡馆坐坐,喝一杯苦艾酒。其实本来他们也都有去那里的习惯。店老板和他们都很熟悉,从柜台上的酒瓶中间伸出两只手指和他们握了握手。然后他俩走过去,加入三个从中午开始就消磨在这里玩多米诺骨牌的朋友中间去。他们彼此问候,然后相互打问:"有什么新鲜事儿吗?"之后三个玩家继续他们的游戏。当两人起身告辞的时候,他们连头也没抬,伸出手握了握。两人各自回家吃晚饭去了。

卡拉旺住在库尔布瓦附近的一座三层小楼里,楼下是一个十字路口,一层开了一家理发店。两间卧室,一间餐厅,一间厨房,几把修过的椅子在几个屋子里搬来搬去地用,这就是他的家。他的女儿玛丽·路易斯十二岁,儿子菲利普·奥古斯特九岁,两个孩子和街坊里几个脏兮兮、淘气的小混蛋整天混在一起,在泥巴里面打滚。卡拉旺太太所有的时间几乎都用在收拾屋子上了。

卡拉旺把自己的母亲安顿在楼上,老妇人在四邻中是出了名的小气,再加上她本人瘦得出奇,于是大家说上帝一定是把他俭省节约的原则全部用在了这个老妇人身上。她的脾气很差,没有一天不是暴跳如雷,和人吵架度过的。她从窗户里大骂站在自家门口的邻居,骂街头叫卖的小贩，骂街上的孩子。那些小孩为了报复，在她出门的时候远远地跟在她身后，嘴里叫嚷着："老妖婆！老妖婆！"

家里雇了一个女佣人，是个矮小的诺曼底姑娘，负责干家务，蠢得令人发指。她睡在楼上老妇人的屋里，以防发生什么不测。

当卡拉旺回到家里时，他那位有洁癖的妻子正用一块法兰绒布擦拭着几张散落在几间屋子里的红木椅子。她总是戴着棉手套，头上戴着一顶软帽，软帽上装饰许多五颜六色的缎带，经常会滑落到她耳边来。她总是在抛光打蜡、洗洗刷刷，每逢有人看到她忙碌，她就会说：

"我又不是富人，我们家的家具都很简单。但是洁净就是我的奢侈品，屋子里干干净净的，和华丽的装饰也没什么区别。"

她天生坚决固执，讲求实际。大小事情她丈夫都要听她的指示。每天晚上晚饭时或者睡觉前，他们都用很长时间谈论办公室里的事情。虽然她比丈夫小了二十岁，但是他事事都听她的意见，把她当精神指导一样对待。

她从来就没有漂亮过，如今她又瘦又矮，更加丑了。而且她既没有品位也不愿精心打扮，以至于零星的那点儿女性魅力都被掩盖掉了。如果她有点品位或者打扮一下，或许还能凸显一些儿。她的裙子总是穿歪，而且她无论在什么地方，无论是什么场合，习惯性地在身上各处又抓又挠。这种怪癖令见到她的人都会以为她在遭受什么难忍的奇痒。她唯一愿意佩戴的装饰就是帽子上那一大簇色彩斑斓的缎带，她经常在家戴，自以为美艳不可方物。

她看到丈夫回来时，一边站起身亲了亲他的脸颊一边问道："亲爱的，你有去过波廷老板那儿吗？"

他一屁股坐进一张椅子里，慌了神。他答应妻子要去办一件事，可是已经忘了四次了。

"真是见鬼，"他说，"我今天惦记这件事情一整天了，一点儿用也没有，到晚上还是忘了。"

见到他如此自责，她温和地宽慰道："你明天记着点儿就行了。单位有什么新鲜事儿吗？"

"有，有一件大事儿。又有一个'白铁匠'被任命为副科长了。"

她的表情紧张起来，问道："是哪个科的？"

"海外采购科啊。"

妻子立刻就生气了:"那就是接了拉蒙的位置。这正是我想让你拿到手的位置呀。那拉蒙呢,他退休了吗?"

"退休了。"

她怒不可遏,头顶的帽子滑落到肩膀,她不管不顾地说:"那个见鬼的地方真的是一点儿希望也没有了。你说的那个新上任的副科长叫什么名字?"

"博纳索特。"

她拿出海军年鉴查找这个人,她总是把这本书放在手头。

"'博纳索特,土伦人,生于一八五一年,一八七一年成为见习军需官,一八七五年升任副军需官。'他出过海吗?"

听到这个问题,卡拉旺看上去愁眉舒展,他笑得肩膀都抖了。

"他和巴林一模一样,和他上司巴林一个熊样儿。"他笑得更加厉害,说起一个海军部的老笑话,"千万不可派他们从水路去视察黎明军港,他们即使坐塞纳河上的小火轮也会晕船的。"

但是她仍然是一脸严肃,似乎没有在听丈夫的话。她一边挠着自己的下巴,一边嘀咕:

"要是我们认识一个议员给我们撑腰就好了。如果议会知道海军部这样子胡来,部长一定会被撤职的——"

楼梯上传来一阵吵闹声,打断了她的话。玛丽·路易斯和菲利普·奥古斯特从泥巴地里玩闹回来了。两个人一路上着台阶还一路互相扭打。卡拉旺太太怒气冲冲地跑到他们跟前,一只手抓起一个使劲摇晃,一把将他们拖进屋里。两个孩子一看见父亲,立刻扑上前去,他亲昵地亲了亲两个孩子,把他们抱上膝头,一边一个,和他们说话。

菲利普·奥古斯特是个丑孩子,一个脏兮兮、灰头土脸的小混蛋,长着一张白痴脸。玛丽·路易斯已经长得像她妈妈了,说话也像她,学她说话的方式,甚至模仿她的动作。她也问了和她母亲一样的问题:"单位有什么新鲜事儿吗?"

他和蔼地回答:"你的大朋友拉蒙先生,就是每周六都会到咱们家来吃晚饭的那个,就要离开我们啦,小宝贝。很快就会有一个新的副科长。"

她看着她的父亲，用一种孩童式的怜悯口吻说道："又有一个人要爬到你脑袋上去啦。"

他尴尬地止住笑容，不再回复。为了岔开话题，他冲正在擦窗户的妻子问：

"妈妈今天在楼上好吗？"

卡拉旺太太停下手上的活，转过身把滑落到背后的帽子戴正，颤着嘴唇说道：

"哼！好得很！咱俩说说你妈吧。她今天可给我演了一出好戏！你想想看，就在刚才，乐巴丹太太，就是楼下理发店老板的老婆，上楼来跟咱家借一袋子淀粉，正巧我不在家，你妈就骂人家是'要饭的'，把人家撵了出去。我回来就数落了老婆子一顿，她还是像往常一样，一有人说她哪儿不对就装聋作哑。其实她耳朵比我还灵呢，你知道的呀。她那纯属装腔作势，我这么说是有证据的，我说她的时候，她一声不吭赌气自己就上楼去了。"

卡拉旺很是难为情，一句话也说不出。这时，女佣人出来说晚饭已经准备好了。卡拉旺先生拿起靠在墙角的一根笤帚把，狠狠地捅了天花板三下，算是通知他母亲下来吃饭。然后大家来到餐厅，卡拉旺太太帮大家把汤盛好，等老太太下楼。但是等到汤都凉了，老太太也没下来。于是他们慢慢地边吃边等，直到大家都吃完了，也坐着继续等。

卡拉旺太太一肚子火冲丈夫发道："你看看你看看，她这就是故意跟我们过不去呢，你心里清楚得跟明镜一样。可是你成天就知道护着她。"

卡拉旺左也不是右也不是，只好叫玛丽·路易斯上楼去接奶奶，自己一动不动地坐着，目光低垂。他妻子气鼓鼓地拿刀子不断敲打着酒杯。过了一会儿，房门忽然打开，小女孩上气不接下气地跑进来，脸色苍白，紧张地说：

"奶奶跌倒在地上了！"

卡拉旺跳起来，一把扯掉餐巾，咚咚咚地几步跑上楼去。他妻子认定了这肯定又是老太婆玩的鬼把戏，慢慢地跟在丈夫后面，一边上楼一边耸着肩膀，表示自己根本不信。但是，他们上楼后发现老妇人直挺挺地趴在屋子中间，他们把她翻过来，看到她一动不动，毫无知觉。她的皮肤看上去比平日更加发黄，皱纹更多。她双目紧闭，牙关紧锁，干瘦的身体都僵硬了。

卡拉旺跪在她身边，哭哭啼啼地喊："我可怜的妈妈呀！我可怜的妈妈呀！"

可是他妻子仔细打量了一会儿，满不在乎地说："呸！她准是又晕过去啦，没什么大不了。你知道，她就是成心不想让我们吃一顿舒坦的晚饭。"

他们把她抬上床，脱掉全身衣服。卡拉旺、他的妻子还有女佣人，三人一起给老妇人按摩揉搓。可是不管他们怎么努力，老妇人始终不见苏醒。于是，他们派女佣人罗莎莉去请舍奈大夫。他住在码头那里，靠近苏雷斯尼，离这儿有好长一段距离，所以过了很久他才赶来。他到了之后，仔细检查了老妇人，把了一下脉搏，听了听心跳，随即说道："没救了。"

卡拉旺扑到母亲身上放声大哭，他疯狂地亲吻着母亲僵硬的脸庞，泪水不断滚落，像下雨一样滴在死去的老人身上。

卡拉旺太太自然得表现出适当、得体的悲伤，她站在丈夫身后轻声地呜咽，用手使劲儿地揉着眼睛。

卡拉旺突然站起身，一头稀疏的头发已经弄得杂草一般凌乱，悲痛令他的脸都扭曲了，他问道："可是——您确定吗，大夫？您真的确定吗？"

大夫俯身在尸体上，专业熟练地摆弄着尸体，就好像商店的老板显摆自己的货物一样，说道：

"你看看，老兄，你看看她的眼睛。"

他翻开老妇人的眼睑，露出眼球。眼睛一动不动，只是瞳孔似乎放大了一点儿。看到这情景，如晴天霹雳。舍奈先生抓住老妇人纤细的胳膊，用力掰开握在一起的手指，好像权威受到了挑衅似的生气地说：

"你瞧她的手，我绝不会犯错的，你用不着怀疑！"

卡拉旺扑在床上哭得来回打滚，放声号啕，发出牛哀鸣一般的哭声。他的妻子一边抽泣，一边做一些必要的后事准备。

她把床头柜搬过来,在上面铺了一张台布,搁上四盏烛台,点亮蜡烛,然后从壁炉上挂着的镜子后面取下一条黄杨树枝,插在四盏烛台中间的一个小碗儿里。没有圣水,她只好在碗里盛满清水凑数。但是,她飞快地想了下,又捏了一小撮盐扔进水里,毫无疑问,她这么做权当是完成了临终圣礼。做完这些事情,她就站在那儿一动不动,大夫一直帮着她布置安排,这时候小声对她说:

"我们必须得把卡拉旺先生拉开。"

她点头同意,走到丈夫身边,她丈夫还跪在那里抽泣。她和舍奈大夫一人挽着一只胳膊,把她丈夫扶起来。

他们把他扶进一张椅子里坐下,他妻子吻了吻丈夫的额头,开始安慰他。舍奈大夫在一旁帮腔,他们劝他要坚强,要鼓起勇气,要节哀顺变,总之是那些对经历大悲大痛的人所说的那些话。然后两人又挽着他,把他送出屋去。

他哭得像个大孩子一样,身子随着抽泣痉挛,浑身脱力,他的手垂在一边,双腿瘫软。他机械地挪动双腿,被挽下楼,茫然不知自己在做什么。两人把他扶进他平日吃饭坐的那把椅子里,面前是刚才晚餐还剩下残汤的空碗碟,汤勺都还搁在盘子里。他双眼直愣愣地盯着眼前的酒杯,呆若木鸡,一动不动,像没了魂一样脑子里空荡荡的。

卡拉旺太太在墙角那边和大夫攀谈,打听操办丧事需要些什么必要的手续,想从大夫那里得到些切乎实际的指导。可是舍奈大夫好像还在期待着什么似的,最后他拿起帽子要走,说自己还没有吃晚饭呢。

卡拉旺太太随即惊讶地表示:"什么!您还没吃晚饭哪?那就在这儿吃吧,大夫,别走了。家里有什么您将就吃一点儿,别客气啦。您也知道,我们家的饭菜都很简单的。"

大夫婉言推辞,可是她一再挽留道:"您一定得留下来,越是这种时候呀,人就越需要朋友的陪伴。再说了,或许您还能再劝劝我丈夫让他吃点东西,他也得保持体力才行呀。"

大夫欠身答谢,把帽子放回原处,说道:"既然这样的话,那我恭敬不如从命啦,夫人。"

她向已经吓得不知所措的罗莎莉吩咐了几句,然后坐下。"为了陪大夫,"用她自己的话说,"也得吃两口装装样子。"

剩下的汤又端上来，舍奈先生连喝了两碗。接下来上的是里昂风味牛肚，洋溢着洋葱的香味，卡拉旺太太决定尝一尝。

"真好吃！"大夫说。卡拉旺太太冲他笑了笑，然后转向自己的丈夫说道："你也得吃点儿呀，可怜的阿尔弗雷德。无论如何胃里得垫些东西才行。想想你今晚可是要在她床边守夜的！"

他听话地端过盘子吃起来，这时候就算她让他上床睡觉，他也会立即照办。对所有吩咐他都会听从，既不思考，也不反对。舍奈大夫往自己盘子里添了三次，卡拉旺太太也时不时地叉起一大块牛肉送进嘴里，装作心不在焉地咽下肚去。

满满一沙拉碗马卡罗尼①端上桌，大夫欢呼道："太棒了！这是我最喜欢吃的！"卡拉旺太太给每个人盛了一盘，甚至在酒杯托盘里都盛得满满的。孩子们就着托盘狼吞虎咽地往嘴里塞，这时候没有人顾得上管他们，他们一边喝着不兑水的纯红酒，一边在桌子下面互相踢打。

舍奈先生忽然想到罗西尼②，这位音乐家就十分钟爱这道意大利美食，他忽然开口道："啊！可以写一首歌啊，开头就这样唱，还挺押韵的呢：大音乐家罗西尼，最喜欢马卡罗尼。"

可是没人在意他究竟说了些什么。卡拉旺太太忽然变得忧心忡忡，她正在考虑这个家庭变故会带来些什么样的后果，她丈夫正痴痴地把面包撕开搓成小球扔在餐桌上，目光呆滞地盯着它们看。他感觉嗓子干得要命，于是端起斟满红酒的杯子一杯一杯地往喉咙里面灌，他的意识原本遭受了过度的惊吓和悲伤，结果现在变得更加晕晕乎乎，随着消化吸收，酒劲上涌，他的脑袋里飘飘然起来。

与此同时，大夫先生还在不断地喝，但是他显然已经醉了。卡拉旺太太虽然只喝了些水，但是经历了一番精神冲击，神情紧张和高度兴奋之后，现在也觉得脑子里昏昏沉沉。

舍奈先生开始说起几户家里有丧事的故事，这些事情在他看来十

---

① 马卡罗尼：即通常所说的意大利通心粉或通心面，其发明者意大利面食店主马卡罗尼用自己的名字为这种面食命名，后来成为这种食品的国际通用名称，本处情节需要，选择这种翻译方式。

② 焦阿基诺·安东尼奥·罗西尼（1792—1868）：意大利作曲家，代表作品有《坦克雷迪》《塞维利亚的理发师》《奥赛罗》等。

分可笑。在巴黎郊区，聚集的都是外省来的人，他们对逝者表现出乡下人的那种冷漠态度，即使那是他们的亲生父母也一样。这种对死者的不敬，这种粗鄙的陋习其实在乡下非常普遍，不足为怪，但在巴黎就十分罕见了。他说道："听我说，我上周去普托街上的一户人家，我到的时候发现病人已经死了，可是全家人都很平静地坐在床边喝完一整瓶茴香甜酒才甘休，那瓶酒还是前一天晚上买来满足病人临终愿望的哪。"

可是卡拉旺太太并没有听他说话，她一直在思索着遗产的事情，卡拉旺先生虽然听着，可是现在状态的他神思不属，说什么也是对牛弹琴。

咖啡端上来了，煮得很浓，而且加了白兰地，为了给大伙儿提提神。喝完咖啡，每个人都飞霞扑面，意识更加模糊了。更糟糕的是，舍奈先生一把抓起白兰地酒瓶，给每个人又倒了些，按照他的说法，是给"每个人分一点漱漱口"。大家都沉默了，慢慢抿着杯底那点儿白兰地加糖和成的黄色糖浆，沉醉其中茫然若失，饭后酒精的作用令他们如动物一样畅然舒适。

孩子们都睡着了，罗莎莉带他们去睡觉。卡拉旺先生像世上所有遇到不幸的人一样，机械地服从了麻木的意识，一杯一杯地喝着白兰地，借酒浇愁，到后来他呆滞的眼睛里居然有了光芒。最终大夫站起身要告辞了，他抓住朋友的胳膊，劝道：

"跟我一起出去吧，呼吸点儿新鲜空气对你有好处。在你这样的处境里，更应该出去走走散心。"

后者木然地顺从，戴上帽子，拿起手杖出门。两个人手挽着手朝塞纳河边走去，夜晚星光璀璨。

空气温暖而香甜，这个季节里，附近的花园里都盛开着鲜花，百花的香味在白天似乎微不可察，但是一到晚上，所有的芬芳都醒过来，随着悠悠晚风飘散开来。

宽阔的街道一直延伸到凯旋门，街边矗立两行煤气路灯，街道上人影凋零，万籁俱寂。远处的巴黎市区笼罩在一层红色的雾气中，发出低吼般的喧嚣声，那是一种连绵不断的隆隆声，偶尔从远方传来火车的汽笛声与之遥相呼应。火车穿省而过，向着海边全速驶去。

新鲜的空气拂在两个人的脸上，令他们醉意更浓。大夫走路开始摇晃，卡拉旺先生自从吃饭的时候就开始头晕，现在更加觉得天旋地转。他如梦游一般地走着，思想已经麻木不再感觉到剧烈的悲痛，他的精神变得迟钝，保护他不再受痛苦折磨，在这温和的夜晚，他甚至逐渐感受到一种解脱。

　　当他们走到桥边，就往左手转，河水安静而忧郁地向前流淌，星星仿佛都漂浮在河面上，随着波浪起伏荡漾，河面上阵阵微风送上岸边，河堤上拱卫着两行高大的白杨。河对岸依稀有薄薄的白色雾气笼罩，一阵潮润的冷空气填满两人的胸膛。卡拉旺先生忽然停下脚步，这河水潮湿的气味把他带回久远的回忆里。在他的脑海里，忽然浮现出他母亲的面容，那还是很久以前他孩童时期母亲的样子，在皮卡第省老家的家门口，母亲跪在从自家院子边流过的小河边，用河水洗涤身边的一堆衣服。仿佛间，他似乎听到母亲用捣衣杵拍打衣服的声音在寂静的乡间回响，她的声音仿佛就在耳边："阿尔弗雷德，给我拿块肥皂来。"故乡那条欢快的小河，湿地上升起的雾气，那些潮湿发霉的味道他终生难以忘怀。如今，恰巧在母亲过世的这个夜晚，这种味道又重新回到他身边。

　　他伫立在那儿，被绝望紧紧包围。忽然一道闪念将他又重新带回深深的不幸，似乎河上吹来的风也要将他推进无望的痛苦深渊。他的一生仿佛被拦腰一刀砍作两半，他的青春随着母亲的离去，一起被死亡吞噬了。从前的日子，以前的一切都已经结束，所有年轻时的回忆都烟消云散。以后的日子里，再也没有人跟他讲从前的故事，再也没有人跟他说起故乡的老人，再也没有人跟他说起他的过去，他在乡下经历的那些事情。他那部分的生命已经不复存在，剩下的这一部分从现在开始迈向终结。

　　他又看到了年轻时的"母亲"，穿着穿旧了的裙子，他记得那条裙子母亲穿了很长很长时间，几乎成为她形象不可分割的一部分。他回忆起她的动作，她说话时的不同腔调，她的习惯、喜好，还有她发怒时的样子：脸上堆起皱纹，瘦瘦的指头不住晃动，还有她那广为人知的脾气。这一切都不会再有了。他靠在大夫身上痛哭流涕，虚弱无力的双腿不停发抖，肥胖的身子随着他抽泣而颤动，他不停地哭喊：

"妈妈呀，我可怜的妈妈，我可怜的妈妈呀！"

可是他醉醺醺的同伴，今晚早有其他安排，打算到他平日经常躲着旁人去偷欢的那个地方放纵一晚。于是他把卡拉旺先生扶到河边草地上坐下，嘴里说自己还有其他病人要去瞧瞧，立马逃开了。

卡拉旺先生哭了很久，眼泪都哭干了，悲伤也都哭干了，他重新感到轻松、安逸和突如其来的平静。

玉轮高挂，大地浸浴在柔和的月光中。

高大的白杨树上银光粼粼。原野上的雾气现在看起来像是飘浮的雪花；河面上折射出繁星点点，如同铺撒了一层珍珠般的光泽，夜风轻拂，荡起层层微澜。空气和暖而又香甜，卡拉旺先生贪婪地大口呼吸着，似乎觉得一股沁入心脾的透凉感觉散入全身各处，一种平静，一种无与伦比的慰藉贯穿五脏六腑，直达指尖。

他不自觉地抵触着这种舒适感，不断地自言自语道："我可怜的妈妈，我可怜的妈妈呀！"从道义的责任感出发，他迫使自己再哭下去，可是却怎么也哭不出来，而且之前令他悲痛欲绝的那些伤痛感，现在似乎也都消失不见了。于是，过了一会儿，他站起身，沉浸在安详的夜色里，带着一颗超脱宁静的心，慢慢地往回走。

当他走到桥头的时候，看到最后一班小火车正要出发，火车后面是环球咖啡馆亮着灯的窗户。他忽然觉得需要找人倾诉倾诉自己的不幸，以博得些许同情，或者赢得别人的关注。他做出一脸哀伤的表情，推开咖啡馆的门，走到吧台前，老板就站在吧台里面。他原本以为自己的出现会引起一阵骚动，希望所有人都会站起身张开双臂迎接他，关切地问他："怎么了，出什么事了？"但是没人注意到他挂着一张哭丧脸。于是他双手杵在吧台上，把头埋进臂弯中间，喃喃地哀叹："老天啊，老天啊！"

老板看了他一眼，问道："您生病了吗，卡拉旺先生？"

"没有，我的好朋友，"他回答，"是我母亲，她老人家刚刚去世了。"

"啊！"对方惊叫道，这时吧台另一端的客人高声点了一杯巴伐利亚啤酒，老板立刻跑过去招呼客人，留下满心希望得到同情的卡拉旺先生目瞪口呆地杵在原地。

那三个多米诺玩家还坐在原来那张桌子边,晚饭前他们就坐在那了,完全沉迷在游戏里。卡拉旺先生走过去,希望赢得他们的怜悯,可是没人注意到他来了,于是他决定开口说话引起注意。

"从这儿回去之后,我经历了一场巨大的不幸!"他说。

三个人一起微微抬了抬头,眼睛还盯着手里的骨牌:"你说什么?"

"我母亲去世了。"

其中一个接着话茬说道:"哦,真糟糕。"脸上一副虚情假意的悲伤表情,其实根本不关心。另一个人不知道该说什么,嘘叹了一声,摇了摇头。第三个人又把头扭回牌桌,那样子就是在说:"就这点儿事儿啊!"

卡拉旺先生原本希望得到一些"由衷而发"的安慰,可是看到自己的不幸却得到这样的反馈,他愤然离开牌桌,这些人对朋友的痛苦怎能如此冷漠。尽管这种痛苦对他的冲击如此之大,以至于他自己都已经几乎感觉不到了。

当他回到家,他的妻子正穿着睡衣坐在打开的窗口前的一张躺椅上等他,心里仍然惦记着遗产的事情。

"把衣服脱了吧,"她说,"我们上床再说吧。"

他抬起头,看看天花板,说道:"可是——楼上没人听啊。"

"你说什么胡话,罗莎莉就在她身边守着呢,你先睡一会儿,到夜里三点的时候再上去换她。"

为了防止晚上有什么意外发生,他只脱去了外面的衣服,还在脑袋上绑了一条手巾,才躺下来休息。两个人并排靠着床坐了一会儿,卡拉旺太太还在想心事。

即便是她的睡帽,上面也装饰着红色的蝴蝶结,斜斜地戴在脑袋上,这样的装饰和戴法似乎是她对所有帽子的处理方式。她转向丈夫,问道:

"你知不知道你妈立过遗嘱没有?"

他思考了一会儿,回答道:

"我想应该没有吧,没有,我确定没有。"

他的妻子看着他,压低声音怒气冲冲地说:"真是不知好歹!我们累死累活伺候她吃伺候她住，整整十年呀！你妹妹就绝不会为她付出这么多，如果早知道什么也捞不着，老娘我也不伺候！真是，这就是在给她自己脸上抹黑！我知道你会说，她付了伙食费的呀。可是做子女的赡养老人，一个老人家怎么能用区区一点现金给孩子就算还清情分了呢，应该死后用遗嘱还债呀。无论怎么讲，只要是一个有心的人，都会这么做的。我辛辛苦苦劳心劳力，到头来却是一场空！哈，真是太好了！好得不得了！"

可怜的卡拉旺，被妻子的高谈阔论吓得慌了神，不断地说：

"亲爱的，亲爱的，求你了，别说了。"

她发了一通火之后也平静下来，恢复到平常语气说道：

"明天我们得通知你妹妹。"

卡拉旺先生一下坐起来，说道：

"对对对，我居然把这个事情忘了，明天早晨第一件事情就是给她发电报。"

"不，"她用高瞻远瞩的语气否定道，"不行，至少要等到十点或十一点的时候再发，这样在她到之前，我们才有时间好好安排。从沙朗东到咱家最多也就两个小时，到时候我们可以借口说你太悲痛了，昏了头。反正只要明天上午让她知道，就不会落得不是，而且我们也有足够的时间安排。"

卡拉旺先生用手拍拍前额，用怯生生的语气说道：

"还得给部里领导告个假才行。"

每当说起他的上司，他的声音总是畏畏缩缩。

"凭什么？"她反问道，"像这种情况，忘记请假也是情有可原的。听我的，别跟他说，你上司绝对找不出什么差错数落你，而且你还能不动声色地给他点颜色瞧瞧。"

"噢！对极了！他看见我没去上班，一定会气得火冒三丈，大发雷霆。对，你说得对！真是个好点子！等我告诉他我母亲去世了，他肯定恨不得立马闭上他的嘴。"

想想这个恶作剧，还有上司脸上吃瘪的表情，就兴奋得直搓手。这时候，去世的老太太还躺在他们楼上，女佣人陪在她身旁酣睡。

卡拉旺太太又陷入思索，似乎她又有什么心事难以启齿，最后她还是说了：

"你妈把她的那架钟给你了，对吧？就那架女孩子玩球的钟。"

他想了一会儿，说道：

"是的，是给了我。她原来说过：'如果你好好照顾我，将来就把这座钟留给你。'可那是很久以前，她刚来咱们家的时候说的了。"

卡拉旺太太吃下定心丸，一脸释然地说："既然这样，那好，我们得把它从楼上搬下来。等到你妹妹来了，就不会让咱搬了。"

他踌躇地说："你真的要现在搬？"

这句话激怒了她："当然要搬。一旦搬到咱们的地盘上，天不知地不知，你妹妹就绝不会再知道它的来历了。还有她屋里那个带大理石面儿的抽屉柜，有一天她心情好的时候也把它许给了我。我们也得把它一起搬下来。"

卡拉旺似乎不敢相信，说道："但是，亲爱的，这件事干系很大啊！"

她扭过头怒气冲冲地对他说："噢！干系好大呀！你这人怎么永远是个死脑筋？宁愿让自己的孩子们都饿死，也不愿意干点儿正事儿。既然她都许给咱们了，难道那个抽屉柜不该理所应当归咱们所有吗？如果你妹妹有怨言，让她来跟我理论，我跟她说！我还压根没把你妹妹放在眼里呢。快点儿，起来，我们现在就去把你妈给咱们的东西都搬下来。"

卡拉旺先生就像斗败了的公鸡一样哆哆嗦嗦地从床上下来，准备穿上裤子。她拦住他，说道："没时间收拾打扮啦，穿着衬裤就行。你看我不也就这样吗？"

两人穿着内衣裤蹑手蹑脚小心翼翼地走上楼打开门钻进房间。老妇人直挺挺地躺在那里，只有那四盏烛台还有放在盘子里的黄杨树枝似乎还守护着她。罗莎莉四仰八叉地倒在躺椅里，抻着双腿，双手叠放在腿上，脑袋歪在一边，嘴巴大张，身子一动不动，早就呼呼大睡过去了。

卡拉旺先生抬起钟，钟上有一个镀金的少女铜像，头上装点着许多花饰，手里拿着一个小球，那个小球就是钟摆，就像许多帝国时代的物品一样，造型有些古怪。

"把它给我,"他妻子说,"你去把抽屉柜上的大理石台面搬下来。"

他俯首听命,费了好大劲才把大理石台面扛到肩上,两人离开了房间。大理石压得他直不起腰,颤颤巍巍地往楼下走。他的妻子一手抱着那座钟,一只手举着蜡烛,倒退着给他照亮。

回到他们自己的房间后,她长舒一口气。

"我们已经把最难搬的都搬完啦,"她说,"现在我们上去把剩下的也搬下来吧。"

可是那个抽屉柜里装满了老妇人的衣物,他们得找个东西把衣服都腾出去,很快,卡拉旺太太有了一个好点子。

"去把门厅里那个木头的收纳箱拿过来,那个不值几个钱,放在这儿正好合适。"

卡拉旺先生把箱子搬上楼,两个人开始挪衣裳。可怜的老妇人躺在他们身后,她所有破旧的衣物:领巾、袖套、衬衣、帽子,被一件一件地从抽屉柜里取出来,整齐地码放在木头箱子里。这样一来,等老人的另外一个子女,卡拉旺先生的妹妹布朗太太到来之后,就不会看出什么端倪。

清理完抽屉柜,两人一人一边儿,抬着柜子下楼。可是柜子要放在哪儿,却颇费了一番心思。最终,夫妇俩决定把柜子放进他们自己的房间,摆在床对面的两扇窗户中间。柜子刚摆好,卡拉旺太太立刻就把自己的衣服全都塞了进去。那座钟摆在餐厅的壁炉上,两个人仔细地端详了一会儿,看看装饰效果,最后都觉得非常满意,不能再好了。

"不错!"卡拉旺太太说。

"嗯,挺好的。"丈夫附和道。

两人回屋上床,卡拉旺太太吹灭蜡烛,很快,屋子里的所有人都进入了梦乡。

卡拉旺先生睁开眼的时候,天色已经大亮了。虽然醒来了,他的脑子还是迷迷糊糊的,不太记得昨天发生了什么。过了几分钟,他才清醒过来,想起昨天的事情,犹如重锤砸在心口,他跳下床,几乎又要放声痛哭。

他急匆匆跑上楼，罗莎莉还在睡觉，还保持着昨晚那个姿势，她竟一夜未醒。他把罗莎莉叫起来去干活，又把烛台上燃尽了的蜡烛换上新的。然后他端详着自己的母亲，头脑里似乎在考虑一些深沉的问题。智力平庸之辈在面对死亡时，总会想起那些教义和哲学的泛泛之谈。

听到妻子的召唤，他赶忙下楼。对今天早晨的事项安排，卡拉旺太太已经列好了清单。一看清单，他吓了一跳：

1. 去区政府做人口死亡备案登记；
2. 找大夫来确认；
3. 去定做棺木；
4. 去联系教堂；
5. 去联系殡仪馆；
6. 去打印店预订讣告；
7. 去联系律师；
8. 给所有亲属发电报。

除此之外，还有许多许多琐碎的事情。于是他抓起帽子就往外走。消息已经传开了，卡拉旺太太的女性朋友们，还有周围四邻都聚到卡拉旺家来想瞻仰一下遗容。在他们家楼下的理发店里，理发师傅正在给顾客刮脸的时候，还因为这件事情和他妻子争论了几句。理发师傅的妻子一边不紧不慢地织着毛衣，一边说道：

"哼，又少了一个，这世上又少了一个吝啬鬼。她是死是活我可是一丁点儿也不放在心上，不过话说回来，我还是得上去看一眼。"

她丈夫一边给顾客下巴上抹剃须膏一边说："又是个奇怪的想法！只有女人才会有这样的怪念头。女人啊，你活着的时候她能烦死你，等你死了她也不会放过你。"

妻子听他抱怨，却不生气，说道："我就是忍不住，想去看看嘛。从一大早开始，这个念头就在我脑子里转。如果我不去看看她的话，这辈子都会惦记着这件事儿的，可要是我好好看过了，我也就把心放在肚里啦。"

理发师傅拿起剃刀，耸耸肩膀，对那位要刮脸的先生低声说："我问问您啊，您说这些没脑子的娘们儿到底在想什么？死人有什么好看的，我绝对不会想去。"

可他的妻子仍旧听见了，平静地回答道："可我想去啊，我就是想去呀！"说着，她把手里的针线放在柜台上，起身上楼了。在楼上她又碰到两位邻居，她们也是刚刚才到，正在听卡拉旺太太讲述整件不幸的事的前后经过。

她们一起来到灵堂，四个女人轻手轻脚，一个挨一个地上前蘸了点盐水轻轻甩在被单上，然后跪下来，一边低声祈祷一边在胸前画十字。祈祷完站起身，几个女人围着尸体睁大眼睛、半张着嘴巴仔细观瞧，这时去世老妇人的儿媳妇，用手绢掩着脸，努力装出伤心哭泣的样子。

她转身正准备离开的时候却发现两个孩子——玛丽·路易斯和菲利普·奥古斯特正趴在门边，好奇地观瞧屋里的场景。她一下把假装的悲痛抛在脑后，冲到他们面前，扬起手就打，恶狠狠地吼道："赶紧滚出去，你们两个小兔崽子！"

十分钟后，她又陪着另一批前来悼唁的邻居上楼，她又祷告了一遍，毫不吝惜眼泪地尽情表演了一番作为孝子该尽的责任。然后她发现两个孩子还跟着自己，于是上前扇了他们几个响亮的耳光。等到第三次的时候，她就懒得再理他们了。每次有访客前来，两个捣蛋鬼总是跟在大人身后，跪在一个角落里，活灵活现地模仿着母亲的一举手一投足。

等到下午的时候，好奇的访客们就少得多了，很快，再也没有人要来瞻仰遗容。卡拉旺太太撇下孤零零躺在楼上的亡者，回到自己的房间里，开始为葬礼出殡做准备。

灵堂的窗户敞开着，一阵阵难忍的热浪卷着尘土涌进来。四盏烛台的火苗在纹丝不动的尸体旁舞蹈。一张被单遮住老妇人，好几只小苍蝇总是在老妇人的脸上、紧闭的双眼上，还有伸展开的双手上飞来飞去，爬上爬下。漫长的时间里，它们是老妇人唯一的陪伴者。

玛丽·路易斯和菲利普·奥古斯特又跑出去在街上撒欢去了。他们立马就被一群小伙伴围在了中间，尤其是那些小女孩们，她们年长一些，对生活中的种种神秘事情更加充满好奇。女孩儿们装作成年人一样一本正经地问道：

"你祖母去世啦？"

"是的，她昨晚去世了。"

"死人是什么样儿的呀？"

玛丽给玩伴们描述，告诉她们会有蜡烛，会有盛着黄杨树枝的盘子，还有死人的脸上是一副什么模样。要不了多久，小孩子们的心里就燃起了强烈的好奇心，他们央求上楼去看一眼死人。

玛丽·路易斯立即组织了第一支探险队，其中包括五个女孩和两个男孩子，这七个孩子要么是所有人里年纪最长的，要么是胆子最大的。玛丽·路易斯命令他们都把鞋脱掉，以免被母亲发现。这支探险队伍溜进楼里，像一群小老鼠似的鬼鬼祟祟地窜到楼上。

一钻进房间，小女孩就学着她妈妈的样子，有模有样地组织起吊唁仪式。她庄重地走在同伴们前面，领着他们下跪，在胸前画十字，动动嘴唇假装祈祷，站起身，往灵床上挥洒圣水。做完这一切，孩子们都挤到床边，既害怕又好奇，急不可耐地看看死者的脸，又看看死者的手。玛丽·路易斯突然掏出手绢遮住眼睛，也学着母亲的样，装作抽泣的样子。可是一想到楼下还有好多小朋友等着，她立马就不悲伤哭泣了，她带着伙伴们跑下楼，几分钟后又领着另一批孩子上楼，过一会儿之后又是第三批。郊区一带的穷孩子们，甚至衣不遮体的小叫花，都闻讯而来，纷纷参与到这件新鲜有趣的活动里来。每次带孩子上楼，玛丽·路易斯都会把母亲的那套装腔作势模仿一遍，学得像模像样。

最后，她玩腻了。孩子们也都被其他的游戏吸引到其他地方去了，又剩下老妇人孤零零躺在房间里，突然之间没人再记得她。

房间里慢慢变暗，闪烁的烛光忽明忽暗，照在老妇人干枯僵硬的脸上，映出点点光斑。

快到八点的时候，卡拉旺先生来到灵堂，关上窗户又换了蜡烛。这次他再进到这间屋子里的时候，内心十分平静，对有具尸体停放在屋里已经习以为常，好像她已经躺在那里很久了。他甚至都能注意到尸体毫无腐败的迹象。他一下楼就跟坐在餐桌前的妻子说起这件事。

"啐!"她说,"她现在硬得跟木头一样,没准儿放上一年也不会坏。"

大家默默地喝着汤,谁也不说话。两个孩子整整一天没有人管,这会儿累得精疲力尽,坐在椅子里呼呼地睡着了。全家人都不肯打破沉默。

忽然,油灯暗下来。卡拉旺太太立刻挑起灯芯,油灯里响起一阵空荡荡的声音,灯油烧尽了。他们忘记买灯油了。如果现在去杂货店买灯油,那么晚饭一定会推迟。所以大家开始四处找蜡烛,但是家里除了楼上灵堂里点着的那几根之外,已经没有蜡烛了。

卡拉旺太太秉承自己一贯雷厉风行的决断行事风格,立即打发玛丽·路易斯上楼去拿两根下来。其他人在一片黑暗中静静等待。

女孩上楼的脚步声清晰可闻。接着,整个屋子安静了好几秒钟,突然,女孩跌跌撞撞地跑下楼,她摔开房门,上气不接下气地说:"啊!爸爸,奶奶在穿衣服啊!"

卡拉旺先生猛地站起身,把椅子都撞倒在墙边。他词不达意地问:"你说——你刚说什么?"

玛丽·路易斯紧张得语无伦次,嘴里重复着:"奶——奶——奶奶在穿衣服,她就要下楼啦。"

卡拉旺先生不假思索迈步冲上楼,他的妻子也惊呆了,紧跟在他身后。但是一到楼上门口,他又站住了,恐惧笼上心头,不敢推门。他会看到什么?卡拉旺太太胆子更大,扭开门把手,一步迈进房门。

屋子里比之前更加昏暗了,屋子中间有一个瘦长的身影在晃动。老妇人已经站起来了,她从昏迷中醒来,还没完全清醒就用手肘撑着身体坐起来转过身,吹灭了床前还在燃烧的三根蜡烛。然后,她恢复了些许的力气,就下床找衣服穿。抽屉柜不见了,这让她迷惑了好一会儿,可是最后她在收纳箱底找到了自己的衣物,于是慢吞吞地穿戴好。她倒掉盘子里的水,把黄杨树枝重新放回镜子后面,把桌椅都归回原位。做完这些,正准备下楼的时候,她的儿子和儿媳进门了。

卡拉旺先生冲上前,紧紧抓住母亲的双手,眼泪汪汪地拥抱亲吻着她。他的妻子站在他身后,强颜欢笑地说道:

"哎呀,老天保佑!哎呀,真是老天保佑呀!"

但是老妇人对他们的惊喜无动于衷,甚至似乎没有弄清楚状况,僵直地站着,眼神冰冷,犹如一尊雕像。她只问了一句:

"晚饭快好了吗?"

卡拉旺先生还沉浸在震惊中,不知所云地回答:"哦,好了好了,妈妈,我们正等着您呢。"

他一反常态主动搀着母亲的手,他的妻子举着蜡烛一步一步倒退着下楼,给他们照亮,正如前一天晚上,她丈夫扛着大理石台面下楼时她所做的那样。

刚下到二楼,她差点就撞上正在上楼的人。布朗太太一家从沙朗东赶来了,布朗太太走在前面,她丈夫跟在身后。

布朗太太又高又壮,腆着大肚子,上身往后仰,像得了腹胀病一样。她瞪着一双大眼,吓得就想转身逃跑。她丈夫是一个信仰社会主义的鞋匠,个头矮小,毛发浓密,活脱脱就像一只猴子,毫不在意地喃喃自语道:"奇了,这是怎么回事?怎么又活过来了?"

卡拉旺太太认出是他们,一边极力地给他们打手势,一边故意大声地说道:

"哎呀,是你们哪!真是意想不到的惊喜呀!"

可是布朗太太吓坏了,没能领会她的暗示。她低声回答道:"是你们发电报叫我们来的,我们以为人早就不行了呢。"

她丈夫在她身后掐了她一下,叫她住口。随即从满口的大胡子里露出一副狡猾的笑容,赶紧弥补道:"真是谢谢你们盛情邀请,我们一接到信就立马赶来了。"话里暗示着两家人长期以来的不和。

当老太太快要下完楼梯,他赶紧上前去,用毛茸茸的脸在老人脸颊上蹭了蹭。老妇人耳背,他大声在她耳边喊:

"妈,您老人家身子骨真好,嘿,还是这么硬朗!"

布朗太太和她丈夫本以为老妇人已经去世,现在眼见老人活生生地站在眼前,脑子一阵迷糊,甚至不敢上前拥抱自己的母亲。她宽大的身形挡在过道里,谁也过不去。老妇人既不安又疑惑,但仍旧没有说话,只是看着围在自己身边的亲人。她灰色的小眼睛透出锐利而坚定的目光，看看这个又瞧瞧那个，眼中似乎别具深意，令所有子女如芒在背。

卡拉旺先生解释道："母亲之前的确是有点不适，但现在已经好多了。应该说已经痊愈了。是不是啊，妈?"

老妇人脚下不停，边走边用低沉的嗓音说道："我是晕过去了，可那段时间你们干的好事我听得清清楚楚。"她的话好像从遥远的地方传来一样。

接下来的场面尴尬地安静下来。所有人走进餐厅，用了几分钟都坐下，然后一声不吭地默默吃着晚餐。

只有布朗先生还自得其乐。他那张猩猩一样的脸上不时弄出各种怪样，话里藏刀地冷言冷语，弄得所有人都感觉别扭。

偏偏门铃过一会儿就会响起一声，罗莎莉不知道该如何是好，过来叫卡拉旺先生处理，卡拉旺只好不断地扔下餐巾冲出去。他的妹夫故意问他今天是不是他会客的日子。卡拉旺先生吞吞吐吐地说："不，不是。就是几个包裹而已，没什么大不了的。"

又一个包裹送来，他一不小心打开了，露出里面带着黑边框的讣告。他羞得满脸通红，赶紧把它们包起来，塞进自己的马甲下面。

他母亲并没有看他，她眼睛直勾勾地看着摆放在壁炉上的那座钟，镀金的钟摆在不停地晃动。大家死一样沉寂，气氛更加尴尬了。她那张皱巴巴的脸转向女儿，眼中满是怨恨，她说："星期一你就带我离开这儿，我去看看你的小女儿。我可真想见见她。"布朗太太喜上眉梢，欢呼道："好啊，妈妈，我带您回去。"卡拉旺太太急火攻心，脸色转青，几乎随时都要晕过去。

可是两个男人却讨论起来，渐渐地讨论变成了一场政治争论。布朗先生一贯秉持着最激进的革命思想和社会主义主张，他埋藏在大胡子里的双眼炯炯放光，手舞足蹈，慷慨激昂地陈述自己的意见。

"财产，"他说，"是从劳动人民身上剥削而来的；土地，应该是全体人民共同所有。遗产继承权就是卑鄙可耻的东西!"说到这儿他忽然顿住，好像是说了什么愚蠢的话似的，于是他语气软下来，弥补道："但是现在还不是讨论这些的时候。"

房门打开，舍奈先生走进来。看到屋里的情形，他惊得呆了一会儿，但很快就恢复了平日洋洋得意的笑容。他沾沾自喜地走到老妇人身前，说道："啊哈！老妈妈，您今天看上去好多了。哎！我一直坚信您能恢复的，其实，我刚刚上楼的时候还跟自己说起呢，我说呀：'我预感今天能看到老太太站起来了。'"他轻轻拍了拍老太太的背，继续说道，"哈哈！她老人家呀，就跟新桥①一样结实，就算等到我们大家都入土了，她老人家都还康健着哪，不信咱们走着瞧！"

他坐下来，接过递给他的咖啡。很快，他也参与到两个男人的讨论里。他很支持布朗先生的观点，因为他自己就曾参与到巴黎公社的事件中去过。

老妇人觉得身子累了，想回去休息。卡拉旺先生赶忙起身去搀扶，可是老太太狠狠地看了他一眼，说道："你啊你，你现在立刻把我的钟和抽屉柜给我搬回到楼上去。"

"好的，妈妈。"他不知所措地答应道，"好的，我立马就搬。"没等他说完，老妇人抓起女儿的手，转身回房间去了。卡拉旺夫妇二人瞠目结舌，呆立在当场，陷入绝望。可布朗先生却喜气洋洋地一边搓着手，一边小口地啜着咖啡。

卡拉旺太太突然怒火腾升，冲到他身边，叫嚷道："你这个小贼，你这个无赖，你这个王八蛋！我要啐你一脸唾沫！我——我——我要——"她气得喘不上气，不知该骂些什么才好。而布朗先生还微笑着，不紧不慢地啜着咖啡。

他妻子下楼了，于是卡拉旺太太把矛头转向了自己的小姑子。两个女人，一个块头巨大体格壮硕，一个瘦骨嶙峋气急败坏，两人污言秽语，手脚相加，言来语往吵得不亦乐乎。

舍奈先生和布朗先生上前拉架，布朗先生一边推着妻子的肩膀，把她推出房门，一边骂道："快走，你这个贱人，废话真多！"直到两人走得看不见了，仍然能听到街上传来他们的争吵渐渐远去。

---

① 新桥：巴黎最老的桥，名为"新桥"，却是巴黎的第一座桥。这里舍奈用"新桥"比喻老妇人既结实又长寿。

舍奈先生也起身告辞,屋里只剩下卡拉旺夫妇两人面面相觑。丈夫忽然颓丧地瘫倒在椅子里,太阳穴上渗出一阵冷汗,汗珠一粒一粒。他喃喃地说:

"明早我可怎么和领导解释呢?"

乞丐①

虽然现在他既穷困又残疾,可是当初也曾过过好日子。

十五岁那年,他在瓦维尔的马路上被一辆马车压断了双腿,从此以后他只能靠乞讨过活。他拖着残疾的身体走东串西,穿农田过街巷。双拐撑着他的肩膀都耸到了耳朵边儿,他的脑袋看上去就像是蜷缩在两座山之间。

当年还在襁褓中的他被人抛弃在土沟里,莱塞皮莱特的神父把他捡回来。那天正好是万圣节前夜,因此,神父给他取名叫尼古拉·图森特②。尼古拉吃百家饭长大,几乎没受过什么教育。一次村里的面包师傅就因为好玩灌了他几杯白兰地,醉醺醺的他因此被压断了腿。从此以后他开始了流浪汉的生活——他会的唯一一件事就是伸手要别人施舍。

从前,德·阿瓦瑞男爵夫人还施舍给他一个铺满稻草的窝棚供他遮风避雨,窝棚就在夫人的城堡旁边,离农庄的禽舍很近。他很饿的时候,一定能在厨房领到一杯苹果酒和一大块面包。这位老妇人甚至经常从窗户里给他扔几个铜板出来。可惜老人家已经与世长辞。

临近的村庄里已经很少有人再给他施舍,人们太了解他。所有人都已厌烦了他的身影,四十年来日复一日,他拖着畸形、衣衫破烂的身体,拄着双拐挨家挨户乞讨。但是他从未想过去别的地方,因为他这辈子只知道地球上这一个小角落,三四个村子这么大点儿地方,这个承载他所有苦难生活的小地方。他为自己的乞讨划定地界,绝不会

---

① 又译作"穷鬼"。
② 图森特:原文 Toussaint,此处按照外文名音译的习惯翻译,Toussaint 这一姓氏在法语原为诸圣、万圣的意思。

跨出他熟悉的范围一步。

那些挡住他视线的树林后边是不是还有其他世界,他不清楚,他也不会有这样的疑问。经常在田里或者乡间小路上遇到他的乡下人,会不耐烦地冲他叫嚷:

"你怎么不去其他的村子,总在这里颠颠簸簸地晃悠?"

他悄悄地躲开不回答,心中满是对未知的无限恐惧。贫穷不幸的人会对成百上千的东西心生慌乱和恐惧:陌生的面孔、素不相识的人的奚落、辱骂和警惕的目光,以及马路上成双的巡逻警察。遇到警察他总是本能地躲起来,一看到他们走近就立马躲进草丛或者钻到乱石堆后面。

当他远远地察觉到有警察出现,望见警察制服在阳光下闪光,他一下子变得出奇矫捷,身手如同野兽钻进洞窟一般灵动。他抛开拐杖,身体如同一包软囊囊的破布一样瘫倒在地上,把自己蜷缩得尽可能小,就像躲在暗处的兔子。他褴褛的衣衫和地面混成一色,努力遮掩他的行迹。

他从未和警察打过交道,但是躲开他们的本能就好像从骨子里带出来的一样。似乎他从未蒙面的父母遗传给他这样的本性。

他脚下没有立锥之地,头顶没有片瓦遮身,没有一丝一毫挡风避雪的遮拦。夏天他睡在露天里,到了冬天,他就展露出偷门溜缝的过人本领。他常常无声无息地溜进别人家的谷仓和马房,又总是在别人察觉他的行踪之前溜出来。为了躲进农场的屋子里,他掌握各种诀窍,加上长期挂拐杖让他的胳膊出奇强壮,因此他单凭手腕的力量就能爬上农舍阁楼的干草棚里①。如果他要到足够的食物,他能躲在干草棚里四五天都不出来。

他像一头荒郊野兽一般生活着。尽管他生活在人群里,但他不认识任何人,不珍爱任何人,他只会激起乡下人心中冷漠的轻蔑和郁积的仇视。他们给他起了个外号叫作"吊钟",因为他悬在拐杖中间的身子像极了教堂里钟架上摇摆的吊钟。

已经两天了,他什么也没吃。现在没人肯给他吃的了。所有人对

---

① 欧洲国家农舍一般都会分成两层,上层阁楼堆放饲养牲畜的干草,便于通风干燥。

他已经耗尽耐心。女人们一看到他过来,站在门阶上就开始破口咒骂:

"你快滚开,四处流浪的废物!你怎么又来了,三天前我才给过你一片面包啊!"

于是他架起双拐转到另一家去,却也得到同样的待遇。

女人们站在自家门前相互抱怨:

"我们总不能长年累月地喂养一个懒鬼吧!"

可是这个"懒鬼"的确每天都需要食物。

他走遍了圣希莱尔、瓦维尔和莱塞皮莱特,没要到一个铜子儿,甚至连一片放得发硬的面包也没人给他。他只有寄希望于图尔诺勒斯,要到那里他得沿着马路走两法里的路程,但是他已经饿得精疲力尽,拖着身子再往前挪一步的力气都没有。他的胃和他的口袋一样空空如也,但是他还是打起精神上路了。

已经是十二月了,一阵冷风从田野间刮过,吹得光秃秃的树枝像口哨一样呜呜作响。天空阴郁低沉,云层被冷风席卷,疯了似的飞过天际。这个瘸子慢慢地拖着自己前行,他用残存的一条变了形的腿支撑着身体,一前一后费力地挪动拐杖,每前进一步都令他感到疼痛。

过一会儿,他就在路边的土壤上坐下休息一会儿。饥饿削弱了他的精神,在他混沌、迟缓的思维里,只剩下一个念头:吃。可是怎么完成这个任务,他却没有一点儿主意。这段痛苦的路程他走了足足三个小时。当他终于看到村子边的树林时,身上又重新鼓起了劲头。

他向遇到的第一个村民伸手乞讨,村民答复道:

"又是你呀,又是你这个老赖皮?我们永远也摆脱不了你了是不是?"

"吊钟"继续往前走。每家人门前,他除了侮辱和谩骂,什么也没讨到。他忍受着身上的饥饿和痛苦把整个村子转遍了,仍旧一个铜子儿也没要到。

于是他转向村外的农场。田里的路泥泞湿滑,他深一步浅一步艰难前行,几乎耗尽全身力气才能把拐杖从泥里拔出来。可是在所有的农场里他依旧遭受到一样的对待。这是一个寒意袭人的日子,人们的心仿佛也被冻上,脾气变得暴躁,双手紧握不肯施舍一点儿金钱或者食物。

当他去完他所知道的最后一户人家后,"吊钟"瘫倒在一条壕沟的角落里,任凭双拐滑落在地上。他备受饥饿煎熬,一动也不动。所幸他的见识不足以让他明白自己身处一个什么样可悲的境遇。

他等着,自己也不知道在等待什么。只是因为内心深处在万念俱灰之时仍然残存的那点儿模糊希望而等待着。他在十二月凛冽的寒风里等待着,等待来自上天或者人间的某种不可思议的救助,也不知道救助何时能够到来。他就坐在壕沟的角落里等待着。这条壕沟横穿希凯家的农场,几只黑色的母鸡在地里游荡,从滋养万物的大地中寻找食物。它们时不时从地里啄出一粒谷子或者一只小虫,然后继续去其他地方慢悠悠、认认真真地寻找营养。

"吊钟"看着它们,起初什么也没想。忽然,一个念头冒出来(与其说是从他的脑海里冒出来,不如说是从他的肠胃里冒出来的):这些鸡要是用枯木点上火烤来吃味道一定很好。

他并没有想到这样做就是行窃,他从自己够得着的地方捡起一块石头,仔细地瞄准,一下就砸死了离自己最近的那只鸡。这只扁毛畜生拍打着翅膀倒向一边,其他的鸡都慌忙四散逃开。"吊钟"捡起拐杖,一瘸一拐地朝自己的战利品走去。

正当他走到那只脑袋上还在流血的母鸡旁边,后背上就被人狠狠地打了一下,他扔下拐杖,扑倒在地滚出十几步远。农场主希凯感觉自己被抢了,怒气冲冲,发了疯一样扑到抢劫者身上拳打脚踢。"吊钟"倒在地上毫无防备之力,任凭他殴打。

农场里的雇农们纷纷赶来,加入到他们主人的行列中,对瘸腿的乞丐饱以老拳。大家都打累了,抬着他扔进柴火房里关起来,然后去找警察来处置。

"吊钟"已经被打掉半条命,躺在地上不住流血,更有饥饿折磨着他。夜幕降临,接着是深夜,接着天亮了。自始至终,他没有吃到一口东西。

中午警察来了。他们小心翼翼地打开柴房门,全神戒备以防这个乞丐会拒捕做出抵抗。因为农场主希凯在报案时曾描述过他是如何被这个乞丐袭击,又如何艰难地拼命自卫。

警长喊道:

"快点儿,起来!"

但是"吊钟"一动也动不了。他使出全身力气想撑着拐杖站起来,可是没能如愿。警察觉得他是在惺惺作态,上前一把猛地拉起他,把他架在双拐之间。

恐惧紧紧揪着他的心。这种对警察的惧怕心理是天生的,就如同被猎人盯上的猎物,或者是耗子对猫的那种恐惧。正因为这种心理,却也激发出他身体里超人的潜能,他成功地站住了。

"走!"警长命令。他向前迈步。所有住在农场里的人看着他离开。女人们在他面前晃着拳头示威,男人们大声辱骂嘲笑。他们终于捉住他了!他们终于甩脱他了!他在两名看守押送下离开。

他振奋起力量,一股绝望的力量,需要支撑他直到夜晚。他意识模糊不知道发生了什么,也太害怕不敢去弄明白。

路上的人停下来看着他经过,村民们指指点点地小声议论:

"一定是偷了东西或者干了什么坏事。"

傍晚时候,他到了镇上。他这一辈子从没来过这么远的地方。他一点儿不明白自己为什么来这儿,也不知道来这儿会发生什么。过去两天里发生的一切令他措手不及的、可怕的事情,那些不再熟悉的脸孔和房子令他惊慌不知所措。

他一句话都说不出来,其实也没什么好说,因为他什么也不明白。而且,他已经好多年没和别人说过话,几乎已经忘记舌头该怎么动。何况他的意识模糊,根本无法用言语清楚表达。

他被关进镇上的监狱。警察们同样丝毫没想起这个人是需要吃东西的。他被独自扔在那儿一整晚。直到第二天早上,警察来巡视的时候,发现他居然已经死在地上。

这多么出人意料啊!

伞

欧赫伊太太是个精打细算的女人。她懂得每一分钱的价值。为了攒钱,她创造出一整套严格的标准。因此,她的佣人们想要从日常买东西上揩点油水是件难上加难的事情,甚至她的丈夫身上都没有零花钱。但他们的生活其实是相当宽裕的,而且也没有孩子,只不过凡是花钱的事情都会让欧赫伊太太心疼不已,只要是看着那些亮闪闪的圆银片儿从自己口袋里掏出来,就好像是在她心头拉开伤口一样。不管是花什么钱,即使是必不可少的花销,也会让她彻夜难以安睡。

欧赫伊先生总是不断地对妻子说:

"你真该大方些才对,我们又没有孩子,挣的钱足够我们花的了。"

而她总是这么回答:"以后会发生什么谁知道,有备无患总是好的。"

她是个四十岁左右的矮个子女人,精力充沛,行事草率,脸上起了皱纹,非常整洁干净,有一副暴脾气。

她的丈夫总是埋怨妻子给他带来的各种窘迫境况,尤其当触及他的虚荣心的时候他就会更加痛苦。

他是国防部众多的主任科员之一,每天赖在办公室里不走的唯一原因是加班可以让他那笔几乎从来没花过的薪水更多些罢了,而这完全是遵循他妻子的意愿。

两年里,他一直拿着那把打满补丁的破旧雨伞上下班,这在同事间变成了个笑话。最后他终于对这些笑话忍无可忍,强迫妻子给他买把新的。于是她花八法郎五十分买了一把新伞,就是那种商场打广告用的廉价货。当办公室的同事们看到这把伞,这种巴黎大街上随处可见的广告伞就又变成了一个新的笑话,令上班变成一场噩梦般的折磨。

这把便宜货毫不经用，没到三个月的时间就坏了，大家笑得更起劲。甚至有人把这件事情编成了小曲子，不管早上还是晚上，在国防部的大楼里总能听见有人哼唱。

欧赫伊非常恼怒，郑重其事地通告妻子为自己买一把新伞，这次一定要一把上好的绸面伞，至少要花上二十法郎，而且一定要把票据一起带回来，以确认她真的是按照吩咐去办的。

然而她还是只买了一把十八法郎的伞，即便如此，她仍然气得双颊绯红，对丈夫说："这把伞你至少得用上十年。"

欧赫伊觉得自己赢得了巨大胜利，而且凭着这把新伞也在办公室稍稍地挽回点儿脸面。

晚上回家，他的妻子牵肠挂肚地看着伞，对他说："伞收起来的时候，可不能用松紧带扎，会勒坏丝线的。你可得好好保护这把伞，我可不愿意过几天又得给你再买把新的。"

说着话她撑开伞，立马被自己看到的景象惊到，她又惊又怒，说不出话来：在伞面上有一个铜钱大小的窟窿，看上去是被烟头烫出来的。

"这是怎么回事？"她尖叫道。

她丈夫头也不回，静静地回应道："怎么了？什么'怎么回事'？"

她怒气上涌，噎住了喉咙，几乎一个字也说不出来。

"你——你——你把——伞烫——坏了！你——一定是——疯掉了！难道你想让我们倾家荡产、家破人亡吗？"

他转过身，脸色开始发白，说道："你刚才说什么？"

"我说你烧坏了你的伞。看看这里！"

她冲到他面前，就像要和他打架一样，恨恨地把那个烧坏的窟窿摆在他鼻子底下。

他看到那个窟窿立刻吓傻了，什么也想不起来，只是喃喃地念叨：

"这——这是怎么回事？我怎么知道？我什么也没做，我发誓。我不知道这伞怎么会变成这样。"

"你一定是拿这把伞在办公室玩什么花样了。你这个蠢材，一定是打开伞好一番炫耀！"她喊道。

"我就打开过一次，给他们看看这把伞有多漂亮。就只有一次，我发誓。"

但是她气得火冒三丈,对丈夫好一顿数落。这种夫妻间的争吵能让一个爱好和平的人对婚姻的恐惧比枪林弹雨的战场更加厉害。

之后她量了量破洞的大小,从旧伞上剪下一块绸缎补了上去,但是颜色一点儿也不一样了。第二天,欧赫伊拿着这把补过的伞去上班,心里极不情愿。他把它扔进柜子里,就像一段极不愉快的回忆一样不愿再想起它。

这天晚上,他还没进家门,他的妻子就一把从他手中夺过雨伞,她撑开雨伞,伞面上布满了大大小小的窟窿,很明显这些窟窿都是被火烫出来的,就好像有人把满满一烟斗带着火星的烟灰倒在上面一样。这把伞算是彻底毁掉,无法再补了。她看着这把伞,怒不可遏。

她死死地盯着它,一个字也不说,满腔的怒火堵得她说不出话。欧赫伊看到这些伤痕也吃了一惊,他怔怔地说不出话来,呆若木鸡。

两个人对视了一眼,欧赫伊低下头,他的妻子一怒之下将那把破伞砸在他脑袋上。这时她已经从震惊中恢复过来,用撕心裂肺的怒吼声冲自己的丈夫骂道:

"噢!你这个畜生!畜生!你是故意干出这样的事情的,我得让你知道知道我的厉害!你休想再得到一把新伞了!"

于是前一天晚上那种夫妻场景又再一次出现了,盛怒中,暴风骤雨持续了一个小时,欧赫伊才有机会替自己辩解。欧赫伊说自己也不明白怎么会发生这样的事情,只能解释为有人嫉妒心作祟故意搞的破坏。

这时门铃响起,一位约好一起共进晚餐的朋友到访,终于从苦难中解救了他。

欧赫伊太太把事情的原委倾诉给朋友,至于买新伞的事情,那是提也不要再提,她丈夫永远也不会有一把新伞了。

朋友试图讲道理来开解她:"如果没有伞的话,他的衣服会被淋坏的呀,衣服难道不比一把伞更值钱吗?"

但是这个小个子的女人余怒未消,愤愤地说:"下雨最好,如果下雨的话他就只能打厨房里那把伞,休想再让我给他买一把绸面伞了。"

欧赫伊对妻子的话十分抵触,他说:"很好,如果这样我就辞职。

我绝不会撑着一把厨房伞踏进办公室去。"

朋友从中调停道："拿这把伞去修修，那样也花不了太多钱的。"

但是欧赫伊太太听到这里又气不打一处来，她生气地说："这把伞要修一下怎么也得花掉八法郎吧，八法郎再加十八法郎总共是二十六法郎。真是好极了，为这一把破伞花掉二十六法郎！简直就是疯了！"

这位朋友也是一个并不富裕的中产阶级而已，这时忽然灵光一闪，说道："你可以找保险公司给你进行火险理赔啊。只要是发生在你自己家里的事故，保险公司会对火灾里所有烧坏的财物进行赔偿的。"

听到这个建议，小妇人立马从怒气中平静下来，思索了一会儿，她对丈夫说："明天，你去上班之前，先去一趟慈幼保险公司，给他们看看这把伞的情况，让他们赔偿损失。"

欧赫伊先生被这个提议吓得跳起来："我这辈子也不会干这种丢人的事情！就损失了十八法郎而已，就这么简单。这点钱也不会让我们破产。"

第二天早晨，欧赫伊拄着一根手杖去上班了，幸运的是，这一天天气不错，没有下雨。

欧赫伊太太一个人留在家中，对十八法郎的损失越想越不是滋味。她把那把伞放在餐桌上，眼睁睁地看着它，心里举棋不定。

每当她想起去保险公司理赔，想到接待人员脸上那种嘲讽的表情，内心就会感到胆怯。欧赫伊太太是一个在陌生人面前十分胆小拘谨的人，即使什么都不做都会脸红，更别说要和陌生人交谈，那会令她感到倍加尴尬。

但是十八法郎的损失总是令她心有不甘，心头痛得就像是刀割一样。她尝试着不去想这件事情，可是这笔损失总会浮上心头然后狠狠地给她划上一道伤口。她究竟该如何是好？时间一点点过去，她始终迟疑不决。猛然间，就像所有临事怯懦的人一样，她做出了决定，下定了决心。

"我得去，到那儿之后再随机应变吧。"

但是首先她得在雨伞上再花点儿功夫，把破坏程度弄得更大一些，这样才更加有说服力。她从壁炉里抽出一根柴火，在雨伞骨架之间烫出一个巴掌大小的破洞，然后她轻快地收拢伞，用皮筋扎好，戴上软帽,披好披肩,朝着保险公司所在的里沃利大街急匆匆地走去。

越接近目的地,她的脚步就越慢下来。她该怎么说才好?对方又会如何答复她呢?

她数了数自己和保险公司之间的间隔——还有二十八栋房子。这就好,这样她还能有充裕的时间考虑周全。她走得越来越慢,突然看到一扇大门就在眼前,黄铜铭牌上刻写着"慈幼火灾保险办事处"几个字。这么快就到了!她在门外站了一小会儿,平静一下内心的紧张和羞愧,她往前走几步,紧接着就退回来;又往前走几步,然后还是退了回来。

最后,她自言自语道:"我必须得进去。反正迟早得进去,早进总比迟进好。"

虽然给自己打了气,但是当她跨进门的时候,还是听到自己心怦怦地跳。巨大的门厅里围了一圈装着栅栏的门,每扇门上都开了一个小窗口,堪堪能看到窗口后面一个人的脑袋。一个夹着一沓文件的人从她身边经过,她赶忙拦住,红着脸问道:"对不起,先生,您能告诉我,如果我要申请火灾事故理赔应该去哪儿吗?"

"楼上左边第一扇门,那儿就是您想要找的地方。"他响亮地回答。

她更加紧张害怕了,内心里只想立马逃走,什么理赔不理赔的,索性损失掉那十八法郎。但是一想到十八法郎的数额,她又鼓起勇气,走上楼梯。她紧张得喘不上气来,几乎每上一个台阶都得休息一下。

她上到二楼,敲了敲左边第一扇门,门里一个声音清楚地回应道:"请进!"

她机械地打开门,有三位神态严肃的先生正站在屋里说话。

"您有什么需要,夫人?"其中一位绅士问道。

她几乎组织不出像样的语言,只能结结巴巴地说:"我是来——我是来——因为一起事故,我的东西——"

他彬彬有礼地请她坐下:"您先宽心坐一会儿,我稍后马上接待您。"

然后他返回那两个人身边,继续三人的谈话。

"先生们,本公司认为我们并没有任何义务付给您超出四十万法郎以上的金额，而且更加不能认同你们额外再加十万法郎的要求。话说回来，损失鉴定人员的评估——"

另外两个人中的一人打断他："够了，先生。还是交给法庭去解决吧，我们没有继续讨论下去的必要了，告辞。"他们彼此欠身行礼后，两人离开房间。

噢！如果她跟着那两位先生一起离开就好了，她心里会非常轻松的，她可以逃离这里，放弃一切。可是已经晚了，那位先生朝她走来，鞠躬问道："我能为您做点什么，夫人？"

她吓得不知该如何是好，最后才努力组织语言道："我是为了——为这个来的。"

那位经理看了看她递过来的东西，沉默着。他感到很意外。

欧赫伊太太用颤抖的手指头哆哆嗦嗦好不容易解开伞上的橡皮，试了几次才慌慌张张地撑开破伞残骸。

"看起来它已经破损得很厉害了。"他用同情的语气说道。

"我花了二十法郎买的。"她有点底气不足地说。

"真的呀！这把伞要那么贵？"他看起来很惊讶。

"是的，它可是件贵重物件儿，我想让您瞧瞧它现在变成了什么模样。"

"是的，是的，我看到了。看得很清楚。但是我确实不明白这和我有什么关系？"

她一下子不安起来，也许这家公司不打算为这么小的物品进行赔偿，她补充道："可是——它是被烧坏的。"

经理没有否认。

"我看到了。"他说。

欧赫伊太太张着嘴，不知道接下来该怎么解释。忽然，她想起自己还没有把来这里的主要原因讲清楚，于是她急匆匆地说：

"我姓欧赫伊，我和我丈夫在慈幼保险投了保，我是来申请损失赔偿的。"

"我只想请您帮我把它修好就行。"生怕对方开口拒绝，她又飞快地补充一句。

经理面色尴尬，说道："可是，夫人，我们这儿真的不卖雨伞，所以我们做不了修伞的事儿。"

小妇人受到这句话的鼓舞，勇气倍增。她感觉自己再争取一下就能成功，她也不再害怕了，说道："我只想让您替我赔付修伞的费用，修伞的事情我自己可以去办。"

那位先生看起来有点困惑："平心而论，夫人，这不算什么事儿！只是从没有人对我们提出这么琐碎的赔偿事宜。毕竟您得理解，像手绢啦、手套啦、扫帚啦、拖鞋之类，这些小物件每天都有被烧掉的可能，我们是没办法保险的。"

她不禁脸上一红，紧接着恼羞成怒地说："但是，先生，去年十二月的时候，我家烟囱失火，给我们家造成了至少五百法郎的损失。欧赫伊先生都没有要求贵公司赔偿，所以现在你们赔我这把伞也是理所应当的。"

经理当然知道她是在撒谎，笑着说："您想想，夫人，五百法郎的损失欧赫伊先生都没有要求赔偿，而如今却要为了区区五六法郎的事情大费周章，岂不是咄咄怪事？"

欧赫伊太太一点儿也没有乱了阵脚，她镇定地回复："您见笑了，先生。五百法郎那是我丈夫欧赫伊先生口袋里的，这回损失的十八法郎，可是从欧赫伊太太兜里掏出来的，这完全是两码事。"

他看出眼前这个女人是没法摆脱掉的，纠缠下去只会徒费口舌和时间而已。于是他让步道："那请您说一说当时损失的情况吧。"

欧赫伊夫人感觉到胜利在望，忙说："先生，事情经过是这样的：我家的铜衣架和伞架都是放在门厅里——有件事我得跟您说清楚，烛盏和火柴是放在伞架上方的台面上的——那天我回到家，顺手把雨伞搁在伞架上，然后伸手拿了三四根火柴，我划了一根，结果它没燃起来，于是我又划了一根，这根倒是着了，但一下子又灭了，然后第三根也是一样——"

经理打断她，开玩笑道："我猜您用的一定是政府造的火柴①，是吗？"

---

① 当时的火柴在原则上是由政府垄断生产专营，虽然价格便宜但是这种火柴质量非常差，私人制造的火柴需要抽很重的印花税，因此价格昂贵。

她没领会他的笑话，自顾自接着说道："很可能是的。总之，我划到第四根的时候才点燃一根火柴。我点着了蜡烛，回到卧室上床睡觉。过了大约一刻钟的时光，我忽然嗅到一股什么东西烧焦了的味道，我向来对火都是小心翼翼的。如果是发生了什么火灾的话，肯定不会是我人为的，我很确信这点。自从那次我告诉您的烟囱失火事件之后，我对火就特别紧张。因此我赶忙起身，四处寻找，伸着鼻子到处闻，就像一头寻找猎物的猎狗一样。最后终于被我发现，我的伞被烧坏了。很可能是一根火柴掉进伞褶里把它给点着了。您看看它被烧成了什么模样。"

经理已经暗暗拿定了主意，他问道："您估计这损失得多少钱？"

她不知道该说什么，因为她不确定如何给出这个估价。最终她故作大度地说道："也许最好是我把它留在这儿，您自己处理好了。"

他显然不愿意，拒绝道："不行，夫人，我不能这么做。告诉我一个您要求的具体赔偿数目，我只想知道这个。"

"那么，我想是这样，先生，我并没有从您这里讹钱的意思，所以我告诉您我想怎么办。我自己带伞去找修伞匠，然后用上好的、结实的缎面修好这把伞，然后我带着收据来找您取钱，这样您意下如何，先生？"

"再好不过，夫人。我们就这样说定了。我写个条子给出纳，您花了多少他都会如数地付钱给您。"

他递给欧赫伊太太一张纸条，她拿过来，起身，对经理道了声谢谢，生怕他会变卦，就急急忙忙地走了出来。

她兴致勃勃地走在街上四处张望，要找一家货真价实的高档店。有一家一眼望去就知道是最高档的雨伞店，她看到后毫不犹豫地走进去，自信满满地说：

"我想用缎面修好这把伞。用你们这儿最上等、最结实的面料，无论花多少钱我都不在乎。"

儿子

两个老朋友在花园里散步,春天令万物复苏。

其中一人是参议员先生,另外一位是法兰西学院①的院士。两位都是严谨庄重的绅士,满腹逻辑清晰、严肃正派的议题,两人也都是誉满天下、久享盛名的大人物。

他们一开始谈论政治,互相交换意见,可他们并不是在谈论政见,只是在讨论政客。如果只是人的话,个性比能力是更好的谈资。他们谈论了一些陈年旧事,然后默默地并肩往前走,温和的阳光晒得他们浑身懒洋洋。

一坛黄紫罗兰吐出芬芳的气味;一簇五彩缤纷的花朵在微风中散发清香;一束金雀花垂着金黄的花簇,轻盈的花粉随风飘散开来。那是一团金色云烟夹裹着甜蜜芬芳飘荡在空气中,就好像脂粉商人手中的香粉。

参议员停住,在金色云烟中深深呼吸,看着眼前株株灌木花开似锦,花朵金黄如阳光,种子轻浮在空气中,孕育着生命。

他说:"想想看吧,这些肉眼难以分辨的、香气袭人的小粉尘,将要飘到距这里几百里外的地方创造生命。它们通过纤维和汁液把刺激传递到雌树上,从一个胚芽开始生根,成长为生命。就像我们繁衍生命时一样。它们的生命也是有限的,最终会被同种的新生生命所取代,也和我们一样!"

站在鲜艳的黄紫罗兰前,每一阵清风拂过,新鲜的花粉就会被抖

---

① 法兰西学院:成立于1795年10月25日,是世界上举足轻重、别具一格的学术机构。最初由黎塞留主教建于1635年,致力于保持法语的纯洁性,后逐渐设立五个学术院,涉及人文、科学、艺术、建筑等各个方面。

落。参议员冲着它们说:"哦,老兄,如果你想数清楚自己有多少后代可就尴尬了。你无拘无束地繁衍,然后一点儿也不在乎地把种子抛撒出去,再也不会为它们操心。"

"这也和我们一样啊,朋友。"院士先生说道。

"是的,我不否认,人类有时也会对孩子放手,"参议员回答,"但是我们是有意这么做,正因如此才构建了人类万物之灵的地位。"

"不,我不是说这个。"他的同伴摇着头,"你看,朋友,世上鲜有男人没有几个自己并不知道的孩子活在世上,就是那种'没有父亲'的野孩子。这样的人繁衍出下一代几乎是没有意识的,就像这些树一样。

"倘若我们要数数自己有过的露水姻缘,就像你刚才要那棵树数数自己的后代一样,会感到尴尬的,不是吗?

"其实,从十八岁到四十岁,如果算上每段短暂邂逅,我们得说,我们和二三百个女人发生过亲密关系。

"嗯,我的老朋友,这样的话,从这么多的际遇之中,您能保证您一个孩子也没有留下吗?您能保证您没有一个孩子可能是街头混混或者是关在监牢里的罪犯?您能保证您没有一个孩子干着烧杀偷窃的勾当,而他们杀害、偷窃的对象正是我们这样的正派君子?或者是一个女儿,您能保证您没有一个被抛弃在肮脏下贱之地的女儿,而她的妈妈正是某个上等人家的厨娘?

"再想想,所有我们称之为'娼妇'的女人们,几乎都有一两个不知道父亲是谁的孩子。他们都是那十几二十个法郎一次的温存留下的后果。所有的生意都有利润也有损耗。这些野孩子就是她们职业生涯所带来的'损耗'。他们是谁的孩子?是你,是我,是所有衣冠楚楚的'先生们'!也许是我们某次放浪形骸的夜宴小酌;也许是某次卜日卜夜的纵情声色;也许是某几小时,酒足饭饱的身体驱使我们索求更多关系……他们就是这么来到世上的。

"小偷、混混、地痞恶棍,事实上都是我们的孩子。不过他们是我们的孩子总好过我们是他们的后代,毕竟那些流氓无赖也是有生育能力的!

"在我心里装着一个可怕的故事,我要说给你听。这个故事带给我无尽的悔恨,不,比悔恨更强烈,是无休无止的疑问、牵肠挂肚的猜测,有时候,还会给我剧烈的痛苦。

"那是我二十五岁的时候,和朋友一起做了次周游布列塔尼①的徒步旅行。这个朋友如今已经是内阁大臣了。

"我们游览了阿摩尔滨海省,还走过了菲尼斯泰尔的一部分地区,就这样无惊无喜、优哉游哉地走了十五、二十天后,我们来到杜阿尔纳纳。从那里我们马不停蹄地赶到勒兹特瑞佩斯湾旁边的赫兹海岬。当晚我们就在一个叫什么'沃夫'的小村子里过夜。第二天早晨,我的同伴又累又乏起不了床——我说'床'纯粹是语言惯性,那天晚上我们睡的只不过是两束稻草铺的草榻而已。

"如果在那个地方生病了,绝对会束手无策。因此我把他强行拉起来,当天下午四五点的时候,我们抵达安迪尔尼。

"几天之后,他感觉好点儿了我们就再次出发。但是在路上他忽然感到疼痛难忍,我们勉强走到拉贝桥。

"在拉贝桥至少我们找到一家小旅馆,我的朋友终于可以躺在床上休息。从坎培尔请来的大夫说他发高烧,但是发病原因却不清楚。

"你知道拉贝桥这个地方吗?不知道?好吧,你听我说。布列塔尼地区有其独特的地方风情,其中西起赫兹海岬东至莫尔比昂省的这段海岸线保持着原汁原味的布列塔尼风俗和习惯,拉贝桥正是布列塔尼地区最像布列塔尼的地方。时至今日,这个偏安一隅的小地方仍然是旧时风貌。我说'时至今日',是因为到现在,我每年还要去那里一次,唉!

"一座法式堡垒矗立在村边,城墙根泡在一个死气沉沉的水潭中,一群野鸟在水潭上飞舞盘旋,更显得阴郁。水潭有一个出口通向河流,沿河可以一直坐船通往镇里。几条狭窄的村路两旁有一些风格老旧的房子。男人们头戴大帽子,穿着坎肩和四件套的上衣,最里面那件只有巴掌大小,几乎都盖不住肩胛骨,最外面的那件长长地一直拖到大

---

① 布列塔尼:法国西部的一个地区,直到 15 世纪,布列塔尼还是完全独立的公国。该地区的风俗语言和法国本土迥异,通用语言为布列塔尼语,直到今天仍然有少数地区人使用。下面说的几个省和地区都属于该区范围。

腿根部那里。

"女孩子们高高的个头，长得既漂亮又水灵，胸脯紧紧裹在像铠甲一样的束胸衣里，任凭人再怎么猜想也猜不出那里面藏着健美的、受尽挤压折磨的胸膛。她们头戴一种奇怪的头巾，两鬓束着发带，发带上绣着五颜六色的花饰，映衬着脸颊，拢起头发。头发从头顶如瀑布般倾泻而下，又从背后挽起，在头顶收拢，包在一顶用金银丝线编织成的帽子里。

"我们旅店里打杂的姑娘也就十七八岁，一双蓝色的眼睛，两颗褐色瞳孔嵌在灰蓝的眼眸中。她经常开口笑，露出一口细碎的银牙，看上去能够咬玉碎石。

"就像她大多数的同族人一样，她一点儿也不懂法语，只会说布列塔尼语。

"我的同伴既没有好转，也没有查出确切的病因。因此大夫严禁他继续旅行，命令他彻底休息。我整日陪在他身边，那个姑娘经常会来，不是给我们送饭，就是来送药草茶。

"我轻轻调戏她一下，她似乎也很受用这种无伤大雅的玩笑。但是我们从未聊过天，因为我们彼此语言不通。

"但是一天晚上，我在朋友那儿待到很晚才回自己房间。我和她擦肩而过，她也要回她的房间。我们两人的房间正好相对，忽然，我下意识地、不经思考地一下子将她拦腰紧紧抱住——也许就是为了戏弄一下——在她从震惊中反应过来之前，我把她扔进我的房间，锁上门。她惊慌失措地看着我，紧张害怕，但是却不敢叫出声。如果丑事被人发现，她很可能会被她的东家轰走，甚至可能被她父亲赶出家门。

"一开始我只是想开个玩笑罢了。但是，等她到了我的房间，占有她的欲望陡然而起，不可抑制。于是我们俩开始无声无息地缠斗，就像大力士近身肉搏，彼此纠缠扭打，呼吸急促，大汗淋漓。哎！她抵抗得真剧烈，我们有时候撞到家具或者椅子，然后我们就扭在一起纠缠凝神静听是不是有人被吵醒，然后接着开始鏖战，我不断发起进攻，她不断奋起抵抗。

"终于，她力气耗尽，摔倒在地。我就在地上，满是青石板的地面上，强行占有了她。

"事后她马上爬起来,匆匆跑到门前,拉开门闩溜走了。

"接下来几天,我几乎不怎么能看得见她。她也不给我机会再靠近她。这时我的朋友病情好转,我们即将重新开始旅行。就在我们即将启程的那天晚上,半夜里,我刚刚回到自己的房间,竟然看到她穿着贴身衣服,赤着脚走进来。

"她扑进我的怀抱,热情地拥抱我,抚摸我。从那晚到天明,她给了我一个女人在言语不通的时候能给予的最强烈的温柔和绝望。

"一周之后,我已经把这次艳遇忘得干干净净。这在旅行中实在太普通、太常见了。旅馆里打杂的姑娘们不就注定是要用身体取悦南来北往的旅人的嘛!

"之后三十年里,我再也没想起过这件事,也没有再回到拉贝桥。

"一八七六年,我需要为一本书收集数据同时再次遍游各地风光而去布列塔尼,因为这个原因,我又一次来到拉贝桥。

"什么都没有变。村外堡垒灰色的城墙仍旧泡在水潭里,小旅馆也仍旧是原来的那家,虽然它好像翻修过,也重新装修过,看上去更加时尚。当我走进旅馆,两个十八岁的布列塔尼姑娘接待了我,她们漂亮又水灵,紧身束胸衣里饱满的胸膛呼之欲出,头戴银丝线织成的帽子,耳边束着宽宽的绣花发带。

"那是下午六点。我坐下来吃晚饭,当勤勉的旅馆老板亲自过来招待我的时候,我忽然下意识地、神使鬼差地问道:

"'您认识这家旅馆原来的主人吗?三十年前我在这里住过十几天,我说的是很久以前的事情了。'

"'认识,那是我的父母,先生。'他回答。

"然后我跟他讲起当初为什么停留在这里,我的同伴如何因为疾病而耽搁了行程。我还没说完他就打断我。

"'哦,我想起来了。那时候我只有十五六岁。您睡在最里面的那间房子,您的朋友住在临街的那间,现在我自己住在那里。'

"直到这时,那个小姑娘的一颦一笑才又清晰地回到我的脑海里。我问道:'你记得曾经有一个给你父亲干活的漂亮小姑娘吗?如果我没记错的话,她有一双迷人的眼睛和一口漂亮的牙齿。'

"'当然记得,先生。您走之后过了一段时间,她就难产死了。'

"他指着院子里一个翻马粪的瘦弱、瘸腿的汉子,说:

"'那就是她儿子。'

"我放声大笑:

"'他可一点儿也不漂亮,完全不像他的母亲。肯定是随了他的父亲。'

"'这很可能。'旅店老板说道,'但我们永远也不会知道这孩子的父亲是谁了。她到死也没告诉任何人,这里没人知道她有情郎。所有人知道她怀孕的事情都极为震惊,没有人相信这是真的。'

"一阵不祥的寒意透过我的身体,就像那种疼痛难忍的皮外伤,预示着更大的悲哀将会袭来。我看着院子里那个男子,他正在汲水饮马,拎着两个大桶一瘸一拐,每次较短的那条腿着地时都会显得吃力和痛苦。他身上的衣服鹑衣百结,长长的黄头发结成麻绳一样垂在脸旁,真是蓬头垢面,藏也藏不住的龌龊肮脏。

"'他没什么用,'旅店老板继续说着,'我们留着他就是做做善事而已。如果他和其他乡亲一样被养育成人的话,也许能过得好些。但是,我们能怎么办呢,先生。他没有父,没有母,也没有钱!我父母留着他仅仅是因为可怜他,可是毕竟不是他的亲生父母啊,您能理解的。'

"我什么也没说。

"当晚,我住在了原来那间屋子,整整一夜,我前思后想,脑子里全是这个骇人的马夫。我扪心自问:'他会不会是我的儿子?是不是我导致了那个姑娘的死亡和这个怪物的诞生?很有可能!'

"我决定去问问这个汉子,他的生日具体是什么时候,如果时间上前后有两个月的差距,那就能打消我的疑虑。

"第二天我就去找他,可是他听不懂法语。于是我通过店里的一个姑娘问他,但他看上去什么都不懂,甚至自己的年纪都茫然不知。他像傻瓜一样站在我面前,用那双指节突出的、丑陋的手摆弄着帽子,傻傻地冲我笑。但是从他的嘴角和眼角边,我还是看到了他母亲笑容的痕迹。

"店主人知道我的要求后,就去找来了瘸腿汉子的出生证明。他是在我离开拉贝桥八个月零二十六天的时候出生的,因为我清楚地记得当年我们抵达洛里昂的时间是八月十五日。出生证明上写着：'生父不详。'母亲那一栏填写的名字是詹妮·克安德克。

"我的心脏剧烈地跳动，我感觉自己像是被什么东西噎住，一句话也说不出来。我看着那个长了一头像稻草堆似的头发的怪物。那个乞丐被我看得有些难堪，收起傻笑，把头扭到一边，试图逃走。

"接下来那一整天，我都在小河边徘徊晃荡，痛苦地思索。但是思索又有何用？我无法确定任何事情。一个小时又一个小时，我反反复复地掂量所有利害方面：是否有哪个因素会或者不会让我成为一个父亲。我沉迷在毫无头绪的假设中，越来越焦虑，只会不断地回想同一个可怕的可能性，然后更加确信残酷的结论：这个男子是我的儿子。

"我吃不下晚饭，直接回到自己的屋子。

"我躺在床上很久不能合眼，当我最终睡着之后，又被可怕的梦境惊醒。在梦里我看见那个苦力冲着我哈哈大笑，叫我'爸爸'。然后他突然变成一只狗，咬住我的小腿。我使劲儿跑啊，但无论我跑得多么快它都紧紧跟在我身后。它不像狗一样叫，却说起人话，对我辱骂斥责。接着我在学院里的同事们出现了，他们聚在一起鉴定他究竟是不是我的儿子。有一个人大声喊道：'还有什么可怀疑的！你们看他俩长得多像啊。'的确，这时我再看看那怪物，长得真像我。

"这时我醒过来，但是长相的问题却刻在我脑海里。我急不可耐地想要再见见那个怪物，看看我们俩是否真的有某些外貌特征上的相似之处。

"第二天是星期天，我跟着他去做弥撒。当我忐忑不安地端详他的时候，顺手给了他五法郎。他接过钱，开始傻乎乎地笑，又一次因为我的凝视不安起来，他结结巴巴地囫囵着说了个词，然后跑开了。毫无疑问，那个词应该是谢谢的意思。

"这一天我仍然在阴沉的心情中度过，就像前一天晚上那样。我找来店主人，小心翼翼、非常委婉和有技巧地告诉他，我对那个被所有人抛弃、衣不遮体身无分文的可怜虫感兴趣，我愿意为他做点什么。

"但是店主人拒绝道：'哦，您还是打消这个念头吧，先生。他是一个废物，您关注他只会自寻烦恼。我雇佣他打扫马厩，他也只会干这点儿活罢了。我给他饭吃，让他和马睡在一起，这对他已经足够了。

如果您有旧裤子什么的,您可以送给他,但是一周之内就会被弄得稀巴烂.'

"我没有坚持,决定再考虑考虑。

"那个可怜的瘸子晚上回来的时候酒气冲天,差点儿点火把旅馆烧着,用鹤嘴锄杀死了一匹马,最后躺在大雨里的泥巴地上睡着了,这都是我白天施舍的结果。

"第二天,村里的人求我不要再给他钱了。几杯白兰地下肚,他就会发酒疯的。只要他口袋里有几苏硬币,他就会想方设法把它们变成酒喝掉。店主人还说:'给他钱就等于是在杀死他一样。'过往的旅客偶尔也会有人扔给他钱,但他这一辈子口袋里最多也就几苏硬币罢了,而且除了酒馆,他也不知道能把钱花在别的什么地方。

"我一连数小时待在自己房间里,眼前摊开一本书假装在读,实际一直观察那个怪物,我的儿子!我的儿子!我试图从他身上找出一点儿像我的地方,仔细窥探之下,我发现他前额和鼻梁的轮廓有似曾相识的感觉。很快我就被自己说服了,虽然被他的穿着和糟糕的头发所遮盖,但是那的确是我们的相似之处。

"我不能继续再停留下去了,否则会显得可疑。于是我带着自己破碎的心离开,留给店主人一些钱改善他的马夫的生活境况。

"直到现在,六年以来这个念头在我心里挥之不去,那个可怕的可能性,那个糟糕的疑点。每年,好像有一股不可抗拒的力量拽着我返回拉贝桥。每年,我都惩罚自己看着那个怪物翻马粪,想象他和我自己相似的地方。每年,我总是试图去给他一些援助,而结果总是徒劳无功。每年,我总会从那里带回更多的疑虑,更多的折磨,更多的焦虑。

"我曾试着让他接受教育,但是他是个一窍不通的白痴。我也曾试着让他的生活不那么艰难,可是他还是一个无可救药的酒鬼,把别人给他的每一分钱都花在酒馆里,而且他还知道卖掉别人给他的新衣服换酒喝。

"我还试图唤醒他主人的恻隐之心,对他多加照顾,甚至为此付钱给店主人。可是店主人非常惊讶,很理智地对我说:'先生,您为他所做的一切,只会往毁灭他的路上再推他一把。他就得像看犯人一样看管起来。只要他有点空闲时间或者过得稍微舒坦一点儿，他就会变成乡里的害虫。您要是想做点善事，外面多的是没人管的孩子，您找一个值得花费您的精力的人去照看吧．'

"我还能说什么呢？

"如果我把这些折磨着我的怀疑透露出去一星半点儿，那个白痴肯定会变成狡猾的恶棍，敲诈我，连累我，毁了我。他会叫我'爸爸'，就像我梦见的那样。

"我承认我曾经害死了他的母亲，丢弃了这个畸形怪物，这个马厩里产下、生长在马粪里的幼崽。这个人如果像其他人一样被抚养长大，应该会和其他人一样的。

"他是我的血脉，他和我之间是父亲和儿子的亲密关系。从遗传定律出发，他在许多方面就是我自己，我就在他的血液和肉体里。我和他甚至携带同样的疾病病菌，会酝酿出同样的情绪。您无法想象，当他站在我眼前，我意识到这些的时候，那种诡异、羞辱、无法忍受的感觉。

"我有一种持续的不安和阴郁渴望要看看他，但是当我从窗户往下观望，看到他一连数小时在那儿铲马粪、运马粪又会让我无比煎熬，我对自己说：'这是我的儿子．'

"有时候，我会产生一种无法抑制的愿望想要去拥抱他，可我自始至终连他那双脏手都没有碰过一下。"

院士沉默了。他的同伴，那个世故的参议员，自言自语道："是啊，的确，我们应该对那些没有父亲的孩子更加关注才对。"

一阵风吹过，黄色的花丛在枝头摇曳。两位绅士，沉浸在芬芳清香的花雾中深呼吸，尽情享受着香味。

参议员接着感慨道："二十五岁可真是好年华啊，即使会留下那样的孩子。"

莫兰那头公猪

一

"嗨,老兄,"我问拉巴博,"你总是提起这六个字,'莫兰那头公猪'。到底为什么我只要一听到莫兰的名字就一定会跟上'那头公猪'的评价呢?"

拉巴博,当今的国会议员,用他猫头鹰一样的眼睛看着我,说道:"你是说你生长在拉洛舍尔①,却对莫兰的故事一无所知?"我只好承认自己的确不知道莫兰的故事,拉巴博搓着手,开始对我娓娓道来。

"你认识莫兰的吧,是不是?你记不记得他那家很大的亚麻服装店,就开在拉洛舍尔码头?"

"是的,我记得很清楚。"

"那就好。那你一定记得有一年——不是一八六二年就是一八六三年——莫兰跑去巴黎住了两周,就为了寻欢作乐。当然他为自己找的借口是去给店里进新货,你应该清楚在巴黎一连住上十四天对一个乡下商店老板意味着什么。激情令他的血液燃烧。在剧院夜夜笙歌,女人的裙子在身上窸窸窣窣摩擦,令人一阵阵兴奋,几乎要为此疯狂。他眼中除了穿着紧身衣的舞者、穿着低胸裙的女演员,什么也看不见。浑圆的长腿、丰润的肩膀,都在触手可及的地方,却不敢,也不能够触碰一下。目不暇接的他几乎没怎么碰过食物。离开这座城市的时候,他的心神依然还飘在空中,情醉神迷,渴望亲吻抚慰嘴唇。

"莫兰手中拿着车票,等待晚上八点四十分返回拉洛舍尔的火车

---

① 拉洛舍尔:法国西部城市,滨海夏朗德省的省会。

时,就处在这样的状态。他在候车室里走来走去,忽然顿住脚步,眼前一位年轻的小姐正在吻别一位年老的女士。年轻的小姐揭起帽子上的面纱,莫兰高兴地自言自语道:'爱神显灵,多漂亮的一位小姐啊!'

"那位小姐和年老的女士说了一声'再见',就进了候车室。莫兰跟在她身后。她进站台,莫兰也跟在她身后,她找了一节空车厢上车,莫兰还是跟在她身后。车上人很少,汽笛声响起,火车开动了。他们俩单独在一节车厢里,莫兰使劲儿地打量着她,她看起来十九二十岁的年纪,白皙、高挑、容貌出众。她裹着一张火车上发的毯子,躺在一张椅子上闭眼休息。

"莫兰问自己:'这位小姐不知是谁家闺秀?'他心中有千种推测、万种念头,他对自己说:'我曾听说过无数在火车上邂逅的艳遇,说不准这次就是好运落在我头上啦。天晓得呢。这种好事儿总是突如其来的,也许我只要大胆主动些儿就成了。丹东①不是说过么,"无畏,更加无畏,永远无畏!②"若不是他说的,那就是米拉波③,不过这都不重要。可是我现在没有勇气,这才是难处。噢!如果能知道就好了,如果能读懂别人的想法就好了!我打赌,就因为不知道别人的想法,我每天都会错过很多绝好的机会。只要她一个手势暗示我她是芳心默许的就行!'

"他的大脑开始编织各种各样的计划,引导他胜利达成目的。他想象自己要摆出骑士的风度,或者对她略献殷勤,说些恭维、热闹的话,最终用一种大家都心知肚明的方式结束。

"但是他唯独不知道该如何开场,没有任何借口。于是他只好带着满脑子的胡思乱想和怦怦的心跳等待幸运之神给自己创造机会。可是那位小姐一直睡着,莫兰一直陷在自己的思想里,这一夜就这么过去。天亮了,黎明的第一束晨光出现在天边,一道明亮的光线远远地投射过来,照在小姐脸上,唤醒了她。她坐起身,望了望窗外的郊野,然后看了莫兰一眼,冲他笑了笑。她的笑容看起来好像很开心,神采奕

---

① 丹东:指乔治·雅克·丹东(1759—1794),法国大革命领袖之一,18世纪法国大革命时期著名活动家,雅各宾派的主要领导人之一。
② 这句话是丹东1792年的战前动员演说。
③ 米拉波(1749—1791):法国政治家。

奕，令人怦然心动。莫兰浑身一颤，这个笑容显然是因为他才有的，这是一次秋波暗送的引诱，这正是他梦寐以求的信号！这个笑容就是告诉他：'你一整夜像个邮筒一样杵在那里不敢行动，简直就是白痴、呆子、傻瓜，简直就是一头蠢驴！'

"'看着我，难道我不够有魅力么？为什么面对一个美貌佳人，你居然一整夜都呆坐在那里不敢亲近一下，你这个大蠢材！'

"她还那样笑着看着他，她甚至笑出声来了。莫兰被笑得魂儿也没了，想找点什么合适的话题聊，不管是什么话题都好。但是他脑子里想不出任何东西来，一片空白。但是，忽然他不知从哪生出一股懦夫般的鲁莽胆气，他对自己说：

"'管他的，我要赌一把。'他没有任何征兆地忽然走到那位女士面前，伸出双手紧紧抓住她，噘起嘴巴亲吻了她。

"她一下子蹦起来，又惊又怕地尖叫，喊着：'救命！救命啊！'她打开车厢门，招着手惊恐万状地想要跳出车去。莫兰也慌了神，但却知道这个女人企图跳车，他拉住她的裙子，结结巴巴地说：'哦，女士！哦，女士！'

"火车减速了，接着停下。两位列车员看到那个女人疯狂的举动匆匆跑过来，她倒在他们的怀里，语无伦次地说：'这个男人，他企图对我——企图——图——图——'话音未落就晕了过去。

"到了莫兹车站，值班警察逮捕了莫兰。他的失格行为的受害者恢复知觉之后，控诉了他的劣迹，警察做了笔录。可怜的亚麻服装老板一直被关到晚上才回家，背负一个在公共场所行为不检的罪名等候法院起诉。"

二

"那时我还是《夏朗德灯塔报》的编辑，每天都能在商务咖啡馆见到莫兰。他出事儿的第二天，就来找我，询问我该怎么办。我丝毫不掩藏自己的看法，我对他说：'你简直就是一头发情的公猪①，哪个

---

① 在法国"公猪"一般代指性欲旺盛、行事胡闹的人。

有身份的人会做出这样的事情。'

"他哭了,他妻子和他大打出手。他的生意眼看着要黄了,他的名声也要毁了。他的朋友都不愿沾惹他这身腥臊,没人和他说话。他触动了我的恻隐之心,我找来同事里韦先生商量办法。里韦个头不高,是一个很爱开玩笑、却很有主意的人。

"他建议我去找地方检察官,那也是我的一个朋友。于是我把莫兰打发回家,自己去拜访检察官。从他那里我知道受到侵犯的是一位年轻女士,芳名海莉耶特·博纳尔。她的父母都已辞世,她自己刚刚在巴黎取得了家庭教师①的执业资格,正要去她姨妈姨丈家度假。她的姨妈姨丈是莫兹当地有名望的商人。她的姨丈因为此事向法院提起了诉讼,令莫兰的处境更加雪上加霜。症结就在这桩诉讼,如果她的姨丈主动撤回诉讼,地方检察官就同意放弃追究。所以我们必须亲自去一趟,说服她的姨丈撤销诉讼。

"我从检察官那儿回来去了莫兰家里,他因为过度的刺激和沮丧而病倒在床上。他的妻子身材高大、瘦如干柴,嘴边长着髭须,一直虐待莫兰。她把我带到卧室,冲我喊道:'原来您是来看莫兰这头公猪的呀。喏,我最亲爱的人就在这儿哪!'

"她双手叉腰直挺挺地杵在床头。我向莫兰说明详情,他哀求我去拜访那位女士的姨丈和姨妈。这件差事很微妙,但是我仍然接受了。这个可怜的色鬼一直絮絮叨叨地对我说:'我向您保证我连亲也没亲到她,没,没有,亲都没亲到。我向您发誓!'

"我说:'那也没什么分别,你就是一头公猪。'他交给我一千法郎,作为这件差事的开销,让我酌情去花用,我收下了。但是我不愿意自己单独冒险去见那位女士的姨丈,我邀请里韦陪我一起去。他答应了,但是条件是我们必须立马出发,因为第二天他在拉洛舍尔还有紧急事务要处理。

"两个小时后我们按响了门铃,那是一座非常漂亮的乡间宅院。一位迷人的姑娘出来给我们开门,她自然就是事件的女主角了。我小声对里韦说:'真漂亮啊!我开始能理解莫兰了!'

---

① 在欧洲聘请家庭女教师是贵族和富人教育子女的流行方式。

莫兰那头公猪

"她的姨丈托涅利先生，碰巧是我们《灯塔报》的订阅读者，非常拥护我们报纸的政治主张。他张开双手欢迎我们，称赞我们并祝福我们。他非常高兴他喜欢的报纸的两位编辑光临。里韦悄悄对我说：'我觉得我们应该能办妥莫兰那头公猪的麻烦事儿。'

"那位小姐离开房间后，我把话题转到那个微妙的话题上。我把这件事情的害处摆在他眼前，一再强调这件事情一旦公之于众的话，一定会对小姐的名誉有损。因为没人会相信那只是一个吻那么简单。这位老好人看上去犹豫不决，离开了他的妻子，他似乎没办法决定任何事。但是他妻子要到傍晚才能回来。忽然，他有了主意，兴奋地说：'这样吧，我邀请您二位在敝宅用晚膳，今晚就下榻寒舍。等我妻子回来后，我们再处理这件事。'

"里韦一开始并不愿意，但是想到可以救莫兰那头公猪于水火，就拿定主意了。我们俩都接受了邀请，小姐的姨丈立马站起来，唤她的外甥女进屋，并提议我们应该去他的庄园里散散心，说'应该把烦心的事情留到明天早晨再解决'。

"里韦和他聊起政治，很快我就落在他们后面，和那位非常迷人的小姐走在一起——非常迷人。我如履薄冰般小心地跟她谈起她的遭遇，试图把她拉拢到自己这边来。出乎意料，聊起这件事她一点儿也没有羞怯，反而好像很享受旧事重提似的听我说话。

"我对她说：'您想一想，尊贵的小姐，这对您来说是件多尴尬的事情啊！您要出庭，要遭受千万人的目的不纯的眼光，要在大庭广众之下作证，要把您在火车车厢里的不幸经历再回忆一遍。跟您说句知心话，难道您不觉得当时要是把那个肮脏的蠢货留在原地，不要声张也不要求援，悄无声息地换个车厢，岂不是更好的办法？'

"她咯咯一笑，说道：'您说的再对不过了。可是我能怎么办呀？我当时真吓坏了，您知道当人受惊过度的时候就会做出不理智的事情来，当我意识到那种情形下不该声张的时候，已经来不及了。您想想，那个蠢货疯子一样扑上来，像精神病人一样一句话也不说。我都不知道他想对我干什么。'

"她脸贴脸地看着我，表情没有一点儿紧张和羞怯。我对自己说：'这是个开放的姑娘，我彻底了解为什么莫兰那头公猪会误会了。'

"我开玩笑似的继续说:'小姐,您得承认他的行为也是情有可原的呀。毕竟,一个男人面对像您这样美丽的一位姑娘,如何抗拒得了亲吻她的渴望?'

"她笑得更起劲儿了,朱唇轻启,皓齿呈灿。她说:'先生,在渴望和行动之间,应该还有尊重啊!'这句话很奇特,语意暧昧不清,于是我冒昧地问了一句:'那么,假使我现在想要亲吻您,您会怎么办呢?'她停下脚步,把我从头打量到脚,然后平静地说:'噢,您吗?如果是您那就不可同日而语了。'

"爱神保佑,我当然知道是不可同日而语的。因为那时候我正好三十岁,所有人都叫我'美男子拉巴博'。但我明知故问道:'为什么呢?请小姐赐教。'她耸耸肩,说道:'好吧!因为您不至于像他那么蠢。'她看了我一眼,接着说:'也不像他那么难看。'

"趁她来不及躲避,我在她脸颊上印下一个热情的吻。她跳开来,但已经晚了。于是她说道:'您也不是那么守规矩!但请您不要再这样了。'

"我露出谦逊的神态,低声对她说:'噢,小姐!扪心自问,我渴望一件事情胜于其他任何事,那就是以和莫兰同样的原因被检察官起诉!'

"'为什么想被起诉?'她问。

"我镇定自若地看着她,回答道:'因为您是造物创造的最美丽的生灵;因为假若我冒犯了您,那对我来说也是一种荣耀,一种奖赏;还因为当人们见到您后,就会说:啊,拉巴博为她被起诉太值了,他可真是个幸运的家伙。'

"她开怀大笑,说道:'您真幽默!'她的话音未落,我的吻就像雨点一样疯狂地洒在她的脸上所有我能吻到的地方:她的额头、她的眼睛、她的脸颊,偶尔还能吻到她的嘴唇。她挡住这边不免露出那边,她的脸上被我吻了个遍。最后她设法挣脱了我,又羞又愤。

"'您这样太失礼了,先生。'她说,'真不该来和您说话。'

"我不知所措,抓着她的手,结结巴巴地说:'请您原谅我,请您原谅我,小姐。我冒犯了您,我的所作所为就像个莽夫!请您不要为我的行为生气。如果您知道——'我一时想不出理由辩解,过了一会

儿，她说：'您不用再解释了，先生。'正在这时候，我忽然知道该说什么，我大声说道：'小姐，我爱您！'

"她吃了一惊，抬起眼看着我，我继续说道：'是的，小姐，请您听我说。我并不认识莫兰，他出了什么事我一点儿也不关心。他是要上法庭受审也好，要被关进大牢也罢，我一点儿也不在乎。我不管您相不相信，去年我在这里见过您一次，从此我就被您深深吸引，对您魂牵梦绕，忧思成疾。您是如此令我仰慕，对您的思念紧紧占据着我的心，我渴望着能够再见您一面。所以我利用蠢材莫兰作为借口，来到您面前。刚才的氛围令我逾越了对您应有的尊重，我无法辩解，只有请求您原谅。'

"她看着我，仿佛要从我眼中窥探我是真情还是假意，笑容又重新挂上嘴角。她低声说：'你骗人！'但是我举起手，信誓旦旦地说——而且我相信我当时的确是真诚的——我说：'我向您发誓，我说的句句属实。'而她只是简单地回了句：'别说傻话了！'

"这个时候四下无人，里韦和她姨丈已经沿着一条小路走得不见踪影，只有我们俩。我牵起她的手一边亲吻，一边绵绵不断地向她倾诉我的爱意。她静静听着，就好像在听什么新鲜愉快的故事，只是不知道这个故事该相信几分。最后我自己都受到感染，我真的相信自己说的话了。我感觉到紧张，身子在颤抖，面色发白，我轻轻地用双臂围住她的腰，温言细语地跟她说话，在她娇小的耳垂边低声耳语。她似乎有点儿神不守舍，陷入她自己的思索。

"后来她的手碰到我的手，她牵住它。我身上颤抖着、温柔地环住她的腰，一点点儿抱紧她，到最后她动弹不得，我用双唇轻抚着她的脸颊，不经意间，我的嘴唇和她的红唇不期而遇。那是一个好长好长的吻啊。如果不是身后传来'哼！哼！'的声音，它还会持续很久。她听到声音往树林深处逃开了，我转过身，发现里韦正朝我走来，他站在小径中间，严肃地板着脸对我说：'原来你就是用这个法子来调停莫兰那头公猪的事情啊！'

"我硬着头皮说道：'各尽所能而已，我的好兄弟。那位姨丈怎么样了？你攻克他了吗？我可是拿下外甥女了。'

"'跟姨丈在一起可没有你和外甥女在一起这么舒服。'他答道。

"说着我挽起他的胳膊,一起回到屋里。"

三

"晚餐时,我彻底失去了理智。我坐在她身边,我们俩的手不断地在桌布底下触碰,我不停地用脚轻轻压她的脚,彼此匆匆一瞥,交流眼神。

"晚饭后,我们乘着月色散步。里韦和她的姨丈走在我们前面,两人不停地争论着什么。月光迎面而来,他们两人的影子拖在身后的草地上慢慢晃动。我穷尽所有柔情蜜语,轻声地在她耳边倾诉,把她搂在身边,每时每刻都在亲吻她。

"散步回来后不久,邮差带来她姨妈的电报,她得等到第二天坐早晨七点那趟最早班列车回家。

"'这样吧,海莉耶特,'她姨丈说道,'你带两位先生去他们的房间吧。'

"我们和这位老好人握手道谢后就跟随那位小姐上楼了。她首先带我们来到里韦的房门口,里韦小声对我说:'她还是先带我们去你的房间更安全些。'

"接着她带着我来到我的房间,这时孤男寡女,我立马把她抱在怀里,试图激起她的热情,解除她的抵抗。但是,到了她感觉快要无法自持的时候,她还是逃出我的房间了。我躺在床上,又沮丧又兴奋,感觉自己像个傻瓜。我知道这一夜肯定无法安睡,不停地琢磨自己究竟哪里犯了错。这时外面传来轻轻的叩门声,我问是谁,一个温柔的声音回答道:'是我。'

"我飞快地穿好衣服打开门,她走进来,说道:'我忘记问您了,您明天早晨想要喝点什么,巧克力,茶,还是咖啡?'我一下子抱住她,把她淹没在我的亲吻里,喃喃说道:'我要——我要——'

"可惜她还是从我的怀抱里逃脱,吹熄我的蜡烛,消失不见了。留下我独自在黑暗里,急不可耐,四处找火柴,可是怎么也找不到。好不容易终于找到几根,我点燃蜡烛手持烛台冲进楼道里,感觉自己快要疯掉了。

"我要干什么?我没有停下来细想这个问题,只是想找到她,一定得找到她。我不假思索地冲出去好几步,忽然想到:万一我闯进了她姨丈的房间该如何是好,我该怎么解释?我呆住了,脑子里一片空白,心突突直跳。但是过了一会儿,我找到了理由:我可以说自己是在找里韦的房间,想要和他商讨一些重要的事情,顺理成章啊!于是我开始观察所有房门,想找出哪扇门后才是她的房间。可没有任何迹象可以提醒我,最后我决定放胆一试,我抓住一个门把手,拧开它走进屋里。海莉耶特坐在床上,惊恐地看着我。我轻轻反锁上门,踮着脚尖朝她走过去,说道:'小姐,我忘记向您借本书看了。'

"她不停反抗,可是很快我就翻开了我想要读的那本书。书的内容,我是不会对你透露的。可是我得说那真是我读过最美妙、最不可思议的书,就像带有仙气的诗集一样浪漫。

"当我翻开书的第一页后,她就放弃抵抗任凭我饱览全书了。我翻阅了很多遍,直到我和她的蜡烛都燃烧殆尽。

"然后我向她道谢,轻手轻脚地走回我自己的房间。忽然一只手从后面抓住我,一个声音压着嗓子在我耳边说:'原来莫兰那头公猪的事情,你还没调停完呢?'是里韦。

"第二天早晨七点,海莉耶特亲自端来一杯巧克力给我。我从没喝过如此美味的东西,柔顺如绵、细腻如丝、芳香如醴、甘甜如蜜。我几乎舍不得把杯子放下。她刚刚离开,里韦就过来了。他看上去好像一夜没有睡好,神经紧张、焦躁不安。他劈头盖脸地冲我发火:'如果你再这么干,莫兰那头公猪的事情可就得被你搞砸了!'

"八点,小姐的姨妈回来了。我们只用了一点儿时间就达成共识,两位高尚的人将撤回他们的诉讼,只要我留下五百法郎作为给当地穷苦人的救助。他们还慷慨地要留我们再住一晚,想安排我们在附近游览,凭吊古迹。海莉耶特躲在两位长辈身后不住地给我打手势,让我留下。我答应了,但是里韦一心要走。我把他拉到一边,万般乞求他帮我一次,我说:'再考虑考虑,里韦,就算是为了我。'他显得十分恼怒,只管对我说:'你对莫兰那头公猪事件的这种调停法子,我已经忍无可忍了,你听清我的话了吗?'

"我只好顺他的意答应离开。那是我平生最不甘、最不舍的经历之一。我愿意一辈子都待在那里去调停莫兰那头公猪的事情。当我和她相顾无言握手告别后,我们坐上火车,我对里韦说:'你真够残忍无情的!'他回敬道:'好伙计,你从之前就开始惹得我很生气了。'

"回到报社,我看到一堆人围在那里等候我们。一看到我们回来,他们争先恐后地大声问道:'喂,你们把莫兰那头公猪的事儿办妥了吗?'所有拉洛舍尔人都被此事挑起情绪。里韦在回来的路上脾气已经消了,他好不容易忍住不笑,回答道:'是呀,我们把事情都办妥了!这可都是拉巴博的功劳!'

"然后我们转去莫兰家。他躺在安乐椅里,腿上沾着芥末酱,头上敷着凉毛巾。看上去形容枯槁,悲伤欲绝。他一直急促地咳嗽,就像将死之人的那种咳,谁也不知道他究竟得了什么病会咳成这样。他的妻子像一头母老虎一样看着他,好像随时就要吃掉他。他一看到我们浑身激灵灵地打战,连带着双手和膝盖都在颤抖。于是我急忙告诉他:'都已经办妥了,你这个老流氓,以后别再干这样的事儿了。'

"他站起身,几乎喘不上气来,抓着我的手使劲儿亲,就像是亲吻王子殿下的手似的。他泣不成声,哭得几乎晕厥过去。他抱住里韦,甚至亲了莫兰太太。那个母老虎一把推开他,他又瘫倒回躺椅里了。

"但是这次打击对他来说实在太猛烈,他始终都没能完全摆脱。更有甚者,城里的每个人都管他叫'莫兰这头公猪',每次听到这个绰号,就好像一把利剑穿透他的心。在街上听到街头小混混骂别人是头'猪'的时候,他也会本能地把头扭过去。甚至他的朋友也拿一些恶劣的玩笑来消遣他。无论什么时候,他们看见他吃火腿,总是不忘调侃一句:'你是在吃你自己身上的肉吧?'

"两年后,他就死了。

"而我呢,一八七五年,我准备竞选下议院议员的时候,为了拉选票,专程去拜访勒富瑟雷的新任公证官贝隆考勒先生。可是他家里首先接待我的却是一位身材高挑,容貌端庄的富家太太。

"您不认识我了吗? 她问。

"我支支吾吾地说:'这个——不——夫人。'

"'我是海莉耶特·博纳尔呀。'

"'啊!'我顿时感觉自己的脸都白了,可是她似乎满不在乎,微笑着看着我。

"她把我留给她的丈夫自己走开,她的丈夫握住我的双手,紧紧抓住它们,好像要捏碎我的手一样。他说:'我很早以前就想拜见您了,敬爱的先生,我妻子时常跟我说起您呢。我知道——是的,我知道您和我妻子相识时,她正处在一个非常糟糕的处境。我也知道在那次事件中,您的处置多么得体,您的表现多么高雅、机智、无私!就是那次——'他顿了顿,然后压低声调,语气就像说什么低级、粗鄙的东西一样地说道,'莫兰那头公猪事件。'"